張靜二著

西遊記人物研究

臺灣學生書局印行

自序

本書以研究百回本「西遊記」的人物爲主，旁及該書的結構與主題。「西遊記」書中的「人」實則只有唐僧而已；其他像悟空、八戒、沙僧、龍馬和觀音等，不論其具人身與否，都不是「人」，而是仙佛神道。取「人物」(character)一詞，不過指他們是書中的角色罷了。

歷來對「西遊記」一書的研究，大抵偏重於探源和考證，在這些方面的成就當然也較顯著。本書各章研論的重點卻不在這類外緣研究，而在就有關西遊故事的資料，探討人物的演化。這些資料主要包括辯機「大唐西域記」、慧立「大唐大慈恩寺三藏法師傳」、「大唐三藏取經詩話」、楊景賢「西游記」雜劇，以及百回本「西遊記」等。「西遊記」書中的人物，以取經五聖（唐僧、悟空、八戒、沙僧和龍馬）爲主，以其他神魔仙妖爲輔。本書討論的焦點自然對準五聖。然而，由於觀音在配角中最爲特出，因此也闢章討論。筆者雖以爲外緣研究只是內緣研究的輔佐，但爲了使人物的探討有所依據起見，在探討人物的同時，還不能不從事一番考證的工夫，期能從各人物的演化中，顯現「西遊記」一書在塑造人物這方面的藝術成就。

本書以「緒論」起首，有關外緣方面的探討，大多集中在這一部分。這部分總共探討了六個與「西遊記」有關的問題：㈠我國歷史上西行求法的高僧很多，何以玄奘取經獨成西遊故事的源頭？㈡「西遊記」的撰者到底是邱處機，抑是吳承恩？㈢「西遊記」書中有無微言大意？㈣五行生尅跟「西遊記」一書的人物和結構是否有關？㈤朱鼎臣「唐三藏西遊傳」與陽至和「西遊記」是（百回本）「西遊記」的祖本，或是節本？㈥江流故事仍應採爲「西遊記」第九回嗎？

「緒論」之後，「西遊記」人物依其在書中的重要性分成㈠悟空；㈡三藏；㈢八戒；㈣沙僧；㈤龍馬及㈥觀音等六章討論。由於本書將重點放在西遊故事的總結集——百回本「西遊記」上，因此各章多分成「百回本前」與「百回本本身」兩部分。三藏是個有史可稽的人物，他西行取經的史實又是西遊故事的源頭；因此，三藏和龍馬都可以溯至「西域記」和「慈恩傳」兩書。悟空和沙僧皆首見於「詩話」；八戒要遲至「雜劇」才露面；而觀音的出身則超越西遊故事，可以溯及佛典。然而，不論他們的前身如何，隨著故事的演化，這些人物的個性也益顯鮮活。因此，本書各章在討論時，都著重於人物形貌的刻劃，身份、功能的剖析，及其人格發展過程的探索，冀能呈現百回本在這些方面的優越成就。

本書書末除附有「參考書目」外，還有三個附錄。附錄一、「玄奘取經所歷諸國（地）一覽表」希望指出「西遊記」中某些情節的可能來源。附錄二、「『西遊記』八十一難與明刻三本對照表」旨在表明百回本的完整與嚴謹。而附錄三、「『西遊記』八十一難一覽表」則欲表列八十一難的概況。

遠在民國六十二年，筆者就讀於臺大外文研究所博士班時，選修了傅述先老師的「中西小說專題研究」，研讀過百回本「西遊記」及部分相關資料，深感一般評家對沙僧的評價頗不公允，甚覺有撰文辯解的必要。於是先後完成了『論「西遊記」的結構與主題』（「中華文化復興月刊」，十三卷三期，民國六十九年三月，頁十九～廿六）與『論沙僧』兩篇論文。民國六十九年，筆者獲國家科學委員會資助，前往哈佛大學進修期間，利用課餘及假日，在哈佛燕京圖書館蒐集了不少與「西遊記」有關的資料。返國後，又在中央、臺大及中央研究院等圖書館尋獲不少，並陸續發表了五篇論文。本書正是彙集前後發表的數篇論文而成的。茲依全書的章次，將各篇發表時的原題與日期序列於后：

緒論（原題：『有關「西遊記」的幾個問題』），「中外文學」，十二卷五期（民國七十二年十月），頁一五二～一七〇；十二卷六期（民國七十二年十一月），頁五十六～八十三；

第一章　悟空（原題：『論西遊故事中的悟空』），「中外文學」，十卷十一期（民國七十一年四月），頁十四～五十九；

第二章　三藏（原題：『論西遊故事中的三藏』），「文學評論」，第八集（臺北：黎明文化事業公司，民國七十三年二月），頁一四一～一九五；

第三章　八戒（原題：『論西遊故事中的八戒』），「中華文化復興月刊」，十六卷八期（民國七十二年八月），頁四十九～六十二；

第四章　沙僧（原題：『論沙僧』）「中外文學」，九卷一期（民國六十九年六月），頁一三八～一五四；

第五章　龍馬（原題：『論西遊故事中的龍馬』），「中外文學」，十一卷六期（民國七十一年十一月），頁一一四～一四二；

第六章　觀音（原題：『論觀音與西遊故事』），「國立政治大學學報」，第四十八期（民國七十二年十二日），頁一四九～一六九。

其中，『論西遊故事中的悟空』一文曾在中華民國第六屆全國比較文學會議上宣讀過，『有關「西遊記」的幾個問題』則曾提交第四屆國際比較文學會議討論。

筆者認爲：一部涵蘊豐富的文學作品，應該都可以讓讀者由不同的角度去欣賞，並有所發現。「西遊記」就是這樣的一部小說。本書對於人物的詮釋，係以「西遊記」全書的結構爲基礎，去察看他們各別的行動表現，對前人的看法亦因而時有微詞或駁難；但這並非意謂著否定前人的研究成果，因爲若無前人對「西遊記」華路藍縷的墾拓，恐怕就難有筆者今天這點滴的心得了。

最後，此書得以完成，除了應感謝傅述先老師當年的啓導外，還得感謝臺大中文系主任葉慶炳老師的多方鼓勵、臺大哲學系楊惠南先生所提供的佛學知識；另外，師大英語系周昭明兄曾撥冗代尋資料，書林書屋蘇正隆先生曾多次給予協助，亦在此一併深致謝意。

中華民國七十三年三月二日　張靜二謹識於國立臺灣大學外國語文學系

西遊記人物研究

目錄

第二章　三藏……九五

第三章　八戒……一三七

緒論：有關「西遊記」的幾個問題

百回本「西遊記」(以下簡稱「西遊記」)(註一)是西遊故事最偉大的成就。它雖曾在明清之際一度被斥爲講述怪、力、亂、神的「邪書」，卻也被譽爲「奇書」(註二)。當代文評家或以它爲神魔小說的翹楚、「浪漫文學的代表」、「怪異小說之大成」(註三)；或稱之爲古典文學的「奇葩」、想像豐富的「童話小說」、「東洋唯一寓意之神仙譚」(註四)。文評家同時也承認它的確是一部「不易閱讀」的鉅著(註五)。萬曆廿年(西元一五九二年)金陵世德堂刊本「新刻出像官板大字西遊記」(註六)以「月到天心處，風來水面時；一般清意味，料得少人知」廿字分全書爲廿卷；「少人知」或許就是「不易閱讀」的結果，而其「清意味」或許也正是目前幾個有待澄清或依舊無法解決的問題。對於有待澄清的問題，本文將設法澄清；而由於無法解決的問題都是資料短缺所造成，故此處僅擬指出其癥結所在，而不擬強爲解決，以免有妄測之嫌。

壹、「玄奘取經」的問題

自從佛敎於西漢年間傳入東土以來(註七)，留學印度、輕生殉法之舉便屢有所聞，並且終於在三世紀到八世紀之間蔚成一股時代運動。由於當時的佛典或篇章不全，或傳譯失眞，求法高僧遠赴天竺除了宗教熱忱的驅策外，更重要的是要滿足強烈的求知慾：欲親睹佛典的眞貌，以抉疑開滯。據梁啓超的「刻意搜討」，求法高僧從（魏）朱士行起到（唐）悟空爲止這五百多年間，有名可稽的就有一百零五人之多；其中，安抵印度並且學成歸國的亦有四十二人；其留學時間可考者，長則像悟空，長達四十年，短則像寶暹等也達七年（註八）。他們若西越紫塞，則必經流沙層冰、障壁絕崖；若南渡滄溟，則有鯨波巨浪、海賊刼掠之虞；卽使到了西國，又會因「大唐無寺」而「飄寄棲然」、「停託無所」，以至於流離不安（註九）。然而，這些都不足以使他們趦趄不前。他們的西遊之舉多是吾國佛教史上的大事；他們所經歷的險巇、所面對的考驗以及所需要的毅力，可說是不相軒輊；他們的事蹟「頗亦詭異」，都可「敷衍成書」爲「一西遊記」；但何以其他求法高僧的事蹟皆「湮沒不著」，唯獨玄奘取經脫穎而出，成爲西遊故事的源頭呢？難道眞如兪樾所謂「事之顯晦，固亦有數耶？」（註一〇）換句話說，何以只有玄奘取經的一些「平常的事實」經過「神話化」而變成「靈異」和「神蹟」呢（註一一）？這個問題雖然有趣，卻一直未獲「西遊記」學者的注意，值得我們在此略加探索。

儘管求法高僧如許之多，但我們若稍加比較，卽可發現其中能夠相提並論的僅有法顯（西元四一四年——五〇〇年）、玄奘（西元五九六年——六六四年）和義淨（西元六三五年——七一三年）三人。我們且就他們求法的時間、動機、經過以及返國譯經等方面試行比較，期能找出玄奘取經所以獨秀之因。就西遊時間來說，法顯十五年（西元三九九年——四一四年），玄奘十七年（西元六二九年——六四五年），義淨廿五年（西元六七一年——六九五年）。法顯「常慨經律舛闕」、大典沈淪，故西行以尋求戒律（註一二）。玄奘是因聖典眞義乖異，先譯音訓舛謬，而「徧謁衆師，備飡其說，詳考其義，各擅宗途，驗之聖典，亦隱顯有異，莫知適從」，故欲追步法顯、智嚴的高跡，取「瑜伽師地論」，以引導羣生、解釋衆疑（註一三）。義淨則是在「徧詢名匠、廣探羣籍」後，又「仰法顯之雅操，慕玄奘之高風」，而誓志西遊，以求取經律（註一四）。

法顯於弘始二年與同學慧景、道整、慧應和慧嵬等由長安出發後，又在張掖遇智嚴、慧簡、僧紹、寶雲、僧景等結伴同行。這些同伴隨後或死或返，法顯僅得道整相終始；但在入海歸國時，道整留印不返，法顯只好孑然附舶東行。義淨於高宗咸亨二年由長安出發到廣州時，本有同志數十人；等到登船之際，「餘皆退罷」，他只得「奮勵孤行」（註一五）。玄奘的遭遇就大不相同了。他在誓遊西方之前，「結侶陳表，有詔不許，諸人咸退」，只有他一人不屈；在這種情況之下，他一則擔心「西路艱難」，二則又惟恐抗命受懲。他在貞觀三年由長安首塗西行，輾轉經秦州、蘭州而抵涼州。當時，他雖亦有伴同行，卻皆非取經的同志。而涼州都督既奉嚴敕，逼他還京。他雖倖獲慧威法師密遣弟子「竊送向西」，也只敢「晝伏夜行」。到瓜州時雖又獲刺史的殷厚供事，但訪牒旋至，使他「益增憂惘」。隨後，他獲一胡翁贈馬，並由一少胡引路；經過玉門關外第一烽時，得校尉王祥指示塗路；又得第四烽王伯隴贈送水囊、馬麥，然後才渡過沙河，抵達伊吾。依此看來，玄奘在離開國境前的種種遭遇，實已遠較法顯和義淨艱險而危殆。

法顯在西行途中遇到了不少自然的險阻。他渡過沙河時，但見「惡鬼熱風」，鳥獸絕跡，極目四眺，一無度處，只能「以死人枯骨爲幖幟」。而葱嶺「冬夏有雪，又有毒龍，若失其意，則吐毒風，雨雪飛沙礫石；遇此難者，萬無一全」。再者，順嶺之道「艱岨，崖岸嶮絕；其山唯石壁立千仞，臨之目眩，欲進則投足無所下」。小雪山「冬夏積雪，山北陰中，遇寒風暴起，人皆噤戰」，也是一道難以克服的險阻。法顯在附舶返國途中，先是遇大風，舶漏水入，而「大海瀰漫無邊，不識東西，唯望日月星宿而進」。陰雨時，逐風而趣；若逢夜闇，則唯見大浪相搏。後來又遭「黑風暴雨」的襲擊，並且「糧食水漿欲盡」(註一六)。其憂懼與惶怖之情，誠難想見。義淨是吾國佛教史上放洋赴印求法的第一人；據他自述，他在船行期間，曾親睹「長截洪溟，似山之濤橫海；斜通巨壑，如雲之浪滔天」(註一七)，亦是備歷艱險。法顯所歷的多爲自然的險阻，而義淨則曾在返回耽摩立底國途中，「遭大刼賊，僅免剚刃之禍」(註一八)。

然而，這些記敍或簡或略，都遠遜於慧立「大唐大慈恩寺三藏法師傳」(以下簡稱「慈恩傳」)中所載的那麼細膩生動。我們且引兩段文字爲例說明。玄奘在渡過長達八百餘里的沙河時，亦與法顯同樣唯見

> 上無飛鳥，下無走獸，復無水草。是時顧影，唯一心但念觀音菩薩及般若心經；……諸惡鬼……皆散。在危獲濟，實所憑焉。時行百餘里，失道，覓野馬泉不得。下水欲

> 飲；袋重，失手覆之。千里之資，一朝斯罄。又路盤迴不知所趣，乃欲東歸還第四烽；行十餘里，自念：「我先發願，若不至天竺，終不東歸一步，今何故來？寧可就西而死，豈歸東而生？」於是旋轡，專念觀音，西北而進。是時，四顧茫然，人馬俱絶。夜則妖魑舉火，爛若繁星；晝則驚風擁沙，散如時雨。雖遇如是，心無所懼。但苦水盡，渴不能前。於是時四夜五日，無一滴霑喉，口腹乾燋，幾將殞絶，不復能進。遂臥沙中，默念觀音，……心心無輟。至第五夜半，忽有涼風觸身，冷快如沐寒水。遂得目明，馬亦能起。體既穌息，得少睡眠。卽於睡中夢一大神，長數丈，執戟麾，曰：「何不强行而更臥也？」法師驚寤進發。行可十里，馬忽異路，制之不迴。經數里，忽見青草數畝，下馬恣食。去草十步欲迴轉，又到一池，甘澄鏡徹，下而就飲。身命重全，人馬俱得穌息。(註一九)

玄奘在西遊期間曾多次遇賊(註二〇)，其中以在阿踰陀國殑伽河上那次最爲驚險。當時，他跟八十餘人同船順河東下，兩岸林間突現廿船賊，將他們擁向岸上，搶衣奪寶後，見法師「儀容偉麗」、「質狀端美」，欲殺以祠天神。法師雖告以其身「穢陋」，且求法未遂，其他諸人亦有願以身相代者，但賊皆不許：

> 於是，賊帥遣人取水。於華林中治地、設壇、和泥、塗掃，令兩人拔刀牽法師上壇，欲卽揮刃。法師顏無有懼。賊皆驚異。既知不免，語賊：「願賜少時，莫相逼惱，使我安心歡喜取滅。」法師乃專心覩史多宮，念慈氏菩薩，……無復異緣。……此時身

心歡喜，亦不知在壇、不憶有賊。同伴諸人發聲號哭。須臾之間，黑風四起，折樹飛沙，河流涌浪，船舫漂覆，賊徒大駭。問同伴曰：「沙門從何處來？名字何等？」報曰：「從支那國來求法者此也。諸君若殺，得無量罪；且觀風波之狀，天神已嗔，宜急懺悔。」賊懼，相率懺謝，稽首歸依。時亦不覺；賊以手觸，爾乃開目謂賊曰：「時至耶？」賊曰：「不敢害師，願受懺悔。」（註二一）

這兩段引文雖多涉神異，但我們同時亦可從字裏行間看出玄奘的確是個堅毅而虔誠的高僧。他以其毅力孑然冒死渡過沙河；又以其虔誠產生無比的信心，遂能臨難不懼，置死生於度外，終使殑伽河上的船賊改邪歸正：除了歸還奪得的衣資外，還將「刼具」投諸河中，「並受五戒」。其人格騰躍於紙上，千載之後，依舊贏得吾人的讚佩與景仰；這是法顯和義淨的自述所未逮的。

就求法期間的表現來說，這三位高僧亦多有不同。法顯「瞻仰城勝，僅如方僧化食」（註二二）。他在中天竺波羅捺國摩訶衍僧伽藍得「摩訶僧祇衆律」、「薩婆多衆律」、「雜阿毘曇心經」、「綖經」、「方等般泥洹經」以及「摩訶僧祇阿毘曇」，並在此住三年，學梵書、梵語，寫律；返國途中，他曾在摩梨帝國住二年寫經及畫像；又在師子國住二年，求得「彌沙塞律」藏本、「長阿含」、「雜阿含」以及一部「雜藏」（註二三）。爲了搜集這些經卷，他日爲奔馳尋訪，實難靜習（註二四）。據「高僧傳」上說：義淨「所至之境，皆洞言音；凡遇酋長，俱加禮重。鷲峯、鷄足咸遂周遊；鹿苑、祇林並皆瞻矚。諸有聖迹畢得追尋」（註二五）；他又曾在佛逝經停六月，漸學「聲明」；在耽摩立底國留住一歲，隨大乘燈師學梵語、習「聲聞論」，並在那爛陀寺求經十載（註二六）。

玄奘在佛國期間的表現，極其突出。他每到一處，亦必觀禮聖跡，並表其虔心敬佛之意。他在西遊之前，曾在洛陽淨土寺隨慧景與慧嚴精研「涅槃經」和「攝大乘論」；在蜀地從空、景二師受學；在成都就道基、寶暹聽「攝論」和「毘曇」，並依道震法師聽「迦延論」；其後到相州向慧休法師問疑，到趙州從道深法師學「成實論」，又到長安就道岳法師學「俱舍論」，依法常和僧辯講「攝論」。他在西遊期間，更是汲汲於學法求法。他曾在磔迦國從長年婆羅門學「經百論」、「廣百論」；在至那僕底國突舍薩那寺住十四個月依大德毘膩多鉢臘婆學「對法論」、「顯宗論」、「理門論」等；在闍爛達那國那伽羅馱那寺停四個月從旃達羅伐摩學「衆事分毘婆沙」；在祿勒那國住一冬半春依闍耶毱多聽經部「毘婆沙」；在秣底補羅國隨蜜多斯那學薩婆多部「怛埵三弟鑠論」、「隨發智論」等；在羯若鞠闍國跋達羅毘訶羅寺住三個月依毘離耶犀那三藏讀「佛使毘婆沙」、「日冑毘婆沙」；在摩揭陀國那爛陀寺留五年隨戒賢法師學「瑜伽論」、「順正理」、「顯揚」、「對法」、「因明」、「聲明」、「集量」、「中論」、「百論」、「俱舍」、「婆沙」、「六足」、「阿毘曇」、「婆羅門書」、印度梵書等；在伊爛拏國停一年從怛他揭多毱多與羼底僧訶二大德讀「毘婆沙」、「順正理」等；在南憍薩羅國停月餘日從婆羅門讀「集量論」；在馱那羯磔迦國居數月從蘇部底、蘇利耶二僧學大衆部根本「阿毘」、「達磨」等論；在鉢伐多羅國停二年，從二、三大德學正量部根本「阿毘」、「達磨」、「攝正法論」、「教實論」等；又在該國三踰繕那有低羅擇迦寺停四個月向般若跋陀羅就「自宗三藏」、「聲明」、「因明」等諮決所疑；又費時二年從勝軍學「唯識決擇論」、「意義理論」、「成無畏論」、「不住涅槃」、「十二因緣論」、「莊嚴經論」，並問「瑜伽」、「因明」等疑(註二七)。依此可見，玄奘在西遊期間，確是隨時以學法爲務。

另外，法顯曾在其自傳中提到中國是個「寒暑調和」的「殷樂」之地(註二八)。玄奘則進而時時隨機宣揚唐王盛德、彰顯國運，遂使大唐支那之名大著域外。他孤身涉險，唯憑其學識與膽識論難辯給、踔厲風發，而贏得了高昌王、戒日王和鳩摩羅王等國君對他的供迎和禮遇。尤有甚者，他在留學期間，適逢印度佛學盛極將衰之際，外道猖獗，侵機漸見。而他則復以其學識和膽識，毅然闢之；又作「制惡見論」，克順世外道；並在曲女城大會上，「坐爲論主」，顯揚大乘，破諸異見；不僅爲佛教爭光，亦爲唐國揚威(註二九)。

法顯陸出海歸，義淨海往陸返，而玄奘則去來皆循陸路。法顯由長安出發，經六年抵中印，在佛國停留六年；東還費時三年，遊歷了三十餘國，才於義熙十二年搭船在青州長廣郡牢山南岸登陸(註三〇)。當時，太守李嶷曾親至海邊迎接經像，並請留過冬；但法顯以志在宏道，不便久留，遂逕往京師，戮力於譯經。此後既無王侯供迎，亦乏講論之盛，孑然冷苦，勞瘁殫極；他以八十六歲的高齡卒於荊州時，「衆咸慟惜」(註三一)。義淨亦跟法顯同樣遊歷了三十餘國。他在證聖元年賫經還至河洛時，天后「親迎於上東門外，諸寺緇伍，具旛蓋歌樂前導，敕於佛授記寺安置」；場面應是相當隆重。義淨在譯經期間，「繕寫進呈」，曾獲天后製『聖敎序』，令標經首；中宗亦曾爲製『大唐龍興三藏聖敎序』；而他還利用「譯綴之暇，曲授學徒」。他在先天二年死時，享年七十九，傳記上只以「葬事官供所出」數字帶過（註三二）。

玄奘的情況則大不相同。他當初雖是犯禁離疆，但在返抵于闐時，就先表陳「冒越憲章，私往天竺」的因由；太宗不但惠予諒解，還敕令諸國道使送迎。他於貞觀十九年春正月齎經像到達西京時，歡迎的盛況可謂空前。據「慈恩傳」上說：

> 是日，有司頒諸寺，具帳輿、華旛等，擬送經像於弘福寺。……於是，人增勇銳，各競莊嚴。窮諸麗好，旛帳、幢蓋、寶案、寶轝，寺別將出分布訖。僧尼等整服隨之，雅梵居前，薰爐列後。至是並到朱雀街內，凡數百事，布經像而行。珠珮流音，金華散彩。預送之儔，莫不謌詠希有；忘塵遺累，歎其希遇。始自朱雀街內，終屆弘福寺門數十里間，都人士子、內外官僚迾道兩傍，瞻仰而立。人物闐闉。所司恐相騰踐，各令當處燒香散華，無得移動。而煙雲讚響，處處連合。……遺法東流，未有若茲之盛也。（註三三）

玄奘返國後，旋卽開始譯經。每有新譯經論，則表陳其事，並求銓序、經題；而太宗則曾爲作『大唐三藏聖敎序』等。太宗對他有過醫藥、袈裟、衣物和剃刀之類的賞賜。他曾隨駕遠幸三次；太宗見他善於酬對、堪寄公輔，遂兩度勸他「罷道助秉俗務」。從「慈恩傳」後五卷中的賀表、謝表和奏表看來，可知他跟皇室的來往相當頻繁，亦可見他所受到的殊典與隆恩。玄奘於高宗麟德元年謝世，出葬之日：

> 弟子數百人哀號動地，京城道俗奔赴哭泣，日數百千。……都內僧尼及諸士庶，其造殯送之儀，素蓋、旛幢、泥洹、帳轝、金棺、銀槨、娑羅樹等五百餘事，布之街衢，連雲接漢。悲笳悽挽，響帀穹宇。而京邑及諸州五百里內，送者百萬餘人。……喪事華整；……以法師三衣及國家所施百金之衲置以前行，籧篨輿次其後。觀者莫不流淚哽塞。是日，緇素宿於墓所者三萬餘人。(註三四)

玄奘的葬事跟法顯和義淨的相較，直有霄壤之別。

這三位高僧都取回了相當數量的經卷。法顯獲有「摩訶僧祇律」等律藏；玄奘齎歸的除了舍利和佛像外，還有經卷五百二十夾六百五十七部；義淨所得的計有梵本經律論近四百部，合五十萬頌。他們返國後，都畢其餘生於譯事。法顯譯出百萬餘言；義淨譯出經論五十六部二百三十卷、戒律七部五十卷；而玄奘則共譯述七十五部一千三百三十五卷，並將老子「道德經」、「大乘起信論」等譯成梵文。他們都漢梵皆精，故能爍然有成，在吾國佛敎史上合稱爲漢地本土的三大譯經家(註三五)；法顯倡導了東晉時代的江南譯業，而玄奘和義淨二人亦皆執當代譯經界的牛耳。另外，法顯有「高僧法顯傳」(卽「佛國記」)一卷，爲今治印度學者最古的寶典；玄奘撰譯有「大唐西域記」十卷，義淨著有「大唐西域求法高僧傳」二卷及「南海寄歸內法傳」四卷(註三六)，都是關於印度地理與佛門掌故之書。歷代高僧留印的副產品計有廿七種，但原書首尾俱存的，則僅此三家之作而已，則其爲東方文化的鴻寶，自無待贅言；而英、法、德等西方主要語言亦因而都有譯本(註三七)。

西行之舉在法顯之前已非鮮見，但法顯爲求法開啓風氣、創闢荒途，厥功甚偉；玄奘和義淨亦皆仰其風範。律藏自法顯始立，迨義淨而燦然大備。玄奘創立法相宗，而密宗敎義則自義淨始傳。他們宏揚佛敎，爲吾國學術注入了新生命，其偉行殊跡後先輝映、典型長存，對吾國文化都有不可磨滅的貢獻。不過，這三位高僧的成就要以玄奘最大；不管是就齎歸的經卷數量或是就譯述的佛典質量來說，都可說是空前絕後。法顯不與王侯交往，義淨雖甚受禮遇，但仍不及玄奘與皇室的接觸那麼頻繁；唐太宗並不弘贊佛敎(註三八)，而玄奘竟能在這種情形下，頻受殊遇和恩賜，亦足見其才識與學識之高。再者，法顯和義淨的自述和傳記都過於簡略；法顯的自傳，尤失之平鋪直敍。而「慈恩傳」全書八萬餘言，對於玄奘個人的抱負與人格鋪寫得淋漓盡致、生動引人。玄奘「乘危遠邁、杖策孤征」(註三九)的精神，尤其傳誦久遠。他們雖然是西行求法的三大人物，但玄奘的光芒超越在前的法顯，也掩蓋了在後的義淨；後者的行狀至多只能成爲「續西遊記」的材料而已。

貳、「撰者是誰」的問題

「西遊記」的撰者是誰？自從胡適於民國十二年發表『西遊記考證』一文以來，這一直是個屢經爭訟而又是無法定讞的問題。該書現存最早的華陽洞天主人校本裏有陳元之『刊西遊記序』；但序中說：「西遊記」一書「不知其何人所爲」；又說：「舊有敍，余讀一過，亦不著其姓氏作者之名」（註四〇）。由於連這最早的校本亦不知撰者是誰，遂引起種種猜測。這些猜測可大分爲三種。像錢大昕就認爲，「邨俗小說……唐三藏西游演義乃明人所作」（註四一）；紀昀、顯鑒、郭希汾、鹽谷溫等人亦都同意該書係明人依託的作品（註四二）。

清代的評家則多以「西遊記」一書爲長春眞人邱處機的「傳道」之作。汪象旭「西遊證道書」首以虞集的『序』冠於書前，謂該書所載的「唐伭奘法師取經事蹟」係「國初邱長春所纂」（註四三），序後並附有『丘長春眞君傳』及『玄奘取經事跡』二則。儘管諸如「金蓮正宗記」等元代載籍早已提及丘處機撰有「西遊記」一書（註四四），但清代評家像陳士斌、尤侗、吳玉搢、劉一明、鄧懷琨、楊文會等則多依虞集的『序』而採用此說（註四五）。

然而，反對邱處機爲撰者的論調亦時有所聞。錢大昕雖未能確知「西遊記」的撰者，卻認爲：「蕭山毛大可據『輟耕錄』，以爲出邱處機之手，眞郢書燕說矣」（註四六）。俞樾也說：「世傳西遊記是丘眞人作，借以演金丹之旨，妄也」（註四七）。然則，該書既非邱氏之作，又會是誰所撰的呢？據天啓（西元一六二一年－一六二七年）「淮安府志」十九藝文志一『淮賢文目』上說：

吳承恩：射陽集四冊，□卷；春秋列傳序；西遊記。（註四八）

其後，朱彝尊「明詩綜」、康熙「淮安府志」、同治「山陽縣志」與「長興縣志」、光緒「淮安府志」等對吳承恩的事蹟雖多有增添，但基本上仍以天啓「淮安府志」爲依據。而吳玉搢（西元一六九八年—一七七三年）則據此以為「西遊記」一書是吳承恩（西元一五〇〇年—一五八二年）依邱氏之作而「為之通俗演義」的（註四九）。阮葵生（西元一七二七年—一七八九年）雖依吳玉搢的說法，卻以為吳承恩「去修志時不遠，未必以世俗通行之小說移易姓氏」（註五〇），顯然不以邱氏為撰者。後來，丁晏（西元一七九四年—一八七五年）亦依天啓「淮安府志」的記載，肯定「西遊記是淮安歲貢生吳承恩作的」（註五一）；並且還同意吳玉搢、阮葵生以及紀昀等文家的說法，謂「記中如祭賽國之錦衣衞；朱紫國之司禮監；滅法國之東城兵馬司；唐太宗之大學士，翰林院，中書科；皆明代官制」，而書中「多吾鄉方言，足徵其為淮人作」（註五二）。丁氏之說獲得清代陸以湉等文家的贊同，以為「足以正俗傳之訛」（註五三）。

民國以後，胡適經過一番考察，發現「小說考證」中引有丁晏的話，遂亦依據天啓「淮安府志」的記載，極力主張邱處機「西遊記」是「一部地理學上的重要材料」，吳承恩才是小說「西遊記」的撰者（註五四）。其實，魯迅早已先據丁晏和阮葵生的說法而定該書撰者為吳氏（註五五）。無論如何，胡適的說法獲得廣泛的接受與讚揚。董作賓於閱讀『西遊記考證』後，認為「從此吳承恩的姓名，藉著他底文學作品得以永遠不死」（註五六）。李辰冬以為「證明西遊記的作者是吳承恩，確是胡先生的功勞」（註五七）。而趙聰則認為胡適替該書「確定」了撰者，是替吳氏「昭雪」了「沈寃」（註五八）。胡適只替吳氏推出「年代」（註五九），董作賓則協助胡適給吳氏「作出一個年譜」，給他增加「榮幸」（註六〇），而趙景深和劉修業又進而替吳氏作出更詳盡的年譜出來（註六一）。一般文家未經仔細的辨疑或考察，就接受了吳氏為撰者的說法。陳炳良甚至認爲「我們無理由也無須反對一般的說法」(註六二)；王方也主張「反對者只是徒顯淺薄而已」(註六三)。而文學史家、小說史家和「西遊記」學者，亦多表贊同；有的給吳氏的生平來一番或詳或簡的描述，有的則更拿吳氏的際遇來詮釋書中的人物與情節(註六四)。

然而，即使在這種文家普遍表示讚賞與贊同的情況下，我們依然聽到了反對的聲浪和懷疑的論調。反對的呼聲最大的係來自全眞教人士。他們竭力主張「西遊記」是邱處機所作，並且還舉證以推翻胡適的說法。陳敦甫(筆名拙哉)是這方面的代表人物；他以「永樂大典」做爲「歷史鐵證」去駁擊胡適的考證(註六五)，又在『西遊記釋義再版自序』上說：

> 西遊記，全真教龍門派教祖，邱長春祖師嘔心血之作也。其源出自鍾呂傳道集，如心猿意馬，天干地支，五行八卦，皆由傳道集翻演而來。……西遊記，乃我國出世學之大成，寓言於小說。第一要義，為了大道至簡至易，一言可以貫穿，恐傳之非人，復恐授而不學，枉洩秘機。必也，有志之士，前緣後果，見西遊記之隱喻，顯大道之曙光，刻意求師取證，因而利導焉。只要用心從頭翻閱，細嚼其中詩歌，自然能知西遊記為言道之書也。自從胡適博士將西遊記，判為罵世之書，一般崇拜偶像主義，隨聲附和之。拙哉有鑒於此，費去六年工夫，將西遊記真義釋出。……至於西遊記為邱祖所作，特由同人輩尋出歷史證據，附於後，使人確知邱祖所作，不容置疑，亦同人等保存道家出世學之苦心焉。(註六六)

陳氏所謂的「同人輩」，想卽陳志濱。陳志濱聲稱：「在元明兩代，以及清朝的初年，上自重臣巨儒，下至販夫走卒，無不衆口同聲，認爲西遊記乃邱長春眞人所撰。」他舉虞集『序』、「輟耕錄」、「聊齋誌異」、「天仙正理直論」、「閱微草堂筆記」、「邱祖全書節輯」、「山陽志遺」以及「邱祖語錄」爲例說明，並反駁胡適，說：㈠「西遊記」書中的明代官銜「可能」是明太祖「爲避免承用蒙古人之稱謂，乃採取西遊記中所杜撰」者；㈡書中的語言非僅用於淮安，而是「河南、山東、蘇北所共用的口語」；㈢長春眞人「西遊記」乃李志常所編撰，不可跟小說「西遊記」混爲一談。他主張『淮賢文目』上的文句應斷爲「……春秋列傳，序西遊記」，又就造詞、時間和財力三方面指出吳氏最多只替「西遊記」作序，絕非該書的撰者(註六七)。陳氏說得振振有詞；可惜的是，其詞以偏概全，過於武斷。譬如，元明及清初的文家並不全都公認邱處機爲撰者；關於這點，上文已經指出。他只把兪樾的話引至「世傳西遊記是丘眞人作，借以演金丹之旨」，而把緊接下去的「妄也」二字略去(六八)；又將陸以湉說丁晏以吳承恩爲作者「足以正俗傳之訛」的話也省掉(註六九)；實有斷章截句之嫌。另外，吳承恩的詩文集中只有「春秋列傳序」，而無「序西遊記」(註七〇)。這些道敎人士的態度既然有失學術的嚴謹與忠實，也就難以對胡適的論調構成威脅了。

另外，有些當代學者則對吳氏爲撰者之說表示懷疑。日人田中嚴認爲：㈠「淮安府志」所載的「西遊記」，難以確定就是百回本；㈡中國文學史上不曾有過將「雜記」當作小說的先例；㈢吳氏「善諧劇」不能視爲該書撰者的確據；㈣百回本初刊時，無人知道撰者是誰；

㈤李贄編過「水滸傳」、「西廂記」，也評過「西遊記」，卻對吳氏爲撰者一事隻字未提(註七一)。英人杜德橋 (Glen Dudbridge) 補充田中嚴的意見，說：㈠『淮賢文目』和「千頃堂書目」都將吳承恩名下的「西遊記」歸諸史部輿地類；㈡吳玉搢、阮葵生和丁晏都是依據「淮安府志」而將該書歸爲吳著；㈢「西遊記」一詞是中國文學作品常用的標題；㈣「西遊記」爲吳著之說只是淮郡人士的假設，不足爲憑。基於這些理由，杜氏主張在握有確證之前，莫如跟陳元之同採「存疑的態度」(註七二)。而余國藩雖認爲吳承恩仍屬「最可能」的撰者，卻也因缺乏確據而只好採取保留的態度(註七三)。

平心而論，田中嚴和杜德橋大抵多能言之成理。只是「西遊記」初版時，華陽洞天主人等與該書有關的人士不知撰者確實是誰，並不保證來者就無法知道。「西遊記」一詞絕非吾國文家常用的標題；我們現在所知的也不過是「長春眞人西遊記」等寥寥幾部而已。以吳承恩爲撰者或係淮郡人士「誇耀其鄉賢之能」(註七四)的作法，但也難以完全排除其可能性；而全眞教人士說，「西遊記」這部「博大精深」的鉅著必須「像邱長春眞人這樣道高德重的人」(註七五)才寫得出來，當然也是個問題。胡適承認「小說考證的材料最濫」(註七六)，卻因丁晏是經學家，就願意相信，未免顯得任意。他所依據的『淮賢文目』正與考證學上「孤證不立」的原則相抵觸，也就難怪會引起這麼多的紛爭了。於此，筆者以爲：在沒有直接而確切的證據出現之前，我們不如仍採保留的態度；否則，再多發現幾件吳氏親筆寫的碑文，或再多費唇舌筆墨去擁邱排吳，也都僅屬徒勞之舉。

「西遊記」的撰者並非只有以上幾種說法而已。愈樾認爲僧宗泐有「西遊集」一卷，「今俗有『西遊記衍義』，託之丘長春，不如託之宗泐，尚是釋家本色」；桂馥據「唐高僧傳」而案稱：「許白雲『西遊記』，由此而作」(註七七)。王之春則謂：「相傳此書爲孝子所撰，其父閱畢而痼疾愈，似較水滸、紅樓夢之奸盜邪淫高出百倍」(註七八)。不過，這些說法都難以令人採信，只能聊備一說而已。

叄、「取喻設譬」的問題

陳敦甫『西遊記釋義自序』將「西遊記」視爲「寓言」、「隱喻」之書，並由此去闡釋其中的「眞義」。然則，該書是否眞爲一部譬喻之作呢？我們且先來看看譬喻的旨趣所在。蔣一彪『古文參同契序』上說：

> 參同契之作，……欲開示來學，多為旁喻曲譬、玄隱其說，乃是不欲直露真詮，使人委婉究釋，得其旨於語言之外，蓋珍其事，故不得不迂秘其文耳。如以片言道盡此為口訣，無論道不可一概輕如此，而人且易視其言不無忽嫚之心，於修為之際，未肯堅同其念，純一其志，則大道難成矣。(註七九)

虞集『序』指出「西遊記」書中「所言者在佉奘，而意實不在佉奘；所紀者在取經，而志實不在取經，特假此以喻大道耳」(註八〇)：陳士斌以爲該書借玄奘取經「宣暢敷演」金丹至道(註八一)：楊文會亦認爲該書係「借唐僧取經名相，演道家修煉內丹之術」(註八二)。劉一明對於「西遊記」書中的譬喻也有一番說明：

西遊立言與禪機頗同，其用意處盡在言外：或藏於俗語常言中，或託於山川人物中，或在一笑一戲裏分其邪正，或在一言一字上別其眞假，或借假以發其眞，或從正以劈邪；千變萬化、神出鬼沒，最難測度。（註八三）

除了道家而外，儒釋二家亦各有其詮釋。儒家的西遊觀可以張書紳的說法爲例。張氏說，「西遊記」百回，「一言以蔽之」，「只是敎人誠心爲學，不要退悔」而已；書中「逐段逐節，皆寓正心修身，黽勉警策，克己復禮之至要」，使三敎九流讀後知道「遷善改過，以底於至善而後已」；又說：「西遊記」撰者「念世人至多，其端又不一」，故作此書以自讀自敎，期能明白心誠以達「西天」、止於「至善」的道理（註八四）。至於釋家，我們可以尤侗給「西遊眞詮」寫的『序』爲代表。他說：

……西遊記者，殆華嚴之外篇也。其言雖幻，可以喻大；其事雖奇，可以證眞；其意雖游戲三昧，而廣大神通具焉。知其說者，三藏卽菩薩之化身：行者、八戒、沙僧、龍馬，卽梵釋天王之分體；所遇牛魔、虎力諸物，卽阿修羅、迦樓羅、緊那羅、摩睺羅伽之變相。由此觀之，十萬八千之遠，不過一由旬；十四年之久，不過一刹那；八十一難，正五十三參之反對；三十五部亦四十二字之餘文也。（註八五）

準此可見儒釋道三家皆視「西遊記」爲譬喻或寓言之書：而其所謂的譬喻或寓言，正與蔣一彪所謂的旨在言外相符，其目的也正是想透過「委婉究釋」以明書中的眞義。據杜德橋的考察，最早以譬喻來詮釋西遊故事的嘗試見諸楊悌『洞天玄記前序』（撰於嘉靖廿二年，即西元一五四三年）一文（註八六）；楊氏說：

世之好事者，因樂府之感，又捃摭故事，若忠臣、烈士、義夫、節婦、孝子、順孫，編作戲文，被之聲容，悅其耳目，雖曰排優末技，而亦有感人之道焉。波及瞿曇氏，亦有西遊記之作。其言荒誕，智者斥其非，愚者信其真。予常審思其說。其曰唐三藏者，謂己真性是也。其曰豬八界者玄珠，謂目也。其曰孫行者猿精，謂心也。其曰白馬者，謂意白，即言其清靜也。其曰九度至流沙河、七度被沙和尚吞啖；沙和尚者，嗔怒之氣也。其曰常得觀世音救護；觀世音者，智慧是也。其曰一陣香風還歸本國者，云成道之易也。人能先以眼力看破世事，繼能鎖心猿、拴意馬，又以智慧而制嗔怒、伏羣魔，即成道，有何難哉？（註八七）

歷來的文家對於「西遊記」書中的譬喻除了三教方面的之外，要以對「心猿意馬」最感興趣，討論的也較多（註八八）。

不過，胡適對這種現象大爲不滿，並且肆意抨擊所謂的「微言大義」；他說：

西遊記被這三四百年來的無數道士和尚秀才弄壞了。道士說，這部書是一部金丹妙訣。和尚說，這部書是禪門心法。秀才說，這部書是一部正心誠意的理學書。這些解說都是西遊記的大仇敵。現在我們把那些什麼悟一子和什麼悟元子等等的『真詮』『原旨』一概刪去了，還他一個本來面目。……因為這幾百年來讀西遊記的人都太聰明了，都不肯領略那極淺極明白的滑稽意味和玩世精神，都要妄想透過紙背去尋那『微言大義』，遂把一部西遊記罩上了儒、釋、道三教的袍子；因此，我不能不用我的笨眼光，指出西遊記……並無『微言大義』可說；……指出這部西遊記至多不過是一部很有趣味的滑稽小說，神話小說；他並沒有什麼微妙的意思，他至多不過有一點愛罵人的玩世主義。這點玩世主義也是很明白的；他並不隱藏，我們也不用深求（註八九）。

其他學者亦對三教所謂的譬喻寓言表示異議。鄭振鐸認爲：以闡佛、講修煉或討論儒家的明心見性之學來解釋「西遊記」，「都是戴上了一付著色眼鏡，在大白天說夢話」，都「無一是處」（註九〇）；趙景深覺得這種作法「均非作者本意」（註九一）；而潘壽康則以爲這都是「妄測」、「牽強附會」、「玄而又玄」的話（註九二）。劉大杰認爲「妖怪的肚皮裏」好像「藏了許多的哲理」；用三教的觀點來解說，「雖都能自圓其說，其實是無聊之極」（註九三）。而趙聰則更進而「懷疑」書中的譬喻若非「後人妄加增改」，就是撰者「故意」用來「混淆讀者的眼目」：否則，光「爲了『求放心之喻』，似乎用不着敷演這樣一部包羅萬象的大書」（註九四）。

儘管指責與反對之聲如此嚴切，晚近的學者又多有採用譬喻或寓言的觀點來闡釋「西遊記」的趨勢。徐旭生以爲靈山大雷音寺代表「理想」；如來和觀音都指「理想人格」；悟空代表「理性」；八戒指「感受」、「俗情」和「體力」；沙僧卽「健康的知覺」；而唐僧則爲「感情和意志」；其他像狼象徵「暴戾」；青牛代表「愛慾」；六耳獼猴指「假理性」；黃眉童子卽「假理想」；獅子代表「勇力」；而象則指「智慧」(註九五)。陳敦甫全以宗敎寓言的觀點來解說「西遊記」，說：該書委曲隱喻，「寓顯於密，盡洩萬古不傳之秘法」；書中一則以悟空和龍馬爲心猿意馬之喻，同時又以唐僧爲「肉人」，以三徒分指「精」、「氣」、「神」，而以觀音代表「陰符經」中的「機在目」、釋迦舟中傳法之「正法眼藏」(註九六)。鹽谷溫以該書「全部用比喻，巧於曲寫人類底性情，說去煩惱求解脫底方便，童話地演述幽玄的佛理」(註九七)。其他像張鍊伯、夏志清、羅龍治、余國藩、徐貞姬等，亦都主張去找尋書中的寓意或微言大義(註九八)。而像李辰冬、趙聰和孫旗等學者雖反對將「西遊記」當做宗敎寓言來處理，卻又將它視爲歷史寓言，遂使該書又一變而成借喻託諷之作(註九九)。

其實，凡是內蘊豐富的文學作品，都可從不同的角度或觀點去考察，從而獲致深刻的含義。「西遊記」書中固然有「極淺極明白的滑稽意味和玩世精神」，也應有其「哲理」或「微言大義」才對，不去刻意「深求」，恐怕難以揭露其「隱藏」著的妙音；否則，就未免要失之膚淺了。筆者以爲這種作法絕非「無聊」、「妄測」，更非「說夢話」。詮釋作品的基本要求不外是「自圓其說」；如果以寓言的眼光來看「西遊記」有所偏頗，則僅將該書視爲一部「滑稽小說，神話小說」，也未免太不「聰明」。我們若能用不同的硏究方法，從不同的角度去探討「西遊記」這部曠世傑作，才能得到平實而中肯的結果。筆者願在此鄭重呼籲文家留意三敎對「西遊記」一書的詮釋，期能對該書的瞭解更進一層。

肆、「五行生尅」的問題

跟比喻設譬有密切關係的是五行生尅的問題。「西遊記」書中的五行生尅早已爲明清兩代的評家所注意，也早已被用來詮釋唐僧師徒間的關係。陳元之以八戒爲「肝氣之木」，以沙僧爲「腎氣之水」（註一〇〇）；謝肇淛以「南遊記」比擬「西遊記」，謂：「皆五行生尅之理」（註一〇一）。劉一明以沙僧爲「眞土」，以悟空爲「水中金」；又說：「西遊三藏喻太極之體，三徒喻五行之氣；三藏收三徒，太極而統五行也；三徒歸三藏，五行而成太極也」；「西遊以三徒喻外五行之大藥」；「西遊以三徒喻五行之體，以三兵喻五行之用；五行攢簇，體用俱備，所以能保唐僧、取眞經、見眞佛」（註一〇二）。鄧懷琨認爲「西遊記」「中藏八卦五行之妙，內蘊三元四象之橋」（註一〇三）。連倡言吳承恩爲「西遊記」撰者的經學家丁晏亦說：該書「推衍五行，頗契道家之旨，故特表而出之，以見吾鄉之小說家，尚有明金丹奧旨者」（註一〇四）。其他像陸以湉等文家也承認「西遊記推衍五行之旨，視他演義書爲勝」（註一〇五）。

然而，周樹人仍以爲「全書僅偶見五行生克之常談」（註一〇六）；鄭振鐸認爲書中的五行生尅之說是撰者「故弄滑稽」，「決不是有意的處處如此佈置的」（註一〇七）；而趙聰則「懷疑」：「木母金公」之類的道家術語，若非「後人妄加增改」，就是撰者「故意採拾」來「混淆讀者的眼目」，以「掩飾」全書的「眞意」（註一〇八）。晚近的學者漸多贊同譬喻之說，也漸注意五行生尅在書中的功用。徐旭生雖只看出悟空配「金」，八戒配「木」，沙僧配「土」，而以爲「水」「火」無所配屬，五行「並未配足」，唐僧四衆也無適配五臟（註一○九），但至少已察覺書中五行生尅和主要人物之間的關連。傅述先指出：「西遊記」的「結構中多陰陽五行之語。在全書的詩中，作者一再闡明五行的意義」（註一一○）；羅龍治認爲該書」也包括了陰陽五行生尅的道理」（註一一一）。其他像孟瑤等亦都指出了書中的五行關係（註一一二）。

其實，把五行引進西遊故事的傳統裏並非由「西遊記」開始。楊景賢「西游記」雜劇第九齣開頭處描寫天兵天將圍剿通天大聖時，以角「木」蛟等遮斷東方，以軫「水」蚓等攔合北塞，以室「火」豬等截住南方，以鬼「金」羊等隔絕西域，以柳「土」獐等扎塞中央（註一一三）；由這種安排裏面，已可見五行配五方之例。「西遊記」撰者的一大貢獻，就是把五行配屬在唐僧師徒身上，並使之成爲全書的基本架構。「五行」一詞在「西遊記」的回目中只出現一次（卽第七回「五行山」），在正文和詩賦裏總共出現了卅一次，而「水」「火」「金」「木」「土」出現的次數則難以勝計。五行生尅的關係在書中也有相當淸楚的交代；該書第四十九回上說：

有分有緣成大道，相生相尅秉恆沙。土尅水，水乾見底；水生木，木旺開花。……土是母，發金芽，金生神水產嬰娃；水為本，潤木華，木有輝煌烈火霞。

第四十一回則說明了五行和五臟之間的配屬：

五行生化火煎成。肝木能生心火旺，心火致令脾土平。脾土生金金化水，水能生木徹通靈。生生化化皆因火，火徧長空萬物榮。

由這兩處引文可知五行相生之序爲：水生木，木生火，火生土，土生金，金生水；其相尅之序爲：水尅火，火尅金，金尅木，木尅土，土尅水；而其與五臟的配屬則爲肝木、心火、脾土、腎水、肺金。這正是吾國民俗傳統的說法。

關於五行配屬唐僧師徒的事實，我們不難從回目和「詩曰」中察知。回目提絜章旨，「詩曰」配合情節，當然都跟正文息息相關。從回目和正文的對照中，可知第卅八、四十七、八十八、八十九諸回回目上的「木」與第卅二、四十、四十一、七十六、八十六諸回回目上的「木母」都指八戒；第卅八、四十七、八十九回回目上的「金」和第八十六回回目上的「金公」都指悟空；第八十八、八十九兩回回目上的「土」則指沙僧。正文及其詩賦中的情形亦同。書中第二一七、二五三、三四九、四二〇、四五〇、六五八諸頁上的「金」和第二五六、三四三兩頁上的「金公」都指悟空；第三四九、四五〇及九四二頁上的「木」和第二五一、二五六、三四三、四六四、七〇三、七二四、七四九諸頁上的「木母」都指八戒；第二五三、九四二兩頁上的「土」和第四二〇和六一八兩頁上的「土母」則都指沙僧。又第六十一回上謂：

木生在亥配爲豬，牽轉牛兒歸土類。中下生金本是猴，無刑無尅多和氣。

由此可知八戒（豬）配「木」屬「亥」，悟空（猴）配「金」屬「申」。

另外，書中第四十四、七十六諸回回目上的「心」字；第六十九、七十三兩回回目上的「心主」；第四六四、六一八兩頁上的「心君」；第七、十四、卅、卅四、卅五、卅六、四

十一、四十六、五十一、五十四、五十六、七十五、八十、八十一、八十三、八十五、八十八等回回目上以及第二一七、二二九、三一九、三四九、四六八、六六一、七〇一、七〇三、七二四、七四七、九四二諸頁上的「心猿」皆顯然指悟空。事實上，光由「心猿」一詞，亦可推知悟空除了配「金」之外，還配「火」：以五行配十二生肖，則猴屬「金」，以五行配人體五臟，則心配「火」。

唐僧的配屬最不淸楚。不過，我們只要細讀正文，仍可察知他所配的「行」。譬如，悟空二度被逐後（第五十七回），三藏頓覺口乾舌燥，隨即「詩曰」：「土木無功金水絕」。由前後文義的對照中，我們可以確定此處的「土」指沙僧，「木」指八戒，「金」指悟空，而「水」則指三藏。又觀音派木叉去降伏沙僧前（第廿二回），「有詩爲證」說：「二土全功成寂寞，調和水火沒纖塵」；而唐僧師徒在寶林寺吟詩的插曲中（第卅六回），沙僧曾說：「水火相攙各有緣，全憑土母配如然」。從沙僧（土）在全書的功能上看來，可知他要做的正是調和三藏和悟空之間的衝突；因此，這兩處的「水」當然正是指三藏而言。

大抵說來，唐僧師徒的個性多如各自所配的「行」。三藏配「水」，其個性亦柔弱似水：慈憫而多禮、心堅而無膽、好哭而怕死、耳軟而多疑。「火」性燥烈，可以照明，亦可以焚燬一切：悟空性急如火、焦躁暴烈，並屢次啓廸唐僧，正表現了「火」的特性。「金」性肅殺剛傲；而悟空也正是性傲剛強、任性自負、勇敢無畏。八戒配「木」，又生具豬性；因此，他既性蠢如木，也貪財好色。「土」居五行的中央，具有調度與營養五行的功用；沙僧誠篤忠厚，在全書中曾多次發揮凝聚與諧和之功，使取經團體不致散離。不過，我們應該特別注意的是，他們配「行」只是說個性上有了可玆辨認的標籤，而不是說他們的個性就一成不變。關於這點，我們將在以下各章分別細論。

「西遊記」主要便是以五行的「分」「合」爲全書的基本架構。書中的前十二回雖旨在介紹取經的因緣和取經團體的成員，卻也同時指出：自從鴻濛開闢以後，五行便各分東西。其中，配屬「金」「火」的悟空因騷擾三界而遭佛祖困壓在五行山下（第一回—第七回）；配「土」的沙僧淪爲流沙河河精；屬「木」的八戒在福陵山上吃人度日（第八回）；而三藏（水）則遭貶東土、復讎報本（第九回）。這是由「合」而「分」的過程。從三藏離京（第十三回）到沙僧皈依（第廿二回），五行依相尅之序出現而結合；則是由「分」而「合」的過程。五行的出現，以「水」排序於首，以「土」列次於末，相繼加入取經團體，蓋寓相尅所以相成之意。衝突是小說的動力與生命；而相尅正是製造衝突以活躍情節和人物的良策。但五行雖相尅，亦相生；相尅製造衝突，相生促成和諧。「西遊記」書中不止唐僧師徒配屬五行以相生相尅，西天路上的妖魔鬼怪亦各有配屬（參見附錄三）。因此，表面上是唐僧師徒和妖魔鬼怪之間的衝突，實則爲天地間五行的齟齬。換句話說，這正是宇宙中五種基本物質的運作與變化。自從五行首度結合後，書中的插曲大抵便以五行或唐僧師徒的「合」「分」「合」爲其基本模式。取經團體一旦因相尅而發生「貶退心猿」（第廿七回）或「再貶心猿」（第五十六回）之類的內鬨，固然會造成散離的局面，若是遇到「平頂山逢魔」（第卅二回）、「號山逢怪」（第四十回）或「金兜山遇怪」（第五十回）等外力的侵犯，也會帶來五行零落的現象。反過來說，只要唐僧師徒處於相生的關係，便會合作無間、團結和諧；關於這點，像唐僧和悟空在車遲國「大賭輸贏」（第四十五回），以及金木土在豹頭山大戰獅精（第八十九回）等例，便是最好的說明。唐僧師徒便是在這種時而相尅、時而相生的情況下，逐漸化解衝突而臻至「空還寂」的境地；五行終於由「分」而「合」而還歸眞如或渾沌的狀態。

準此，五行生尅在「西遊記」書中所造成的種種現象，絕非是「偶見」或「故弄滑稽」。由於它關乎全書的基本架構，因此絕非可任由「後人妄加增改」來「混淆」讀者的眼目。五行生尅爲吾國先哲用以觀察宇宙萬物的一種思維方式；撰者據以整合全書，不僅使其條理分明、人物獲致個性上的指標，同時也使「西遊記」一書有了思維的基礎。這些都不能不說是他對西遊故事傳統的貢獻。

伍、「祖本節本」的問題

西遊故事發展到明代，出現了陽至和的四卷四十一則本「新鍥三藏出身全傳」（以下簡稱「陽本」）（註一一四）、朱鼎臣的十卷六十七則本「鼎鍥全像唐三藏西遊釋尼（厄）傳」（或稱「新刻唐三藏西遊全傳」；以下簡稱「朱本」）（註一一五），以及世德堂刊行的廿卷百回本「新刻出像官板大字西遊記」（以下簡稱「世本」）（註一一六）三種本子。由於各本成書時間無法考訂，現存各本初版的年代又相差無幾，遂使關心西遊故事演化的學者爭議了五、六十年，迄無定論；而言人人殊雖亦成理，只是資料不足，目前學者仍舊停留在「似乎」、「可能」、「或許」的階段，無法徹底澄清這三個本子之間的關係，以定世本的成就。

首先提出祖本說的是周樹人。他認爲陽本雖「文詞荒率，僅能成書」，但「大體已立」；而世本則取材廣泛，「鋪張描寫，幾乎改觀」(註一一七)。這顯然是說，陽本是世本的祖本。爾後，趙景深以陽本是世本的「藍本」(註一一八)、徐旭生以世本「取材楊書」(註一一九)，都是踵武周氏的說法。其他像張天翼、童思高、霍松林、張默生(註一二〇)等亦接受周氏的意見，以爲陽世本給世本提供了「有利條件」，使西遊故事的「發展」臻至「完整」的地步，「其功迹是不可泯沒的」。

另一方面，胡適舉出「鐵證」，斷定陽本是清朝中葉一個「妄人」「胡亂刪削」世本而成的「節本」，而非「古本」(註一二一)。孫楷第認爲陽本出於朱本，而朱本則係據世本「縮寫改編而成」(註一二二)。鄭振鐸主張永樂大典本「西遊記」顯然才是世本的「祖源」，朱本是世本的刪本，陽本則「很可能」是「斟酌」朱本和世本「而成」的(註一二三)；鄭氏的說法後來也爲周樹人採納(註一二四)。柳存仁認爲胡適的「鐵證」是「大膽」而「危險」的「假定」，並非「最後的判決」；他經過「詳細的文字對斟」後，以爲孫氏受胡適的影響才以朱本爲「略本」，實則陽本「刪割」朱本，而世本承襲朱、陽二本(註一二五)。但杜德橋檢覈細節，指出陽本「不通與矛盾之處」，從而認爲朱本、陽本皆非「純粹創造的作品」，而是「省略或改寫」的，可見柳氏之說「勉強」，「根本不能成立」。鄭氏主張陽本後朱本先；而杜氏則以為陽本先朱本後，兩本都是「某一百回本」的節本，只是朱本的第八卷以後，以「陽本為底」（註一二六）。學者想從版本、文句、情節、回目及風格等方面的比對中去解決祖節之爭（註一二七），但依然未獲確切的結果。

退一步說，我們若姑且不談祖節的問題，而僅比較各本的結構，則至少亦可看出各本撰者眼光的高下。我們且先從世本入手。由於世本尚有第九回的問題留待解決，且上文也已約略提到該書前十二回的梗概，以下僅擬討論取經過程的結構。三藏離京上路後，經「出城逢虎」、「折從落坑」、「雙叉嶺上」（第十三回）、「兩界山頭」（第十四回）、「陡澗換馬」（第十五回）、「夜被火燒」（第十六回）、「失却袈裟」（第十七回）、「收降八戒」（第十八回—第十九回）諸難而使行動（action）逐步上升，至「浮屠山玄奘受心經」而稍頓。但「黃風怪阻」（第廿回—第廿一回）、「流沙難渡」（第廿二回）這兩個挿曲，又揚起行動。等到八戒在「四聖顯化」（第廿三回）時因財色迷竅而演了一齣「撞天婚」的傻劇，才以諧趣的場面，暫時緩和了緊張的氣氛。從「五莊觀中」（第廿四回—第廿六回）起，情節繼續開展，行動也繼續上升，至「屍魔戲禪」（第廿七回），悟空遭貶，而危機萌現。三藏隨卽誤入波月洞（第廿八回），雖經寶象國公主搭救，但不久沙僧遭擒（第廿九回），三藏在「金鑾殿變虎」，西海小龍又負傷敗走，取經團體頓成凋零之狀（第卅回）：旋而八戒「義激猴王」，悟空「智降妖怪」，唐僧師徒所代表的五行才又由「分」而「合」（第卅一回）。

「平頂山逢魔」（第卅二回—第卅五回）中，唐僧師徒再度遭逢大難；但兇險之後，安排了寶林寺賦詩的插曲（第卅六回），有調劑之功，一時舒緩了情節進展的速度。「鬼王夜謁」（第卅七回），但覺陰風颯颯、燭昏灰迸，霎時掩蓋了平和的氣氛。「號山逢怪」（第四十回—第四十二回），又使行動上揚。再經「黑河沉沒」（第四十三回）、「車遲鬥法」（第四十四回—第四十六回）、「身落天河」（第四十七回—第四十九回）、「金兜山遇怪」（第五十回—第五十二回）、「喫水遭毒」（第五十三回）、「西梁國留婚」（第五十四回）、「琵琶洞受苦」（第五十五回）等插曲，行動愈趨高升。在這些插曲裏，唐僧師徒雖多災多難，卻能從中表現一己的能耐與職責，同心合意，彼此間已建立起相當諧順的關係。

但好事多磨，圓滿難久。悟空誅草寇（第五十六回）又造成了取經團體內部的不和，使其關係再度陷入低潮，終至水火不容、災愆復起（第五十七回）。經過「難辨獼猴」（第五十八回）後，五行才又由「分」而「合」。「三調芭蕉扇」（第五十九回—第六十一回）旨在調和水火；祭賽國「取寶救僧」（第六十二回—第六十三回）與駝羅莊「殄滅大蟒」（第六十七回）由金木合作達成；而「荊棘嶺開蓬」（第六十四回）與「稀柿衕除穢」（第六十七回）則讓八戒獨當一面。這些都有促成五行緊密結合之功。在這幾個插曲的當間，有「木仙庵談詩」（第六十四回），雖饒田園雅趣，卻隱含兇險。緊隨在後的「小雷音遇難」（第六十五回—第六十六回）再度升高行動，唐僧師徒又逢大厄，平緩的氣氛掀起了高潮。隨後，悟空在「朱紫國行醫」（第六十八回—第六十九回），由八戒和沙僧配藥，龍馬也獻出了尿水，嚴肅的氣氛中間雜戲謔。從獬豸洞「降妖取后」（第七十回—第七十一回），經盤絲洞「七情迷沒」（第七十二回），到黃花觀「多目遭傷」

(第七十三回)，唐僧師徒的厄難漸趨加深，而劇情亦隨着節節高升。

「路阻獅駝」(第七十四回—第七十七回)一難是全書的高潮所在。悟空雖能憑其變化「鑽透陰陽竅」，但四衆隨即中計遭擒；所幸佛祖以其法力伏魔擒怪、化解厄難。「西遊記」書中的每個揷曲都可自成一完整的單位，因此遂有一連串的高潮出現。這些高潮當中，尤以佛祖三度出面最爲突出：一是殄伏乖猿(第七回)；二是辨明獼猴(第五十八回)；三是伏服大鵬(第七十七回)。這三次危機當中，乖猿獨鬧天宮，格局較小；由於眞假行者的神通相若，二心大鬧乾坤的結果，自然較爲嚴重；而大鵬的本事高過悟空甚多，其所製造的紛擾，亦最爲不堪設想。再者，大鵬事件適居全書四分之三處，對於悉心構思的撰者來說，正可以製造極峯。此後諸難雖仍有驚險雜於其間，但行動大抵漸趨下降。

在「比丘救子」(第七十八回—第七十九回)中，唐僧和悟空互換形貌。唐僧在「松林救怪」(第八十回)，經悟空苦勸未果，遂有「無底洞遭困」(第八十一回—第八十三回)之難；悟空和八戒攜手大戰妖魔，狠鬥中有幽默，溫柔中雜險巇。唐僧在「隱霧山遇魔」(第八十五回—第八十六回)遭擒，妖魔雖兩度以假人頭哄騙悟空三衆，但他們仍決意合力報仇，足見取經團體的內部已愈形團結與和諧。鳳仙郡「勸善施霖」(第八十七回)、玉華縣「三僧授徒」(第八十八回)、計鬧豹頭山(第八十九回—第九十回)、大戰青龍山(第九十一回—第九十二回)以及「天竺國遇偶」(第九十三回—第九十五回)等揷曲，多由悟空一人運謀決勝，唐僧等人對他表示了最大的信賴，而師兄弟對唐僧亦愛戴備至。等到銅臺府牢獄之災(第九十六回—第九十七回)過後，四衆功成行滿，全書的行動亦終於隨着取經團體的諧調而平緩下來。

世本的「緒論」部分佔全書的百分之十二左右，朱本的佔二分之一強，而陽本則佔其全書的三分之一弱（參見附錄一）。光從這樣的比例看來，朱本就有頭重脚輕之病，陽本的重心也多有偏離；只有世本將全書重點放在唐僧師徒取經的過程上，這才是一部道地的「西遊記」。朱陽二本用以敍述情節的篇幅多少不一。就八十一難來說，朱本六十則以前和陽本廿九則以前多以一則敍述一難；但朱本六十一則以後和陽本卅則以後則以一回敍述數難，而像「三藏過朱紫獅駝二國」（朱本第六十四則，陽本第卅八則）一則居然以千餘字涵蓋十難之譜，亦可想見其敍述的簡略了。世本中的許多熱鬧情節當然亦經大事減縮；譬如，世本以三回一萬五千字左右的篇幅敍述「三調芭蕉扇」，但朱陽二本則都只剩一百三十個字；而「火焰山大戰」在世本佔一回五千餘言，在朱陽二本僅剩「得天神地祇助功，收了魔王」寥寥數字而已。同時，像「四聖顯化」、「寶林寺借宿」和「木仙庵賦詩」之類的「調劑場景」（relief scenes），都掩而不彰；朱陽二本雖都在書末提到八十一難，但我們若細察二書，便可發現朱本缺第卅、四十、四十一、四十九、五十、六十七、六十八、七十、七十二、七十四和七十五諸難；陽本亦少了第三、四、卅三、卅五、四十、四十四、四十八、四十九、五十、五十七、六十七、六十八、七十、七十二、七十四和七十五等難。又世本的高潮設在「路阻獅駝」一難，其描述極盡曲折之能事，而朱陽二本則以區區數行了結：

> 師徒又行，已到獅駝國。原來此國君臣三個被妖吃了，占坐此國。他師徒不知，進城

悞換關文。被魔王一齊綁倒，分付小妖蒸熟來吃。行者使個縮身法子走脫，去西方拜見佛祖，詳說師父被難之事。如來聞言，領文殊、普献同來收妖。先令行者引戰。行者挺杖進城，那三妖合力殺出，被文殊、普獻念動咒語，收了青獅、白象，各跨坐下。如來收了大鵬金翅鳥。三妖既除，佛歸西天。行者救出師父、師弟，四衆趲行。（註一二八）

在世本裏，揷曲的安排造成了節奏的緩急抑揚；但朱陽二本則因情節簡略而失去了節奏感，這可說是其結構上的致命傷。

另外，誠如上文所言，世本的結構可由五行的「分」「合」中看出。但「五行」絕少出現於朱陽二本（註一二九）；它們不跟二書的結構發生關連，亦使唐僧師徒失去了個性的標籤。由於朱陽二書既無其他組合全書的模式，又不曾以他法去刻繪唐僧師徒的個性，遂使其全書的組構零亂無章，人物的個性缺乏鮮明度，也使唐僧師徒間的關係無法圓滿闡明。

由以上的討論看來，朱陽二本的結構實因簡略而沒有活潑的節奏。我們無從確知三本之中孰祖孰節，但即使世本是以朱本或陽本為底本，亦可見世本撰者的高明之處。祖節問題雖與撰者問題同樣須待確鑿的證據出現才能解決，但就三本的結構而言，筆者仍願以朱陽二本為節本。

陸、「江流故事」的問題

「西遊記」第九回「江流故事」並不見於世本，而首見於汪象旭「西遊證道書」裏。汪氏認爲「俗子不通文義」，才將該回「刪去」，「任意割裂」，致有「梟脛窒頸之譏」，因據大略堂「古本」挿入，並改動該回前後的回目(註一三〇)。後來書業公本「新說西遊記」第十回的「後批」亦指出：若將該回刪去，則「題綱錯亂，法脈不淸」，故須補回，以免「界址不分，而文義不可讀」(註一三一)。鄭振鐸首先懷疑該回是否「爲世德堂所脫落」，只是目前所見的本子未有早於世本者，「故不知其眞相究爲如何」(註一三二)。孫楷第也以爲，沙僧三衆及龍馬的出身「皆詳其原委」，玄奘的部分「亦不得獨略」；「以文勢論之」，應在「太宗決建道場朝廷推擧之后」追述玄奘的生平；他說：或許「萬曆間刻書者嫌其褻瀆聖僧，且觸迕本朝(高皇)，語爲不祥，亟爲刪去」(註一三三)。然而，杜德橋認爲「西遊記」中的神話傳說以典故的形式出現者，並不曾「一一加以詳細的交代」；玄奘的出身在明代已是家喩戶曉，無需贅述；況且，現行的「西遊記」加上該回對情節的推展「並無貢獻」，其風格也與整部小說「不諧洽」，因此殊無挿入的必要，不如仍保持世本的「原貌」爲尙(註一三四)。就西遊故事的傳統和整部小說的結構來說，「江流故事」是否眞如杜氏所謂的「並無貢獻」呢？這點實在値得我們在此重新加以考慮。

徐渭曾在「南詞敍錄」中着錄南戲『陳光蕊江流和尙』戲文一種(註一三五)。而據俞樾、錢南揚和臺靜農等學者的考察（註一三六），江流故事蓋由周密「齊東野語」『吳季謙改秩』（註一三七）增飾而來。其後，楊景賢「西游記」雜劇（以下簡稱「楊劇」）的前四齣、朱本的第四卷第十九則——第廿六則、陽本第二卷第十二則的部分，以及汪象旭「西遊證道書」（以下簡稱「汪本」）的第九回，都用到此事。

楊劇中的江流兒本是西天毘盧尊者。他因諸佛決議而托化東土，好在日後以「肉身幻軀」前往西天取經闡敎。他在出生前，其父陳光蕊命喪江心；其母殷氏因有孕在身，只得忍辱從賊。等到他生後滿月，殷氏被迫將他抛在江裏，所幸由漁人拾起，送往金山寺丹霞禪師處撫養。他在十八歲那年獲知父母深仇，於是經過一番周折，終得擒賊復讎。楊劇的情節頗似朱本第卅六則上的一段韻文：

靈通本諱號金禪，只為無心講佛經，轉托塵凡苦受摩，降生世俗遭羅網。投胎落地就逢凶，未出之前臨惡黨。父是海州陳狀元，外公總管輔朝佐。出身命犯落紅（應作「江」）星，順水順波逐浪漾。托孤金山有大緣，法明和尚將他養。年方十八認娘親，特赴京都求外長。總管開山調大軍，洪州勦寇誅凶黨。狀元光蕋脫天羅，子父相逢堪賀獎。復謁當今受主恩，靈烟閣上賢名响。恩官不受拜為僧，洪福沙門將道訪。小字江流三藏兒，法名喚做陳玄奘。（註一三八）

不過，朱本第十九則——第廿六則裏的敍述跟上面這段引文並不完全相符。依據朱本的說法，玄奘出生時，其母殷氏暈悶在地，耳際但聞太白金星吖囑說，他是「奉玉帝金旨」送來此子；殷氏醒後，南極星君化成一僧來領去孩兒，送到金山寺，由法明和尚將他撫養成人。

陽本的江流故事則僅以寥寥百字略加交代：

> 諱號金蟬，只為無心聽佛說法，神歸陰府。後得觀音保護，送回東土。當朝總管殷開山小姐，有胎未生之前，先遭惡黨劉洪霸佔，父親陳先被害，留下小姐，正值金蟬降生，洪欲除根，急令逼死；小姐哀告再三，將兒入匣裏，着人送至金山寺去，遷安和尚收留。自幼持齋把素，因此號為江流兒，法名喚做陳玄奘，削度出家，得常供母食，脫身修行。……（註一三九）

上文提過，學者對於朱陽二本在情節方面的矛盾和漏誤已有相當詳盡的討論，職是之故，此處擬僅就「西遊記」八十一難的前四難稍加比對楊劇等四部作品。而我們只要一經比對，就不難發現：朱本的正文中並沒有「金蟬遭貶」和「滿月拋江」兩難；陽本中則缺「滿月拋江」和「尋親報冤」兩難。因此，它們從開頭就已註定不足八十一難之數了。汪本或「西遊記」第九回的情節跟上面剛剛引過的韻文相符（註一四〇），與楊劇的敍述則較接近。楊劇的「毘盧托化」等於汪本的「金蟬遭貶」，但劇中並無「出胎幾殺」一難。嚴格說來，汪本或「西遊記」第九回也無「金蟬遭貶」一難，「滿月拋江」則應作「出胎拋江」。不過，較值得我們注意的是，楊劇和朱陽二本裏的江流故事，不管其敍述是詳是簡，都不與爾後的情節有所呼應。但汪本或「西遊記」中的則不然。據黃肅秋指出，三藏的身世曾在第九回以後出現了十次之多。其中，最完整的是跟朱本相近的那段韻文：第十四、四十七、四十八、九十三和九十四諸回中提到三藏的俗姓及其父母的事；而第卅七、四十九和六十四諸回則涉及「出胎」和「拋江」兩難。又，這四部作品中，只有汪本或「西遊記」中的唐僧師徒配屬五行。唐僧配「水」，這四難中的「拋江」和「江流」一名因而與他的配屬愈形密切。

尤有進者，從神話學的觀點來看，這四部作品中的江流兒雖都曾在這幾難中因迭經生死而面貌多變，卻只在汪本或「西遊記」中關係重大。汪本或「西遊記」中的江流由極樂世界的金蟬一變而爲東土棄兒：經過一番「水」的洗禮後，由俗世進入空門；然後以「復仇者」的姿態，又由空門返回俗世，尋親報冤。他在達成復仇的心願後，重返空門，立意安禪，在洪福寺當「僧官」。等到唐王秉誠修水陸大會，他應選爲壇主，以「天下大闡都僧綱」的面貌再見於俗世，其姿態自亦不同。然而，他所講的小乘教法只能「渾俗和光」，還不足以超亡度苦；因此，他早先所經歷的幾番生死，僅讓他成爲名義上的壇主；唐王賜他「三藏」之名，正是要他以名義上的壇主去求取眞經，好再經幾番生死後，得以實質上的壇主來主持大會，超度冤魂，救亡脫苦。由此說來，江流故事實爲「西遊記」一書不可或缺的部分。它是西遊故事傳統的一環，到「西遊記」才獲得最滿意的處理。我們應注意的是：唐僧雖僅爲取經團體的名義領袖，但基本上，西遊記是唐僧的故事；他的身分實較書中其他人物特殊。因此，他的生平雖已家喻戶曉，若不給以交代，必然變成全書的一大闕漏。杜德橋認爲此回「自成一體」（註一四一）；實則該回所描述的是現實世界中的三藏，正好跟第十三回以後進入神話世界的三藏成一對照：前者平凡而勇敢；後者是唐王御弟，擁有「聖僧」之名，但好哭而怕死。是則該回在整部小說中自有其積極的功用。當然，該回的敍述確有不少疏漏和矛盾之處。但瑕不掩瑜，這些疏漏和矛盾並不足以影響其存在。

在結束這「緒論」之前，筆者願再鄭重覆述以上提出的幾點看法。首先，對於必待找到確據才能解決的撰者問題，筆者擬採保留的態度。其次，有關祖節的問題，筆者擬在確據出現之前，以朱陽二本爲節本。復次，筆者堅決以爲：「江流故事」仍應維持「西遊記」書中的現狀。其他像譬喻和五行等問題，筆者要呼籲文家宜重「西遊記」書中的內證，並以寬宏的胸襟去容納各種不同的詮釋，使該書的研究成果更趨輝煌，亦使這部家喻戶曉的鉅著更爲世人所瞭解。

附註

註一：「西遊記」（一九五四；臺北：華正書局翻印本，民國七十一年）。

註二：據筆者目前所知，「四大奇書」的說法可見於劉廷璣，「在園雜志」，叢書集成續編（臺北：藝文印書館，民國六十六年？），卷二，頁廿四。又參見趙聰，「中國四大小說之研究」（香港：友聯出版社，一九六四年），頁一二六；澤田瑞穗，『西遊演義枝譚』，「中文研究」，第七號（一九六七年一月），頁廿五。

註三：依次見周樹人，「中國小說史略」（一九二三；臺北：明倫出版社翻印本，民國五十八年），頁一六七；劉大杰，「中國文學發達史」（一九五八年；臺北：中華書局，民國六十年），頁九五一；劉麟生，「中國文學史」（臺北：中新書局，民國六十六年），頁三五七。

註四：依次見「中國文學史」（人民文學出版社，一九五九年），頁二八一；蔡義忠，「從施耐庵到徐志摩」（臺北：

清流出版社，民國六十二年），頁廿一；顧實，「中國文學史大綱」（上海：商務印書館，民國十五年），頁二八六。

註五：見李祐，『論西遊記』，「明清小說研究論文集」（人民文學出版社，一九五九年），頁二〇一。

註六：此書在故宮博物院圖書館有藏本，又見於中央研究院傅斯年圖書館美國國會圖書館攝製北平圖書館善本書膠片（Rare Book National Library Peiping），第九七〇號—第九七一號。

註七：佛教傳入東土的確切年代說法不一，而以西漢年間似較可信；說見黃仲琴，『佛教入中國諸說之因襲及推進』，在張曼濤主編，現代佛學叢刊㈤「中國佛教史論集」（一）（臺北：大乘文化出版社，民國六十六年），頁一—九。

註八：見梁啓超，『中國印度之交通』（題目亦作『千五百年前之中國留學生』），「飲冰室合集」（專集之五十七）（上海：中華書局，民國卅年），頁一—廿六。

註九：見義淨，『大唐西域求法高僧傳序』，「大正大藏經」（東京：大正一切經刊行會，一九二七年），第五十一冊（史傳部），頁一上。

註一〇：俞樾，『小浮梅閒話』，在孔另境編，「中國小說史料」（民國廿五年；臺北：中華書局，民國四十六年），頁五十。

註一一：胡適，『西遊記考證』，收在「胡適文存」（臺北：遠東圖書公司，民國四十二年），二集二卷，頁三五八—三五九。

註一二：見「高僧法顯傳」，在「大正大藏經」，第五十一冊，頁八五七上；又見釋慧皎，「高僧傳」（臺北：臺灣印經處，民國六十二年），初集三卷，頁五十九。

註一三：見慧立撰、彥琮箋，「大唐大慈恩寺三藏法師傳」（臺北：廣文書局，民國五十二年），卷一，頁八。

註一四：見釋贊寧撰，「高僧傳」（臺北：臺灣印經處，民國五十年），三集一卷，頁一。

註一五：同前引書。

註一六：見「高僧法顯傳」，頁八五七下、八五八上、八五九上、八六五下—八六六上中。

註一七：義淨，「大唐西域求法高僧傳」，頁七下。

註一八：同前引書，頁八中。

註一九：「慈恩傳」，卷一，頁十三—十五。

註二〇：玄奘在西遊期間，除了在下文即將敍及的殑伽河之難外，還曾在阿耆尼國銀山以西逢羣賊（「慈恩傳」，卷二，頁一）；在屈支國西行二日「逢突厥寇賊二千餘騎」（卷二，頁三）；在那揭羅喝國內前往燈光城時遇五賊「拔刀而至」（卷二，頁十三）；在前往曷邏闍補羅國那羅僧訶城途經波羅奢大林時，遇羣賊五十餘人（卷二，頁二十）；返國時，過僧訶補羅國後，在山澗中多次逢賊，「然卒無害」（卷五，頁十三）；又在離朅盤陀國後五日，途遇羣賊（卷五，頁十八）。

註二一：「慈恩傳」，卷三，頁二—三。

註二二：參見諸葛祺，『法顯玄奘西行之比較』，在張曼濤主編，現代佛教學術叢刊第十三册「中國佛教史論集」（四）（臺北：大乘文化出版社，民國六十七年），頁三一八。

註二三：見「高僧法顯傳」，頁八六四中下、八六五下。

註二四：參見諸葛祺，頁三一九。

註二五：「高僧傳」，三集一卷，頁一。

註二六：見義淨，「大唐西域求法高僧傳」，卷下，頁七下、八上中。

註二七：以上分別見「慈恩傳」，卷一，頁五—七；卷二，頁廿一—廿三、廿五—廿六；卷三，頁十九、廿、廿三；卷四，頁五—六、十四—十五。

註二八：見「高僧法顯傳」，頁八五九中。

註二九：以上分別見「慈恩傳」，卷一，頁十五；卷五，頁三—七、十一。

註三〇：有關法顯東還的路線，學者多有爭論；參見雲川，『法顯求法東歸考』，在「中國佛教史論集」（四），頁三三三—三三七。

註三一：見「高僧傳」，初集三卷，頁六十一—六十二。

註三二：「高僧傳」，三集一卷，頁二—四。

註三三：「慈恩傳」，卷六，頁一—三。

註三四：同前引書，卷十，頁九—十。

註三五：吾國佛教史上譯經成績較著的尚有鳩摩羅什和不空等高僧，但他們皆為天竺人；參見梁啓超，『翻譯文學與佛典』，「飲冰室合集」（專集五十九），頁四—九。又天竺僧侶東來譯經者甚多，而以波頗、那提、流志、阿質達霰及達摩涅羅等的成就較大；說見黃敏枝，『唐代天竺僧侶東來譯經考』，在張曼濤主編，現代佛教學術叢刊第卅八册「佛典翻譯史論」（臺北：大乘文化出版社，民國六十七年），頁一〇九—一一七。

註三六：「南海寄歸內法傳」，收在「大藏經」，第五十四册（事彙部下、外教部上），頁二〇四—二三四。

註三七：參見梁啓超，『中國印度之交通』，頁廿七—卅一；雨曇，『唐代佛教與社會』，在張曼濤主編，現代佛教學術叢刊第六册「中國佛教史論集」（二）（臺北：大乘文化出版社，民國六十六年），頁一〇八—一〇九；張君勱，『玄奘留學時之印度與西方關於玄奘著作目錄』（原載於民國四十五年六月「自由中國」），「獅子吼」，九卷三—四期（民國五十九年三月），頁十六—廿一。

註三八：參見湯用彤，『唐太宗與佛教』，在「中國佛教史論集」（二），頁九十一—九十七。

註三九：『大唐三藏聖教序』，在「慈恩傳」，卷六，頁十五。

註四〇：陳元之，『刊西遊記序』，在「新刻出像官板大字西遊記」（金陵：世德堂，一五九二），頁一—二。

註四一：錢大昕，『跋長春真人西遊記』，「潛研堂文集」（四部叢刊初編第九十七册），頁二八九上。

註四二：紀昀，『如是我聞』，引見孔另境編，「西遊記史料」，頁四十七；顯鑒，『西遊記辨訛』，「地學雜誌」，第十二年第四期（民國十年四月），頁九；郭布汾，「中國小說史略」（上海：新文化書院，民國三年），頁七十六；鹽谷溫著、良工譯，「中國文學概論」（臺北：海運書坊，民國五十四年），頁四四二。

註四三：虞集，『西遊原序』，在汪象旭評，「繡像真詮西遊記」（懷新樓梓行），頁一。

註四四：見太田辰夫，『「西遊記」成立史の諸問題』，「日本中國學會報」，第廿四集（一九七二年十月），頁一五三—一五八。

註四五：說見陳士斌，「西遊記」（臺北：商務印書館，民國五十七年），頁一〇一五；尤侗，『西遊真詮序』，同前引書，頁一；吳玉搢，「山陽志遺」，卷四，引見胡適，『西遊記考證』，頁三七八；劉一明，『西遊原旨序』，「西遊原旨」（上海：指南針，一八八〇年），頁一；鄧懷琨，「西遊闡微」，引見澤田瑞穗，

『西遊演義枝譚』，頁廿七；楊文會，「等不等觀雜錄」，在孔另境編，「中國小說史料」，頁五十二—五十三。

註四六：同註四一。

註四七：俞樾，「小浮梅閒話」，在孔另境編，「中國小說史料」，頁五十一。

註四八：引自『西遊記考證』，頁三七六。

註四九：同前引書，頁三七六。

註五〇：同前引書，頁三七七。

註五一：同前引書，頁三七七—三七八。

註五二：丁晏，『石亭記事續編』，在孔另境編，「中國小說史料」，頁四十八—四十九。

註五三：陸以湉，『冷廬雜識』，同前引書，頁四十八。

註五四：見胡適，『西遊記考證』，頁三五四、三七六。

註五五：胡適承認他所尋得的吳承恩事蹟係周豫才所鈔送（見前引書，頁三七六）；又見周樹人，「中國小說史略」，頁一六七—一六八。劉修業和孟瑤等都認為：以吳氏為撰者之說，直到周氏「史略」問世，才成定論。說見劉修業編，「吳承恩集」（臺北：世界書局，民國五十三年），頁二三三；孟瑤，「中國小說史」（臺北：傳記文學出版社，民國六十年），冊三，頁四一九。

註五六：董作賓，『讀西遊記考證』，收在「胡適文存」，二集二卷，頁三九一。

註五七：李辰冬，「三國水滸與西遊」（重慶：大道出版社，民國卅四年），頁一〇九。

註五八：趙聰，「中國四大小說之研究」，頁一四二。

註五九：見胡適，『西遊記考證』，頁三七九。

註六〇：同註五六。

註六一：見趙景深，「小說閒話」（上海：北新書局，一九三七年），頁四十五—六十五；劉修業編，「吳承恩集」，頁二〇二—二三二。

註六二：陳炳良，『中國的水神傳統和西遊記』，「書和人」，第一七七期（民國六十年十二月二十五日），頁六

（註二）。

註六三：王方，『論「西遊記」作者・兼論考證方法』，「臺灣新聞報」，民國六十五年六月九日，第十二版。

註六四：參見劉大杰，「中國文學發達史」，頁九五三—九五五；鄭振鐸，「插圖本中國文學史」（一九五七年；臺北：明倫出版社翻印本，民國五十八年），頁九一二—九一三；譚嘉定，「中國小說發達史」（民國廿四年；臺北：啓業書局，民國六十二年），頁三二五；又參見本書第一章，頁五十二—五十三。

註六五：見陳敦甫，『西遊記非吳承恩作』，收在「西遊記釋義」（臺北縣：全真教全真觀，民國六十五年），頁二—七；『再論西遊記非吳承恩作』，同前引書，頁十—十四；『西遊記與道家』，「中央日報」，民國五十一年六月十八日，第六版。

註六六：陳敦甫，『西遊記釋義再版自序』，「西遊記釋義」，頁一。

註六七：見陳志濱，『西遊記的作者是吳承恩麼？』，在「西遊記釋義」，頁十五—廿。陳氏曾將此文抄送國立編譯館，經該館館長王天民給予答函後，又覆函重述此文要點；見「西遊記釋義」，頁廿二—廿八。

註六八：同前引書，頁廿。

註六九：同前引書。

註七〇：參見劉修業編，「吳承恩集」，頁五十一—五十一。

註七一：見田中嚴，『西遊記の作者』，「斯文」，第八期（一九五三），頁卅七。

註七二：見Glen Dudbridge, "The Hundred-Chapter *Hsi-yu Chi* and Its Early Versions," *Asia Major*, n.s. 14:2 (1969), 187-190.

註七三：・Anthony C. Yu, Introduction to the translation of *The Journey to the West* (Chicago: The University of Chicago Press, 1978), I, 21.

註七四：陳志濱語，見陳敦甫，「西遊釋釋記」，頁廿六。

註七五：陳敦甫，「西遊記釋義」，頁廿一。

註七六：胡適，『西遊記考證』，頁三七六。

註七七：俞樾和桂馥之說分見孔另境編，「中國小說史料」，頁四十八、五十二。

註七八：王之春，「椒生隨筆」（上洋：文藝齋新刊，一八九一年），卷五，頁十。

註七九：蔣一彪，『序』，「古文參同契集解」，在津逮秘書（汲古閣），第五十五册，頁一—三。

註八〇：「綉像真詮西遊記」，頁一。

註八一：陳士斌，「西遊記」（商務本），頁一〇一五。

註八二：楊文會，『等不等觀雜錄』，在孔另境編，「中國小說史料」，頁五十三。

註八三：劉一明，「西遊原旨讀法」，卷上，頁一。

註八四：張書紳，『西遊記總論』，收在汪原放編校，「西遊記」（上海：亞東圖書館，民國廿二年），頁一—二。

註八五：尤侗，引自「西遊記」（商務本），頁一。

註八六：見Glen Dudbridge, *The Hsi-yu Chi: A Study of Antecedents to the Sixteenth-Century Chinese Novel* (Cambridge: Cambridge University Press, 1970), p. 172.

註八七：楊悌，『洞天玄記前序』，在楊家駱主編，中國學術類編「全明雜劇」(五)（臺北：鼎文書局，民國六十八年），頁二三五五—二三五七。

註八八：有關「心猿意馬」的討論，詳見本書第五章，頁二一三—二二三。

註八九：『西遊記考證』，頁三九〇。

註九〇：鄭振鐸，『西遊記的演化』，「中國文學研究新編」（民國廿一年；臺北：明倫出版社，民國六十年），頁二六三；「插圖本中國文學史」，頁九一二。

註九一：趙景深，「中國文學小史」（臺北：中新書局，民國六十六年），頁一二〇。

註九二：潘壽康，「話本與小說」（臺北：黎明文化出版事業股份有限公司，民國六十二年），頁七十。

註九三：劉大杰，「中國文學發達史」，頁九五五。

註九四：趙聰，「中國四大小說之研究」，頁一八五。

註九五：見徐旭生，『西遊記作者的思想』，「太平洋」，四卷九號（民國十三年十二月），頁十一—十七。

註九六：見拙哉（陳敦甫），『西遊記與道家』；「西遊記釋義」，頁卌四—卌五、卌七。

註九七：鹽谷溫，「中國文學概論」，頁四四四—四四五。

註九八：參見張鍊伯，『西遊記的寓意』，「獅子吼」，二卷十一期（民國五十二年十二月），頁十二—十三；C. T. Hsia, *The Classical Chinese Novel: A Critical Introduction* (New York: Columbia University Press, 1968), p. 138; 羅龍治，『西遊記的寓言和戲謔性質』，「書評書目」，第五十二期（民國六十六年八月），頁十一—廿；Anthony C. Yu, pp. 49-52; 徐貞姬，「西遊記八十一難研究」（私立輔仁大學中文研究所碩士論文，民國六十九年）。

註九九：參見本書第一章，頁五十二—五十三。

註一〇〇：陳元之，『刊西遊記序』，頁二。

註一〇一：謝肇淛，「五雜俎」（一六〇八年刻本；臺北：新興書局影印本，民國六十年），卷十五，頁卌六。

註一〇二：劉一明，『西遊記原旨讀法』，卷上，頁八—十。

註一〇三：鄧懷琨，「西遊闡微」，引見『西遊演義枝譚』，頁廿七。

註一〇四：丁晏，『石亭記事續編』，在孔另境編，「中國小說史料」，頁四十九。

註一〇五：陸以湉，『冷齋雜識』，同前引書，頁四十八。

註一〇六：周樹人，「中國小說史略」，頁一七四。

註一〇七：鄭振鐸，「插圖本中國文學史」，頁九一二。

註一〇八：趙聰，「中國四大小說之研究」，頁一八五。

註一〇九：徐旭生，『西遊記作者的思想』，頁九—十。

註一一〇：傅述先，『「西遊記」中五聖的關係』，「中華文化復興月刊」，九卷五期（民國六十五年五月），頁十。

註一一一：羅龍治，『西遊記的寓言和戲謔性質』，頁十二—十三。

註一一二：見孟瑤，「中國小說史」，冊三，頁四二〇。

註一一三：見楊景賢，「西游記」雜劇，收在隋樹森編，「元曲選」外編（臺北：中華書局，民國五十六年），冊二，頁六五四。

註一一四：陽至和，「西遊記」（臺北：世界書局，民國五十七年）。

註一一五：本文所據朱本為美國國會圖書館攝製北平圖書館善本書膠片，第九七〇號—第九七一號。

註一一六：目前通行的「西遊記」（即本文所據以討論的版本）已非世本的原貌，其中第九回係據汪象旭「西遊證道書」補入，第九、十、十一、十二諸回回目亦因而經過變動；「絆」字第十六卷（第七十六回—第八十回）則係據書林熊云濱重鍥的本子補足的；其他像第十四、四十三、四十四、六十五、八十七等回的殘缺部分則選取乾隆十四年（一六四九年）書業公本「新說西遊記」為範本補足。說見黃肅秋，『論「西游記」的第九回問題』，「西遊記研究論文集」（作家出版社，一九五七年），頁一七二—一七四。

註一一七：周樹人，「中國小說史略」，頁一六九。

註一一八：見趙景深，「中國文學小史」，頁一一七。

註一一九：見徐旭生，『西遊記作者的思想』，頁五。

註一二〇：分見「西遊記研究論文集」，頁八、五十七、七十五、九十五。

註一二一：胡適，『跋四遊記本的西遊記傳』，「國立北平圖書館館刊」，五卷三號（民國廿年五月—六月），頁十—十二。

註一二二：孫楷第語，引見趙聰，「中國四大小說之研究」，頁一七三。

註一二三：鄭振鐸，『西遊記的演化』，頁二七〇、二七七、二八五；又參見趙聰，「中國四大小說之研究」，頁一七二—一七七；C. T. Hsia, *The Classical Chinese Novel*, p. 124。

註一二四：見周氏『「中國小說史略」日本譯本序』，收在所著「且介亭雜文」二集；本文係據秦續，『有關「西游記」的一個問題』，「西遊記研究論文集」，頁一七九。

註一二五：見柳存仁，『四遊記的明刻本』，「新亞學報」，五卷二期（一九六三年八月），頁三三一—三三五、三三八—三三九、三六二。

註一二六：見杜德橋，『西遊記祖本的再商榷』，「新亞學報」，六卷二期（一九六四年八月），頁五一三；"The Hundred-Chapter *Hsi-yu chi* and Its Early Versions," 169–170.

註一二七：參見柳存仁，『四遊記的明刻本』，頁三三二—三四六、三五四—三七五。

註一二八：引自朱本第十卷第六十四則，頁十六左—十七右；陽本（第卅八回）的文字略有不同，見「四遊記」，頁一六四。

註一二九：「五行」一詞僅出現於朱本第十六、四十二兩則的則目和該書第十六、十九、廿七諸頁上；在陽本也只見於「四遊記」第一〇〇、一〇三、一〇六、一一四、一二四諸頁上。而「金公」、「木母」和「黃婆」等道家術語在朱本全無，陽本亦僅在第廿六則出現一次。

註一三〇：汪象旭，「西遊證道書」第九回「總評」，引據 Dudbridge, "The Hundred-Chapter *Hsi-yu chi* and Its Early Versions," 172 (Plate i)

註一三一：張書紳編輯，「新說西遊記」（善成堂藏版，一七四九年），（第十回）頁十九；本文所引係據黃肅秋，『論「西游記」的第九回問題』，「西遊記研究論文集」，頁一七三。

註一三二：鄭振鐸，『西遊記的演化』，頁二九〇。

註一三三：孫楷第語，引見黃肅秋，頁一七七。

註一三四：見Dudbridge, "The Hundred-Chapter *Hsi-yu chi* and Its Early Versions," 183-184.

註一三五：筆者所見徐渭「南詞敍錄」上的著錄為『唐僧西遊記』；見楊家駱主編，國學名著珍本彙刊「歷代詩史長篇」（臺北：鼎文書局，民國六十三年），二輯三冊，頁二五三。

註一三六：見俞樾，「茶香室叢鈔」，在孔另境編，「中國小說史料」，頁五十二；錢南揚，『陳光蕊江流和尚』，「燕京學報」專號之九「宋元南戲百一錄」（哈佛燕京社，民國廿三年；臺北：進學書局影印初版，民國五十八年），頁一五九—一六九；臺靜農，『關於西游記江流僧本事』，「文史雜誌」，一卷六期（香港：龍門書店，民國卅年六月），頁五十一—五十三。

註一三七：周密，「齊東野語」，在津逮秘書（汲古閣本），一八七冊八卷，頁十一—十一。

註一三八：朱本，六卷卅六則，頁十二。

註一三九：陽本，在「四遊記」，頁一二〇。

註一四〇：按此段文字亦見於「西遊記」第十二回第一三一頁。兩處的文字略有不同：其中最觸目的是朱本和「西遊記」正文中的「法明」和尚，在韻文中皆作「遷安」和尚。

註一四一：見 Dudbridge, "The Hundred-Chapter *Hsi-yu chi* and Its Early Versions," 184.

第一章 悟空

唐僧取經是載諸典籍的歷史事實，悟空（西元七二八年—七九五年？）也是個信而可徵的歷史人物。唐僧取經這樁史實自從「大唐西域記」起，就在民間廣遠流傳，並幾經渲染、增飾與演化而遞嬗成爲多彩多姿的神話故事。但歷史上的悟空姓車，而不姓孫；不是東勝神洲花果山上的天產石猴，而是唐京兆雲陽（今陝西涇陽縣）後魏拓跋氏的胤裔；他曾於天寶十年（西元七五一年）奉命隨使西至罽賓國，但其目的不在取經，而在巡按；嗣後他因疾篤而留滯健陀羅國，於廿九歲那年在迦溼彌羅國受具足戒，並至北天竺等國學佛，取得梵本「十地」、「迴向輪」、「十力」三經，然後歷覩貨羅等國，返回長安，前後四十年（註一）。歷史上的唐僧跟文學作品裏的唐僧迥然有別；歷史上的悟空不曾遇見唐僧，當然不曾保護唐僧前往天竺取經，也跟文學作品裏的悟空全然無關。

取經是唐僧的事業，因此歷來有關唐僧取經的資料當然以唐僧居多。但文學作品涉及悟空的也不少。劉克莊『攬鏡六言』三首之一有「貌醜似猴行者」一語；『釋老六言』十首之四則提到「取經煩猴行者」（註二）。韓國李朝世宗在位期間印行的「朴通事諺解」（約在西元一四二四年）記述了「唐三藏西遊記」車遲國鬪法的故事（註三）。現存元吳昌齡「唐三藏西天取經」（一名「西游記」）（註四）與「二郎收豬八戒」（註五）兩本雜劇，都跟悟空有關。此外，「二郎神鎖齊天大聖」（註六）、「銷釋眞空寶卷」（註七）、「八仙過海」（註八）、吳元泰「東遊記」（註九）、陽至和「西遊記」、朱鼎臣「唐三藏西遊傳」、「續西遊記」、「後西遊記」、董說「西遊補」以及「說唱西遊記」等等，都敍及悟空。這些作品所加給悟空的稱號容或不一（註一〇），但由其載述，則可知悟空的故事，至少從南宋以來，就已流行不輟、廣受矚目。然而，就整個西遊故事來說，以上這些文獻，或屬殘篇，或屬旁支，有些甚至是節本或仿作；眞正將悟空納入取經故事的想像文學，實際上只有流行於南宋的「大唐三藏取經詩話」（又名「大唐三藏法師取經記」，以下簡稱「詩話」）（註一一）、明初楊景賢的「西游記」雜劇以及百回本「西遊記」而已。

取經故事的主角本屬唐僧，但隨著故事的流傳，悟空卻終於後來居上，取而代之。關於這點，我們只要比較這三部跟西遊故事直接有關的作品，就可看出。「詩話」雖缺首節，但從次節「行程遇猴行者處」來推測，首節所敍應與唐僧的身世或取經的因緣有關；「雜劇」以開頭的四齣細敍三藏的身世；而「西遊記」則一改「雜劇」的寫法，只將三藏的生平列在第九回演述，實已加以冷落（註一二）；「詩話」僅在第十一節由猴行者自述偸桃遭懲的原委，而不曾闢專節以舖寫其來歷；「雜劇」也只用第九齣來專敍參加取經之前的通天大聖，篇幅爲全劇的廿四分之一，較諸三藏所佔的六分之一，實在遜色多多。然而，「西遊記」不但以悟空的身世冠於全書之首，還佔了七回之多，其結構又自成一個生動而完足的單元（註一三）。

而不管其身世的描述居前或居後，所佔的篇幅居多或居少，悟空在取經途中擔任降魔伏怪的任務也由「詩話」到「西遊記」而愈來愈重。可見悟空確在逐漸取代唐僧的地位，其重要性在「西遊記」中尤獲明確的肯定，可說全然喧賓奪主。

正由於他的造型特殊，在西遊故事中的地位又終於凌駕了唐僧，遂引起學者探源的興趣。認爲悟空跟猿猴故事有關的，便到「淮南子」、「抱朴子」、「世說新語」、「搜神記」、「易林」、「博物志」、「太平廣記」、「剪燈新話」、傳奇、平話、雜劇等書中去翻查。周豫才因見「納書楹曲譜」補遺卷一中選的「西遊記」有兩齣提到孫行者與巫枝祇（無支祁）的關係，而認爲「作西遊記的人或亦受……巫枝祁故事的影響」（註一四）；同意此說的學者遂到「楚辭」、「山海經」、「文苑英華」、「太平廣記」、「宋樂史」、通志、戲曲等去探尋有關水神的資料。但胡適疑心悟空「不是國貨」，而是「從印度進口的」，因而到印度史詩「拉麻傳」（*Rāmāyana*）中找到了猴國大將哈奴曼（Hanumān），說：中印文化交通了一千多年，印度家喻戶曉的哈奴曼故事「是不會不傳進中國來的」；因此，他「假定哈奴曼是猴行者的根本」，「大概可以算是齊天大聖的背影」（註一五）。胡適的說法一出，附和者多（註一六），反對者亦不少（註一七）。夏志清雖不敢冒然接受胡適的看法，卻也認爲孫悟空的神通，像變化等，顯然還是受到印度、波斯與阿拉伯文學的影響（註一八）。此外，有的學者指稱，悟空就是慧立「慈恩傳」中與唐僧論難的婆羅門（Brahmin）（註一九）。還有一些則認爲悟空的來歷跟「妙法蓮花經」、「佛本行集經」、「大力明王經」、「百喻經」、「六度集經」等佛經有關(註二〇)。類此猜測之論，不勝枚舉；而衆說紛紜，莫衷一是，使得悟空的來歷撲朔迷離，成了一樁難以定讞的無頭公案(註二一)。要之，這隻猴子到底何時(when)、如何(how)、何故(why)滲入取經故事，依舊未獲確切的答案。

另外，研究「西遊記」的學者還從作者的傳記及其社會文化背景去察測孫悟空的身份。他們不再就儒道釋三敎的觀點去把「西遊記」當做一部含蘊微言大義的書，也不再因而將悟空視爲「心猿」或「心之神」(註二二)；而是另起爐灶，拿作者的生平與著作來印證書中的描述，以闡明其主旨所在。在這方面首先發難的當推胡適。他先據山陽丁晏的說法，確定「西遊記」的撰者爲吳承恩，然後進而由其事跡推論認爲：吳氏塑造悟空這個反抗天庭「黑暗、腐敗、無人」的革命英雄，旨在曲達「二郞搜山圖歌」中那種「『斬鬼』的淸興」，並發洩其「滿腹牢騷」(註二三)。爾後許多學者追步踵武，也從這方面入手去察尋孫悟空與吳承恩之間的關連。譬如，李辰冬指出：由於明世宗昏庸誤國，放縱奸邪，以致朝政日非，國基動搖；又兼饑饉連年，遂演成盜賊蠭起，民不聊生的局面；但作者懷才不遇，自恨無力「打倒這些不公的力量」(註二四)，只好將「滿腹的牢騷、滿腹的不平、滿腹憂國憂民之感」形諸文字，「在想像裏」，以唐僧影射昏君，以八戒代表奸臣，以沙僧指那些「尸位素餐之輩」(註二五)，同時又傾力創造了一位「無欲不遂、無難不尅、無辱不報的孫行者」，來爲人間打抱不平；因此，「西遊記是孫悟空的傳記，等於三國演義是諸葛亮的傳記一樣」(註二六)。趙聰亦從考察吳承恩所處的時代環境中發現：有明一代，由弘治到萬曆間，君昏臣佞，豺狼當道，「五鬼」「四兇」，肆逞淫慾，而憂患踵至，天下動盪，國亡無日；作者既慨時不我與，又憤無力剷奸驅邪，便塑造了孫悟空這個「偉大的英雄形相」，來斬鬼除凶，「革明室的命」，以發洩滿腹的憤懣；他「懷疑孫悟空就是作者的影子」，是作者寄托理想與個人際遇的對象(註二七)。孫旗則以同樣的歷史意識去察測吳承恩的社會背景後指出：作者的個性倔強而傲物，在面對時代動亂之際，遂將其鬱憤積恨形諸「西遊記」，而以書中的唐僧指明世宗，以八戒指嚴嵩，而孫悟空「這個奇形怪狀的猴子」，就是「著者理想的化身，也是人民痛恨殘暴統治之餘，期望出現爲人間打抱不平的英雄化身」(註二八)。類此之論，幾近千篇一律，而其旨則不外將「西遊記」解爲借喻託諷之作。

儘管這類淵源研究與傳記研究有其不可否認的價值(註二九)，而學者在這些方面的興趣與熱誠也的確令人讚佩，但這種身家調查的努力都屬作品的外緣研究，對於「西遊記」本身的瞭解與欣賞，貢獻委實不大。何況，學者對於悟空的考證泰半基於臆測，以致於人言人殊。而從傳記方面入手，至少還得先行考慮幾樁事情。第一，撰者的身分是否已經全然確立無誤(註三〇)。其次，作品的成就在其本身，而不在其外緣因素；因此，光拿撰者生平來解釋作品，是否會犯了「本意謬誤」(Intentional Fallacy)與輕重錯置的弊病。最後，從撰者的際遇來解說，雖使「西遊記」突破了宗教寓言的範圍(註三一)，卻又使該書變成一部歷史寓言，則此舉是否會有「以暴易暴」之嫌？爲了有助於瞭解悟空在「西遊記」中的形相與地位起見，本文擬就「詩話」與「雜劇」，先論「西遊記」前的悟空，然後探討「西遊記」中的悟空，期能從這三部關乎悟空參與取經的作品本身當中，闡明「西遊記」在塑造悟空這方面的藝術成就。

壹、百回本「西遊記」前的悟空

甲、「大唐三藏取經詩話」

「詩話」裏的悟空自稱是「花果山紫雲洞八萬四千銅頭鐵額獼猴王」，有二萬七千歲，曾經「九度見黃河淸」。他在八百歲時因到西王母池偸吃了十顆蟠桃而遭王母以鐵棒在左肋打了八百，右肋打了三千，然後發配花果山紫雲洞。這似卽他在加入取經行列之前所犯的罪愆。三藏法師前往西天與他相遇時，他以一白衣秀才的姿態出現，自願參加取經；這似有贖罪的意味，只是書中未曾特別強調這點。取經團體經他加入以後，增爲七人；而他一經加入，便被呼爲「猴行者」，以示進入佛門、修行佛道。

猴行者的本事頗多。首先，他很能察言觀色。取經人行至香山寺時（第四節），法師見景象寂寥，心有所思，他就溫言相慰，叫三藏不要爲此在意，因爲前途會「盡是虎狼虵兎之處，逢人不語，萬種恓惶」；更糟糕的是，「此去人烟都是邪法」。有時，他們途遇荒山野地或漏屋破籬（第十節），以致法師難得「開顏」，而猴行者便勸他「舉步登途休眷戀」。其次，猴行者路徑熟稔、見多識廣，因此沿途給三藏省去了不少麻煩。他在旅程中隨時向法師解釋各地的情況；遇有怕人的奇景怪象，便向他說明原委，請他「不用驚惶」、「不用憂慮」、「休勞嘆息」。譬如，他們來到虵子國（第四節），法師一見「大虵小虵，交雜无數，攘亂紛紛。大虵頭高丈六，小虵頭高八尺，怒眼如燈，張牙如劍，氣吐火光」，因而驚惶失色；等到猴行者告訴他說：衆虵「皆有佛性，逢人不傷，見物不害」，他才進步前行。七衆過了獅子林與樹人國後，來到火類坳（第六節），看見山頭一具白骨，他就對法師說，那是「明皇太子換骨之處」。此外，他還在西王母池向三藏解釋蟠桃樹（第十一節）；在優鉢羅國說明菩提花（第十四節）；又在天竺國談起西天佛食、「百味時新」（第十五節）等等。他或許不知鬼子母國內街市之人何以「不言不語，更无應對」，致使法師七人被國王反問而「大生慙愧」（第九節）。但除此之外，他對西天路上的種種，可說是瞭如指掌，說起來如數家珍、頭頭是道。最後到達天竺國時（第十五節），還在關鍵時刻，想出「一計」，使三藏感動佛心，而喜獲經卷，順利完成宿願。

最後，我們來看看他的神通。猴行者對於過去未來、遠近四方的事，無不了然。他知道三藏前生曾兩度取經，都因「佛法未全，道緣未滿」而遭深沙神害命。今番三度西行，雖「佛教俱全」，但在百萬里程途、三十六國中，多有禍難，故此特來佐助（第二、三節）。他不但知道過去，也曉得當時天上地府的事，並以其神通將三藏等帶到北方毗沙門大梵天王水晶宮赴齋，以證明自己的法力不虛（第三節）。由於他對於未來也同樣清楚，因此在三藏獲賜隱形帽、金環錫杖與鉢盂時，叫三藏向天王問明「前程有魔難處，如何救用」。日後果然爲三藏解除了層層魔難。

猴行者的神通尤其見諸除妖降魔上。深沙之難是三藏威服深沙神後，才解除的（第八節）；四門陡黑的長坑、煙焰連天的火類坳（第六節）以及女人國前的大溪（第十節），則賴天王的法力而安然通過；但取經人在西天路上主要仍賴猴行者以其法力降魅除怪。他曾在樹人國附近作法懾服一個會妖法的家主，救回同伴，並保護法師過境（第五節）。隨後又殲滅火類坳頭的白虎精。當時，白虎精化成一名白衣婦人，被行者識破，雙方遂展開一場賭鬥。我們且看這場賭鬥的描述：

婦人聞言，張口大叫一聲，忽然面皮裂皺，露爪張牙，擺尾搖頭，身長丈五。定醒之中，滿山都是白虎。被猴行者將金鐶杖變作一个夜叉，頭點天，脚踏地，手把降魔杵，身如藍靛青，髮似硃沙，口吐百丈火光。當時白虎精哮吼近前相敵，被猴行者戰退。半時，遂問虎精甘伏未伏。虎精曰：『未伏！』猴行者曰：『汝若未伏，看你肚中有一个老獼猴！』虎精聞說，當下未伏。一叫獼猴，獼猴在白虎精肚內應。遂教虎精開口，吐出一個獼猴，頓在面前，身長丈二，兩眼火光。白虎精又云：『我未伏！』猴行者曰：『汝肚內更有一个！』再令開口，又吐出一个，頓在面前。白虎精又曰：『未伏！』猴行者曰：『你肚中无千无萬个老獼猴，今日吐至來日，今月吐至來月，今年吐至來年，今生吐至來生，也不盡。』白虎精聞語，心生忿怒。被猴行者化一團大石，在肚內漸漸曾大。教虎精吐出，開口吐之不得；只見肚皮裂破，七孔流血。喝

起夜叉，渾門大殺，虎精大小，粉骨塵碎，絶滅除蹤。(第六節)

他隨後大戰九條馗頭鼉龍時，雖仍賴天王所賜的法寶助力，卻也表現了廣大的神通。大戰之前，取經團體適抵九龍池邊，猴行者正在對法師述說鼉龍作孽傷生之際，

忽見波瀾渺渺，白浪茫茫，千里烏江，萬重黑浪；只見馗龍哮吼，火鬣毫光，喊動前來。被猴行者隱形帽化作遮天陣，鉢盂盛却萬里之水，金鐶錫杖化作一條鐵龍。无日无夜，二邊相鬬。被猴行者騎定馗龍，要抽背脊筋一條，與我法師結條子。九龍咸伏，被抽背脊筋了；更被脊鐵棒八百下。『從今日去，善眼相看。若更准前，盡皆除滅！』困龍半死，隱迹藏形。(第七節)

這眞是一場驚天動地、威力萬鈞的大戰，整部「詩話」再也沒有比這更雄駭壯闊的場面了。

猴行者賴其見識、智謀與神通護持三藏法師渡過層層魔難，取經返國；功成之日，終於跟三藏「乘空上仙」而去，由唐太宗追封他爲「銅筋鐵骨大聖」。

乙、「西游記」雜劇

「雜劇」中的悟空原是花果山紫雲洞洞主通天大聖，平日「喜時攀藤攬葛，怒時攪海翻江」，過着自由而任性的生活。他在第九齣開頭自述道：

一自開天闢地，兩儀便有吾身，曾敎三界費精神，四方神道怕，五嶽鬼兵嗔。六合乾坤混擾，七冥北斗難分，八方世界有誰尊，九天難捕我，十萬總魔君。

他自誇氣力齊天、神通廣大：一個筋斗可去十萬八千里路程；使用一把生金棍，可大可小；又兼變化多端，故力足以「瞞神諕鬼」。只因到天宮偷仙酒、盜仙丹、竊仙衣、取仙帽、攪亂蟠桃盛會而惱怒了三界聖賢。玉帝遂遣護國大王李天王、哪吒太子、眉山七聖等率領神將數千員、天兵八百萬，將他收服。隨後正要「滅其形像」，倖經觀音抄化，壓在花果山下。等到唐僧路過山脚，才把他救出。當時，觀音見他猶有「凡心」，替他取了法名孫悟空，又喚做孫行者，並給他鐵戒箍戒他凡性，皂直裰遮他獸身，戒刀豁他恩愛。此後他便改稱「大唐三藏國師摩合羅俊上足徒弟孫悟空」，準備在同赴西天的途中接受驅策，以贖渾世愆、「迷天罪」，求取正果。

通天大聖雖誇稱神通廣大，但他在全劇中的表現並不出色。李天王奉命來圍剿時，衆猴聞見鼙鼓動地、旌旗遮天而奪路逃命；他也慌成一團，把神通當做逃亡之用，一個筋斗逃之夭夭，隨後又上樹化成焦螟蟲，看看局勢稍緩，這才返回洞中，拒不開門。「詩話」中的猴行者見多識廣、智勇兼備；而「雜劇」中的通天大聖則不然。他在西行途中，除了找尋宿處與準備齋飯而外，只會喚山神打聽消息，傳土地問問路徑。當然，他也負起除妖降魔的任務，只是他的表現僅有兩次還差強人意。一次是在流沙河畔時，他聽說妖怪吃人，便奮勇前去，終於威降沙和尚（第十一齣）；另一次則是他帶着沙和尚和火龍去鬥殺黃風山白罩坡三絕洞銀額將軍，而勇救劉大姐（第十一齣）。此外，他的表現都平平無奇。他識破紅孩兒（或稱「愛奴兒」、「火孩兒」）的詭計，但三藏一被攝走，他未經設法搭救，就找火龍與沙和尚一道去向觀音求援（第十二齣）。他在黑風山時，曾替裴海棠暗送手帕以爲信物（第十四齣），後來又救走了她，使得裴家重慶團圓，算是幹了一樁好事（第十五齣）。但他臨去降伏豬精時，先就惟恐法力不足；等到三藏遭擒，他還未找豬精賭鬥，就逕往南海，最後還虧觀音遣二郎相助，才得奏功（第十六齣）。在女人國時，唐僧被女王捉進內室意欲成就好事，他不但無力加以保護，還「被一箇婆娘按倒」，險遭強暴（第十七齣）。爲了通過火焰山，他去找鐵扇公主（第十八齣）；他的武藝雖然勝她一籌，畢竟還是被鐵扇子搧得無影無踪（第十九齣），最後仍賴觀音差水部通神滅火，才得通過險阻（第廿齣）。到了中天竺國，賣胡餅爲業的貧婆以「心」相問，他居然無以爲答。「詩話」中的三藏曾誇讚猴行者是個「大明賢」、「大羅神仙」，而猴行者的表現也確屬可圈可點。「雜劇」中的唐僧也在通天大聖完寂後稱許他有「神通」；然而，通天大聖在全劇中並無特出的成就可見，則其「神通」到底有多廣大，誠令人懷疑。

其實，別說他在神通上的表現平庸，其他各方面也令人失望。三藏救他脫出花果山後，他居然忘恩負義，想吃唐僧；後來，他在黑風山還趁着豬精不備，用石頭加以暗算。可見他野性未馴、心地齷齪。他在加入取經團體之前，曾在一個秋夜月高、酒闌人靜的三更攝走金鼎國王之女；被壓在花果山下時，居然害起相思，只想她的「嬌姿」。三藏因「愛物命」才救他脫困，而他的回答卻是「愛我是沉香亭上的纖腰」。他在花果山當妖怪時的「乖劣性兒」，在取經路上透過一些低俗的言辭而一一顯露了出來。他見女人國女王向三藏逼婚，就在一旁插嘴說：「娘娘，我師父是童男子，吃不得大湯水，要便我替。」他到火焰山問路，聽說山勢險巇，除非借到鐵扇公主的鐵扇子，否則難過；他的反應是：「我一胞尿溺，也溺死了他。」到了鐵鏟峯前，他要向山神打聽的第一樁消息是：鐵扇公主「有丈夫沒丈夫？好模樣也不好？」及至聽說沒有，就問道：「她肯招我做女壻麼？」及至一見到鐵扇公主，劈頭就佔她便宜，道：

> 弟子不淺，娘子不深，我與你大家各出一件，湊成一對妖精。（第十九齣）

難怪鐵扇公主罵他「這胡孫無禮」，不願借扇，並且警告他不要瞎鬧，否則「你那禿髑髏敢禁不得剛刀剁」。而通天大聖對這個威脅的答覆是：

> 這賊賤人好無禮。我是紫雲羅洞主通天大聖。我盜了老子金丹，煉得銅筋鐵骨、火眼金睛、鍮石屁眼、擺錫雞巴；我怕甚剛刀剁下我鳥來？（第十九齣）

接着又說：

> 潑婆娘，我若拏住你，也不打你，也不罵你，你則猜。（第十九齣）

後來，他在中天竺國遇貧婆論「心」時，說：「我原有心來，屁眼寬阿掉了也」；仍是滿口髒話，甚是不敬，難怪貧婆也罵他「胡孫無禮」。

由此看來，「雜劇」中的通天大聖，在行動上絕少智勇的表現；在言語上則不但沒有靈辭慧句，反倒是一派汚言穢語。或許這類粗鄙的話是劇作家為了迎合觀衆而用，但由此亦可見通天大聖的心態。

貳、百回本「西遊記」中的悟空

「西遊記」是取經故事的大結集，悟空的全豹便在這個大結集裏展現無遺。該書對他的形貌與人格都有極突出而生動的刻繪。悟空是個天產石猴，當然生具頑劣、躁急、好動、善偸、聰敏慧黠、輕捷善援、強於模倣等普遍猴性(註三二)。我們在「緒論」部分(肆)說過：撰者在創作「西遊記」上的一項大貢獻，就是把這些普遍猴性配上五行中的「金」「火」，加以靈活運用。而由於五聖之中，唯悟空獨佔兩行，「本身已具相反相成的威力」，遂使其性格「更神秘，更自足」，與其他取經人的關係也「更複雜」(註三三)。悟空既配「火」配「金」，其個性是否亦如「火」如「金」呢？這點正是下文所要討論的關鍵，此處暫予擱置。我們且先來看看文評家對悟空的一些意見。許多從政治觀點來闡釋「西遊記」的文評家，往往因悟空在參加取經行列前後的表現不一致而感到困擾。有的認爲，七回前的悟空，以其神通反抗神權世界的庸懦、無能、腐敗、黑暗與營私，給自己塑造了一個叛逆英雄的典範。七回以後，悟空爲了掙脫重壓的痛苦起見，不惜「投降」正統神道，而後來又因受緊箍兒的挾制，只好接受招安，加入佛門，屈服於神權勢力，並一反其道，居然在取經路上，以一個變節者與被征服者的身份去替神佛懲治「妖魔」，造成屠殺同類的慘劇，結果自己反因「棄邪歸正」，皈道立功，而終獲正果(註三四)。另外一些文評家則持不同的看法。他們認爲，第七回以後，這個一度企圖推翻神權統治的魔頭，旣已無力實現叛逆的理想，只得走上皈依的途徑，去保護唐僧取經，而全書的主題便隨着他的皈依而經過一番「轉折」。但悟空的皈依並不是投降天上的統治者，也不是爲神佛效力，而是爲崇高的事業奮鬥；因此，參與取經並不否定他從前的反抗精神，他那種堅忍卓絕的毅力和忠於事業的精神也不過是叛逆個性的延伸。由於他孳孳於事業的奮鬥與理想的追求，終使他成爲無畏勇士的楷模，歌頌了人們駕馭自然的熱望、排除萬難的氣魄，以及百折不撓的樂觀態度（註三五）。

這類詮釋所造成的結果是：由於撰者的思想受到時代的侷限而無法衝破封建制度的藩籬，致使「西遊記」一書的結構與主題首尾矛盾；全書並因其立足點模糊而導致雜亂無章。換句話說，作者雖然對於天宮的黑暗和玉帝的昏庸都表示憤慨與不滿，卻同時又認爲天宮仍應保留，像玉帝這樣的統治者也仍應存在；他不但不能推翻封建制度，還對封建制度存有某些幻想，甚至只好承認封建制度是正統的（註三六）。文學作品的藝術價值端在其結構上首尾貫串、主題上前後一致；而這類由政治觀點出發的詮釋既然認爲「西遊記」的結構與主題有如許嚴重的缺陷，則無疑是在否定其藝術價值。果眞如此，則該書又怎能成爲吾國神魔小說的經典之作呢？

其實，這類詮釋若非有意曲解「西遊記」，就是不知如何研究文學作品。我們只要把該書當作一部「人格塑造小說」（*Bildungsroman*）來欣賞，結合人類學、神話學與五行生尅之說去加以探討，就不難發現悟空的人格發展首尾一貫，全書的結構不必「轉折」，主題也沒有混亂。

要把「西遊記」當作一部「人格塑造小說」以了解悟空的人格發展過程之前，我們不能不先知道人類學上所謂的啓蒙儀式。啓蒙儀式見諸中外古今。我國古代的士冠禮便是其一。我國古代，天子與諸侯十二而冠，士則廿而冠。「大戴禮」『公冠篇』上載有天子與諸侯的冠禮，惜已散佚。士冠禮爲大夫以上通用，是爲男子成年所舉行的儀式。女子十五歲成年，舉行的儀式爲笄禮。笄禮的記載見於「禮記」『曲禮』『內則』及『雜記』等處，惟僅寥寥數語而已（註三七）；但冠禮則不但見於「禮記」，而且居「儀禮」首篇，載述甚詳（註三八）。舉行冠禮前首由主人玄冠朝服，前往廟門筮日；次爲聘定賓贊；然後在加冠前三天筮賓；加冠前夕，由主人造訪賓家告以時刻。加冠當天一早，則先設洗、陳服、備置甒醴脯醢。等到主人、兄弟、擯者及將冠各就各位，擯者便來告賓贊在外相候。主人隨卽起身出迎，與賓三輯三讓而入。典禮中的加冠共進行三次。首次加冠時，將冠者就坐設纚，賓則先盥洗，再揖讓而升，走下一級臺階，右執項，左執前，進容立祝而後加冠。首次加冠既畢，冠者便進房換著玄端爵韠出來。賓對他作揖，然後盥手正纚，走下兩級臺階，又進祝一番，這才進行二加。之後，冠者再度進房換著素積素韠出來。進行三加時，賓走下三級臺階，三度進祝，隨卽三度加冠。冠者則三度進房換著纁裳韎韐出來，接受賓醴，然後出闈門之外拜見母親。最後，冠者立於西階，由賓命字，再出見兄弟、贊者及姑姊，並換著玄端爵韠，出見鄉大夫、鄉先生，以酒祝賓，送賓返家。至此，冠禮才告完成。

類似士冠禮的儀式亦見諸原始部落，是卽所謂的「通過儀式」（*rite de passage*），或稱爲啓蒙儀式（initiation rite）。舉行這類儀式的過程往往因時因地而異。就拿南非東加族（the Thongas）來說，其儀式確實相當複雜（註三九）。該族的男孩（*shuburu*）在十至十六歲時，由父母送進一所每四、五年開辦一次的割禮學校（*Ngoma*）去接受啓蒙。該校設在荒野的一處小屋；而開學日則定在啓明星（*Ngongomela*）出現的當月中。參加儀式的男孩於開學日晨起集合於酋長的府前，一起出發。途中，他們要越過烈火（*Tlula ritsa*）；遭受棍棒夾擊；然後去衣剪髮，面對獅人（*Nyahambe*），接受割禮；再關進神秘之園（*sungi*），與世隔離三個月。這段期間的受啓者（*bukwera*）要勇於忍受毆打、受寒、乾渴、淡食、懲罰及死亡等六種威脅。結業前數日，園中立起一桿（*mulagaru*），由受啓者仰臥在地，以與桿頂的「阿公」交談。之後數日，飲清滌劑、跳面具舞（*Mayimayiwane dance*）。離校前夕，徹夜不眠；及天旣明，則儘抛面具等於屋頂，逕奔水池，去汚剪髮、塗赭石、著新裝，這才整隊返回酋長的住處。途中，他們模倣蜥蜴的動作，低頭慢步前進。抵達目的地後，又低頭默坐，由其母姊進前認人。一旦認出自己的子弟，母姊便吻其面頰、送禮，由子弟告以自選的新名。過後數日，赭色退盡，這些男孩才正式成人返家。整個儀式至此告一段落。

我國的士冠禮與東加族的啓蒙儀式，顯然都旨在引導童蒙通過成長的門檻，轉變其生活態度及行爲模式。「禮記」『冠義』上說：舉行冠禮首須筮賓，就是看重冠事；看重冠事，就是看重禮法；看重禮法，正是看重國本(註四〇)。東加族所以定其開學日於啓明星出現的當月，就是寄望啓明星引導受啓者由闇昧進入光明，使受啓者能因而成爲部族的中堅。冠禮開始時，主人告賓說：「某有子某，將加布於其首，願吾子之敎之也」(註四一)；這就像東加族的父親將孩子送進割禮學校一樣：用意都在託蒙童於蒙師。進行首次加冠時，賓進祝，說：「棄爾幼志，順爾成德」；這種告以棄絕童心、遵循成人之德的話，殆與東加族以離開部族去進行分離儀式（separation rite）來表示棄絕童稚的無知相近。進行二度加冠時，賓進祝，說：「敬爾威儀，淑愼爾德」(註四二)；冀望冠者修內謹外，就是在強調內外的轉變。東加族以六種試煉加諸受啓者身上，進行邊際儀式（marginal rite），則是希望他們覺得自己轉變成了「新人」（new men）。進行三加時，賓三度進祝，說：「以歲之正，以月之令，咸加爾服，兄弟具在，以成厥德」(註四三)，至此冠者才正式進入了成人社會；東加族則以桿下談、面具舞、蜥蜴隊等團聚儀式（aggregation rite）來表示受啓者完全棄絕了過往的闇昧無知而返回部族，成爲族中的正式成員。

從上面的析述中，我們可以看出：不管是冠禮或是啓蒙儀式，其模式無非是「分離」（separation）、「轉變」（transformation）與「返回」（return）這三部曲；而這三部曲又顯然含有「昨日之我死，今日之我生」的意義在內。用神話批評的術語來說，這一模式表現了「死亡」與「復生」的原型，而其關鍵則在於「轉變」一端。

現在，我們就回到「西遊記」上來看看書中到底如何刻劃悟空的人格發展。悟空本是東勝神洲傲來國花果山上的石猴，是個以「天」爲「父」、以「地」爲「母」的自然之子。初生之際，便目運金光、射冲斗府，表現了忤上的個性，果然驚動了自然的主宰——玉帝。他生後就在這仙山福地「行走跳躍」，過著伊甸園似的生活，「食草木，飲澗泉，採山花，覓樹果」。大地不但充分滿足他的口慾，還提供他安全的生存環境，使他能够「夜宿石崖之下，朝遊峰洞之中」，同時又「與狼蟲爲伴，虎豹爲羣，獐鹿爲友，獼猿爲親」，有交遊的機會。因而不知歲月的侵蝕，沒有生死的憂懼。其後，他躍過水簾，發現洞府，爲衆猴找到了安身的「家當」；經過這次「水」的洗禮，他的面貌一變，以「美猴王」的姿態出現，高倨稱尊，不勝歡樂。

他在花果山上「享樂天眞」，過了三、五百年，生命由「嬰兒期」進入「童年期」（註四四），開始懂事，知有生死之別，造成心理上的失衡。爲了超越生命的無常起見，他隻身離家，趁風浮海去尋道訪仙。幾經波折後，終於學道歸來。悟空經過一番轉變後，面貌又是一變。離家之前的他，形貌跟衆猴同樣「五官俱備，四肢皆全」，是個無腮、「孤拐面、凹臉尖嘴」、身軀「鄙陋」的石猴。歸來後的打扮則大不相同了：

> 光著個頭，穿一領紅色衣，勒一條黃縧，足下踏一對烏靴，不僧不俗，又不像道士神仙，赤手空拳。（第二回）

他不但有了名姓，還學會了一身神通，與出發前迥異：

> 去時凡骨凡胎重，得道身輕體亦輕。舉世無人肯立志，立志修玄玄自明。當時過海波

難進，今日回來甚易行。別語叮嚀還在耳，何期頃刻見東溟。（第二回）

他的個性尤其經過了一番急劇的轉變。他在得道之前，柔順如水，旣溫馴而能忍。他對須菩提祖師說，他「無性」，挨罵不惱，被打不嗔，「只是陪個禮兒就罷了」；遭人怪罪時，也毫不惱怒，「只是滿臉陪笑」。然而，他一返回花果山，火性一觸卽發，脾氣變得急躁、「猖狂」、「暴橫」而霸道，並且擺出一副小流氓的姿態，果如祖師所言，到處「惹禍行兇」。他先鬥殺混世魔王，得以重整「家業」，成爲猴屬的救星；繼而到傲來國搬走兵器，使七十二洞妖王都以他「爲尊」；嗣後又往東海龍宮索兵器、要披掛。而隨著他的入海歸來，面貌又三變，但見他

身穿金甲亮堂堂，頭戴金冠光映映。手舉金箍棒一根，足踏雲鞋皆相稱。一雙怪眼似明星，兩耳過肩查又硬。（第四回）

悟空自從修仙了道後，以爲已經「超昇三界之外，跳出五行之中」；而實則他的籍名依舊在森羅殿的生死簿上。及至他到冥府強銷死籍，生命經過一番名義上的轉變，才眞正「不伏那廝所轄」，而他所刻意追求的長生不死，也至此才告名實相符。

不管他是跟妖魔武鬥、或是去搶奪揩油、或是結交不良少年（註四五），只要不太過分，代表父權的玉帝都不大在意。然而，他竟然擾東海、鬧地府，這就未免目無法紀、張狂太甚了。玉帝決意加以管教，而長庚星卻力勸玉帝「念生化之慈恩」，招安授名。悟空如此胡鬧，反獲褒許，遂愈驕狂其心，而演成日後的亂源，「始之不慎，後必蔓滋」（註四六），姑息

必然養奸。當初，悟空去尋師學道途中向樵漢問路時，會說：「弟子起手」；到三星洞外，聽仙童高呼，會「上前恭身」；初見須菩提祖師之前，就知道該先「整衣端肅」；一見面便「倒身下拜，磕頭不計其數」。祖師給他取姓名後，他會「朝上叩頭」、「作禮啓謝」，隨後還學了「洒掃應對，進退周旋之節」，又到門外「拜了大衆師兄」；以後更「與衆師兄學言語禮貌」，閒時則做些「掃地鋤園，養花修樹，尋柴燃火，挑水運漿」的賤役。祖師有問，「傾心聽從」；有求於祖師，則「叩頭禮拜」。然而，自從學成歸山後，這些禮數盡忘。他不知玉帝對他寬恕，以爲只要胡鬧就可逞意，因此一到南天門就跟衆將吵嚷，又因在南天門受阻而對金星「覿面發狠」，上了靈霄殿更是擺出一副旁若無人的模樣，「且不朝禮，但側耳以聽金星啓奏」。臨到問及，才「躬身答應」，自稱「老孫」。兩列仙卿都「大驚失色」，紛表不滿。但玉帝覺得他少不更事，「且姑恕罪」。這些都可見悟空學道前後的態度判然大別。

悟空既受封爲弼馬溫，以爲已在「成人」社會中佔有了地位，因而聽命守規，負責盡職。等到知道弼馬溫是個「未入流」的品從，他依然是「後生小輩」時，頓覺滿懷屈辱，「心頭火起，咬牙大怒」。遂又以胡鬧來表示抗議；反正胡鬧才是獲得獎賞之道。他上天宮以前，只求在「成人」社會取得一席之位；返回花果山後，想法一變，居然取了齊天大聖的名號。從前學道時，只想「與天齊壽」，現在則進而想「與天齊高」，跟大人平起平坐。玉帝明知詐小理虧，卻在惱羞成怒之餘，大調天兵天將去興師問罪。孰料竟被他打得個個倒拖兵械，敗陣而走。悟空挾其得勝的氣餤，威脅「要打上靈霄寶殿」。還是長庚星再度出面，指他童言無忌，「只知出言，不知大小」，不如再施「恩慈」，降旨招安，以獲安寧。驕慣的妖猴，因而再度以胡鬧獲得獎賞。玉帝既然無力樹威以服其心，只好一味安撫。而悟空對於這些安撫不但不知領情，反謂羣仙碌碌，莫我奈何。從此予取予求，愈形驕恣，也愈難管教了。

悟空受封爲齊天大聖以後，又以爲已獲「大人」的公開認可，就眞的「會友遊宮，交朋結義」；天上衆星宿，不論高低，一概以同輩相待、以弟兄相稱。天兵天將對他「拱手相迎」，而他則想在蟠桃會上坐個「席尊」。玉帝著他權管蟠桃園，他竟趁便偷吃了「禁果」，隨後又飲御酒、盜仙丹、攪亂蟠桃勝會。他也知道「這場禍，比天還大；若驚動玉帝，性命難存」。果然，玉帝在驚疑惱怒之餘，急遣十萬天兵，佈下天羅地網，去「捉獲那廝處治」。不幸天兵二度慘敗。玉帝正自束手無策，倖得觀音舉薦「外甥」二郎眞君來剿除，也費了九牛二虎之力，外加李老君從旁協助，才勉強將他制服，用「刀砍斧剁，雷打火燒」整治他。悟空在初生之際，就以未鍛之「金」(石)身含「火」(日月)精，此時則已運三昧火把肚裏的蟠桃、御酒與仙丹渾成金鋼之軀，因而分毫難損。玉帝只好聽從李老君之言，把他推進八卦爐中，打算將他化爲灰燼。誰知這一進爐反倒把他體中的「金」「火」鍛純；而經此「烟火」的洗禮後，他的面貌一變，以「火眼金睛、銅頭鐵臂」的姿態，趁著開鼎的瞬間，衝出爐外，武藝愈見高強，神通愈形廣大，「好似癲癇的白額虎，風狂的獨角龍」，打得「九曜星閉門閉戶，四天王無影無形」，「不分好歹」，鬧得天翻地覆。玉帝自知無力管教，只好請來佛祖。悟空在花果山統領衆猴的期間，嚐過當家的滋味；到森羅殿時，也曾「正中間南面坐下」。而今，妄念更進一層，居然覬覦天位，還振振有詞，道：

煉就長生多少法，學來變化廣無邊。因在凡間嫌地窄，立心端要住瑤天。靈霄寶殿非他久，歷代人王有分傳。强者為尊該讓我，英雄只此敢爭先。（第七回）

難怪佛祖罵他是個「猖狂村野」的小「畜牲」，只知「胡說」，不知自制。結果，他空有一身本領，依然逃不出如來的掌心。這個不知天高地厚的小太保，終遭「大人」的圍剿，被壓在五行山下受苦。

五百年後，悟空的生命進入了「少年期」。他對觀音表示「知悔」，情願「歸正」，不再「行兇」；而其實，他的火性未改，傲性依舊。他被壓在五行山下之前，曾經頻歷由「生」到「死」的過程而面貌多變；但是，這些過程只讓他獲得「妖仙」之名，而未達正果。他在靈臺方寸山時，曾由祖師替他取名爲「悟空」，又曾對他「咄」喝打「頭」，似乎已給他舉行了啓蒙儀式。然而，悟空無名之前，只憂生死的問題，還笑「世人都是爲名爲利之徒」；等到得名之後，反倒著意爭名於天壤之間，「官封弼馬心何足，名注齊天意未寧」。可見他名雖已取，蒙則猶未啓。如果要啓闇蒙、得正果、進入「大人」社會，就得再經歷幾番重大的轉變才行。上文提過，舉行冠禮時，主人將其子弟託給賓；東加族的父親則將孩子交付割禮學校。玉帝請來佛祖管束悟空，正是告賓敎子之意。佛祖轉托觀音，由觀音再交給唐僧，而這位金蟬轉世的佛子便成了佛祖的代理人。可見表面上，觀音命悟空保護唐僧取經，實則是要以唐僧為啓蒙師，由悟空當蒙童，準備在同赴靈山的路上給他一些刻骨銘心的教訓。唐僧既為啓蒙師，因此一旦救悟空脫困，就替他舉行啓蒙儀式。不過，觀音已先勸過悟空「再莫行兇，歸依佛法」；這正與冠禮首加時賓要受冠者棄幼志、順成德的話不謀而合。悟空一出困，立刻跪在唐僧面前拜了四拜，由唐僧替他「摩頂受戒」，並替他取名為「行者」，表示要他踏上「瑜伽之門路」，這又跟再冠時賓寄望冠者謹內修外的旨意一樣。之後，悟空殺虎、浴身、製衣；這又是啓蒙儀式中的要項（註四七）。但悟空的野性未馴，脫困不久，就打死了六賊；這對慈憫的三藏來說，實在是一大震撼，難免數落他一陣。而悟空被三藏「絮聒」後，頑劣的本性頓然發作而使氣出走。等到他歸來，換上錦布直裰、戴上嵌金花帽後，面貌與態度果然又是一變：願意聽受教誨，去「念經」「行禮」，而「再無退悔之意了」。至此三加完成，為悟空舉行的「冠禮」似亦隨着告一段落。

可是，冠禮終究是個文明的儀式，光靠耳提面命，並不能叫桀驁難馴的悟空立時痛改前非、內外兼修，並走上成人之道；而僅僅表示願意或領會，也不見得就能知行合一。因此，他還得像東加族的男孩那樣接受試煉、忍受痛苦，始克奏厥功。關於這點，我們只要拿悟空對於事物的瞭解與了悟來加以說明，就更能明白。悟空在靈臺山上學道時，曾對祖師所提的「術」、「流」、「靜」、「動」之方一一拒絕；結果祖師「咄」的一聲，在他頭上打了三下，然後背手入內，關閉中門。他一時福至心靈，已是打破盤中暗謎，便在三更時分，從後門進去跪求妙道，果獲口訣，煉成了不老長生術；嗣後又一通百通，依次學會了七十二般變化與觔斗雲等神通。可見他十分敏於「識妙音、解妙理」。他在浮屠山跟三藏一道領受「心經」。三藏的記性好，「耳聞一遍」，即能將那五十四句二百七十個字的經文倒背如流。但他的悟性不高，只是「念得」，不曾「解得」，因而屢屢迷惑於幻象幻景，無法獲得心神的安寧，而妖魔鬼怪便往往在他聚神覆誦經文時出現。悟空則不但記得經文，還解得那「無言語文字」；沙僧說他「扯長話」，但三藏認爲那才是「眞解」。經過悟空多次隨機啓廸後(註四八)，三藏才漸悟「心經」的眞意。而悟空自己雖能引領三藏了解「五蘊皆空」的道理，卻依舊好「名頭」、火氣大，因此還得在現實生活中接受磨練，從實際經驗中體察世情，才能眞正領略「悟空」二字的眞諦。

在實際生活中的磨練方面，他加入了取經團體去學習相處之道。取經人的隊伍陸續增爲五員，構成了一個家族團體，以唐僧爲「父」，悟空爲「大哥」，八戒爲「二哥」，沙僧爲「小弟」，在西天路上擺出了一個相當堅強的陣容：唐僧騎在馬上，沙僧攏着馬頭，八戒挑着行李，悟空執着鐵棒，開路前進。悟空戴上緊箍兒，算是完成了冠禮中的三度加冠；他跟八戒和沙僧同爲這個家族團體的成員，則是要他們以「兄弟」的身份去助成其德，在合作的過程中，使他走出自我，養成「我羣」的觀念，並從關懷同伴當中，學習體諒別人、協助別人以及接納別人的態度，從而減低個人主義的色彩，建立和諧的人際關係，達成「社化」(socialization)的目的。爲了這個目的，悟空的確付出了相當大的代價。就拿他對唐僧的態度來說，除了平日極盡爲徒之禮、設法替唐僧借宿化齋而外，他還多方爲唐僧考慮並多方對唐僧表示敬重。譬如，他知道唐僧愛乾淨，因此在初次被貶歸來途中，怕身上留有妖氣，便在經過東洋大海時，下水淨身（第卅一回）；在天竺國玉華縣傳藝給城主三子前，也先稟告唐僧，徵求同意（第八十八回）。為了唐僧的安危，他更流露了無比的關懷。他在「心猿遭害」一難中，昏死醒來，開口就叫道：「師父啊！」這種由衷的關懷，連在旁的沙僧也感動得說：「哥啊，你生為師父，死也還在口裏」（第四十一回）。悟空的個性本來極為狂傲而頑梗。他自稱「為人做了一場好漢，止拜了三個人：西天拜佛祖，南海拜觀音」，兩界山拜三藏。他對人君、長庚或玉帝，至多只是躬身唱諾而已；但是，為了三藏被困，他只得對九尾狐狸磕頭，以致「受辱於人」，不覺哭了起來（第卅四回）。也同樣是出自這種真摯的關懷，使得他又在「請佛收魔」（第七十七回）、「無底洞遭困」（第八十三回）以及「隱霧山遇魔」（第八十六回）諸難中，因唐僧被擒而「心如刀攪、淚如泉湧」。可以說，他為了唐僧的安危，幾已到了「使碎六葉連肝肺，用盡三毛七孔心」的地步。

然而，人心各殊，個性廻異，合作非霎時可以學得，羣性也非易於養成，鬩牆之釁便因而在西天路上發生多次。在取經人當中，最得悟空信賴與寬諒的是沙僧（註四七），而最常跟悟空相互捉弄的則是八戒。悟空當面罵八戒是「夯貨」、「獃子」、「孽畜」、「戀家鬼」；八戒則在背後罵悟空是「猢猻」、「妖怪」、「潑猴子」、「捉掐的弼馬溫」。悟空在「四聖顯化」（第卅三回）、「喫水遭毒」（第五十三回）等難中揶揄過八戒；在平頂山前哄他去巡山（第卅二回）、在隱霧山附近騙他去化齋（第八十五回）、在烏鷄國時拐他夜馱死皇帝（第卅八回)，在朱紫國時替他揭下皇榜(六十八回)。八戒則曾在「貶退心猿」(第廿七回)、「烏鷄國救主」(第卅九回)等難中攛掇唐僧念咒以爲報復。從五行的觀點來看，「火」生「土」，「土」生「金」；悟空與沙僧處在相生之序，當然和氣相處(註四九)。但「金」剋「木」，難怪悟空時時欺負八戒，而八戒則慫恿配「水」的唐僧以剋配「火」的悟空。儘管如此，取經人當中，最常跟悟空合作的還是八戒；從五行的觀點來看，這又是因「木」生「火」，八戒跟悟空也在「生」序裏的緣故。悟空便在這時而貌合神離、時而同仇敵愾的家族團體中，隨時學習合作，並爲爭取團體的利益而奮鬥。

悟空的人格又因蒙師的頻頻敎導而逐漸成熟。他的蒙師主要是佛祖、觀音和三藏。三藏跟他最接近，給他的敎誨也最多。悟空不懂禮數，往往逕闖民屋向人借宿，三藏就告訴他說：出家人要「避些嫌疑，切莫擅入」，須「以禮求宿方可」。悟空「相貌醜陋、言語粗俗」，三藏就經常在接近城市時囑咐他「需要仔細，謹慎規矩，切勿放蕩情懷，紊亂法門敎旨」。怕他惹事生非，則叫他「斯文」、「收斂」。悟空喜歡誇耀，三藏就勸他切勿以「珍奇玩好之物」，「使見貪婪奸僞之人」；否則，「與人鬭富」，唯恐生錯。悟空要跟人家「鬬起禍來」，三藏便告誡他「休要爭競」，不要「攪亂」。悟空喜歡胡說，三藏則叫他「謹言！莫要不識高低，沖撞人」。悟空偷了人參果不肯認賬，三藏又勸他：出家人「休打誑語，莫喫昧心食」。他們在駝羅莊時，悟空擅自答應人家除妖，三藏就罵他「凡事自尊」，好「打誑語」。

除了基本禮數和不妄語而外，豪師對於他的好殺更是敎不遺力，並時時示以慈悲之道。在「西遊記」書中，佛祖嘗五度露面，每次露面時，或在慶雲瑞靄中，或「端坐在九品寶蓮臺上」，從無作全貌的呈露。不過，我們知道他有一顆憐憫之心：像取經一事，便是他爲了使處在罪惡深淵的南贍部洲「超脫苦惱，解釋災愆」而發。悟空棒斃六耳獼猴時，他心覺「不忍」，連說「善哉！」(第五十八回)；對於鵬怪，也只以法力困住，寄望他求取「進益之功」，不要「多生孽障」(第七十七回)。他對悟空的態度亦復如此。當初悟空大鬧天宮時，他先勸悟空「趁早皈依」，接著雖覺悟空粗狂桀驁，也只用五指化成五行山，「輕輕的把他壓住」，讓他身不能展掙，但鼻能呼吸，口能言語，眼能轉動，又讓他「渴飲溶銅，饑餐鐵彈」，以待愆滿獲救去求取正果(第七回)。爲了要叫神通廣大的妖魔「學好」起見，佛祖由其心苗中發出三個箍兒；其中，緊箍兒雖屢將悟空勒得「眼脹頭痛，腦內皆裂」，「豎蜻蜓、翻觔斗、耳紅面赤」、滿地打滾，卻不曾存心傷他性命。

觀音的好生之德尤叫悟空折服。觀音雖也多半處在背景，但出現於前景的時機較佛祖爲多，其形貌亦較佛祖明確。她的慈悲不僅見諸形貌，尤見諸行動。她應佛祖之託去安排取經之事，是出自慈悲心腸；其後勸化唐僧師徒去取經贖罪，還是出自慈悲心腸。她用禁箍兒套住黑熊精，只叫他「頭疼」難禁，「滿地亂滾」，又叫悟空「休傷他命」，要他歸皈去當守山大神(第十七回)。其後她因紅孩兒野性難馴、反覆其言，而以金箍兒套住，念動咒語，叫他「搓耳揉腮，攢蹄打滾」，並叫他「一步一拜，只拜到落伽山」(第四十三回)。觀音收伏黑熊精後，悟空讚嘆她「誠然是個救苦慈尊，一靈不損」；她在制伏紅孩兒之前命土地衆神將生靈移送他處，悟空又稱羨她是個「大慈大悲的菩薩」。這兩次以箍兒降服妖魔可說就是悟空自身遭遇的縮影，一則可收「制妖警猴」之效，二則更可因而敎以慈悲之道。而黑熊精和紅孩兒都終成正果，這對悟空來說，尤具莫大的鼓勵作用。

唐僧則時時以戒殺的佛律相誡。他再三勸悟空：出家人應以「慈悲爲本，方便爲門」；「掃地恐傷螻蟻命，愛惜飛蛾紗罩燈」；行善「如春園之草，不見其長，日有所增；行惡之人，如磨刀之石，不見其損，日有所虧」；「救人一命，勝造七級浮屠」。有時，悟空要去降妖，三藏就勸他：「遇方便時行方便，得饒人處且饒人。操心怎似存心好，爭氣何如忍氣高！」然而，悟空生性潑頑兇野，光用耳提面命，還不足以叫他遵奉佛門戒律去「體好生之德，爲良善之人」。爲了他的好殺，唐僧曾把他氣走一次、趕走兩次。氣走那次，他在東海龍宮看到「圯橋進履」的畫兒，又經龍王和觀音的勸說，才回到唐僧身邊（第十四回）。首次被逐時，三藏發誓立書，悟空只好「悽慘悲切」、「忍氣」「噙淚」，回到花果山去（第廿七回）。二度被逐時，三藏怪他「不仁」，毫無「善念」，兩次念起咒語，勸得他頭昏腦脹，然後趕他離開，害得他無依無靠，只好到南海哭訴冤屈與憤懣，想不到還遭觀音責怪。悟空受了委屈，在家族團體中失去了正常的地位，心中自然產生極大的不安與焦慮。而蒙師則以其良好的默契，叫他三番兩次忍氣呑聲，正是要他學知「做小伏低」的道理，養成服從權威的習慣。

除了從團體生活學習相處之道、從蒙師獲得敎誨外，悟空更在西行路上，從體察世情中，增加了對自己的了解。悟空學成返山後，曾對衆猴說：

> 我自聞道之後，有七十二般地煞變化之功；斛斗雲有莫大的神通；善能隱身遯身，起身攝法；上天有路，入地有門；步日月無影，入金石無碍；水不能溺，火不能焚。
>
> （第三回）

他除了能夠「隱身遯身」外，還知曉解鎖法、閉水法、逼水法、定身法、分身法、護身法、瘦身法、遁身法及避火訣等。他在「西遊記」書中變過二郎神、牛魔王、赤脚大仙、金池長老、元始天尊、九頭駙馬等仙妖；道童、和尚等人形；蚊、蠅、蛾、蚤、蜂、蝶、蟻、蜻蜓、蜈蚣、蟭蟟、蜢虫、火焰蟲（螢火蟲）等昆虫；蝦、蟹、蛇、魚等水族；鼠、兎、虎、象、獾、狻猊、穿山甲（鯪鯉鱗）等走獸；鳳、鴉、鴇、鷹、雀、蝙蝠（仙鼠）、啄木鳥、海東青等飛禽；瓜、桃等植物；以及金丹、鎖金包袱、土地廟兒等等。他「身上有八萬四千毛羽，根根能變，應物隨心」。使出法天像地的神通時，軀高萬丈，「頭如泰山，腰如峻嶺，眼如閃電，口似血盆，牙如劍戟」，果然是「變化萬有，神妙不測」（註五〇）。他的神兵金箍棒也同樣可以如意大小（註五一）：大可斗來粗細，二丈餘長，小可縮成一根綉花針，塞在耳裏藏下，更可隨著他的法身變化而「上抵三十三天，下至十八層地獄」，眞是「其大無外，其小無內，縱橫天地莫遮攔」（註五二）。他自誇一雙火眼金睛能觀邪正、識仙妖、辨眞假、分明暗，「白日裏常看千里，吉凶曉得。夜裏也還看三五百里」（第四十七回）；他在取經路上果然憑著「運神光、睜火眼」而先後看出觀音、長庚、紅孩兒、白虎精、四値功曹、銀角大王以及祥雲妖氣等。

悟空以爲憑著這些能耐，就可睥睨一世、所向無敵。在西行途中，許多妖魔鬼怪確也因久聞他神通廣大、變化多端而震於他的名頭。像早先在高家莊爲妖的八戒（第十八回）、黃風嶺黃風怪（第廿回）、白虎嶺屍魔（第廿七回）、蓮花洞銀角大王（第卅三回）、通天河鱖婆（第四十九回）、金㟢洞獨角兕大王（第五十回）、獅駝洞青毛獅子怪（第七十四回）、無底洞女妖（第八十回）、隱霧山豹子精（第八十五回）、九曲盤桓洞九靈元聖（第八十九回）、玄英洞三個妖王（第九十一回）等等，一聽說悟空之名，若非嘖嘖讚美，就是「着了一驚」，有「三分害怕」，不由得「打了一個寒噤」，甚至「渾身是汗、魂飛魄散」，「手痲脚軟」，「諕得戰呵呵的」。

然而，「樹大招風風撼樹，人爲名高名喪人」，有的妖魔就是因他的名頭響亮才找上門來。小西天黃眉老佛就是個顯例；他對悟空說：

> 一向久知你往西去，有些手段，故此設像顯能，誘你師父進來，要和你打個賭賽。如若鬬得過我，饒你師徒，讓汝等成個正果；如若不能，將汝等打死，等我去見如來取經，果正中華也。（第六十五回）

儘管佛法無邊，但妖魔的神通亦廣大，連佛祖都還得示意悟空去找李老君擒青牛（第五十二回）；觀音的法力雖大，對於未來的推算與安排也難免失誤（註五三），不但無法降服蝎子精（第五十五回），也無法辨明眞假行者（第五十八回）。悟空自誇神通廣大，而其實他的法力並非一無敵手。在取經路上，眞正被他「力」殺的，不是強徒毛賊，就是一些蛇妖、虎怪、屍魔或山精樹怪而已；遭他「力」敗的，只有黃袍怪、玉兎精等寥寥幾個。而與他工「力」悉敵或「力」勝於他的，則不在少數；像黑熊精、黃風怪、紅孩兒、兕大王、蝎子精、牛魔王、六耳獼猴、百眼魔君、黃眉老佛、九頭駙馬、九靈元聖、大鵬金翅鵰等都在此列。卽使是敗在他手下的，也不見得就能讓他收服；別說黃袍怪等如此，就連玉龍、八戒和沙僧，也仍須仰賴觀音之力，才能叫他們皈依。

這些妖魔給他的困擾，大有助於他看清眞相、認識自己。他善於變化，卻曾在獅駝洞裏失風（第七十五回）。他一個斛斗雲十萬八千里，但比起大鵬金翅鵰來，仍遜一籌（第七十七回）。他雖入火不能焚，卻被紅孩兒的煙火弄得炮燥難禁而敗北。水固然不能溺他，但他配「火」，至少表面上也怕水；他在流沙河岸時曾對八戒說：

> 水裏勾當，老孫不大十分熟。若是空走，還要捻訣，又念念「避水呪」，方纔走得；不然，就要變化做甚麼魚蝦蟹鱉之類，我纔去得。若論賭手段，憑你在高山雲裏，幹甚麼蹊蹺異樣的事兒，老孫都會；只是水裏的買賣，有些兒榔杭。（第廿二回）

他跟紅孩兒爭戰那次，就是因投入附近河中去熄火滅煙，才被冷水逼得火氣攻心、三魂出舍，以致暈死過去。他的火眼金睛雖然厲害，卻也失閃多次：沒有看出送鞍轡的老兒是落伽山山神土地（第十五回）；黑河上的船夫是妖孽（第四十三回）；金峴山前的老翁是山神（第五十回）；火焰山上的假八戒是牛魔王（第六十一回）；黃花觀附近的婦人是黎山老姆（第七十三回）；獅駝嶺報信的老公公是李長庚（第七十四回）。他煉就銅筋鐵骨、金鋼不壞之軀，銀角大王的紅葫蘆化不了他（第卅四回）、黃眉老佛的金鐃對他莫可奈何（第六十五回），卻遭陰陽二氣瓶內的火龍「燒軟」了孤拐（第七十五回）。他的光頭堅硬，別說凡人的黎杖、藤棍或刀槍無法傷損，就是天神的刀斧雷火、八戒的沁金鈀、銀角大王的七星劍、羅刹女的青鋒劍、獅駝洞老魔的大捍刀，也莫可奈何，偏偏就被蝎子精的「倒馬毒」扎痛（第五十五回），又被蜈蚣精的金光撞軟了皮肉（第七十三回）。他的金箍棒重一萬三千五百斤，原是大禹治水時用以定底的神珍鐵，誠如東海龍王所言，「挽着些兒就死，磕着些兒就亡；挨挨兒皮破，擦擦兒筋傷」（第三回），只要用它畫個圈兒，就「強似那銅牆鐵壁」，妖魔鬼怪莫敢近前（第五十回），當然是一件稀世奇珍。然而，金兜洞兕大王的金鋼琢是李老君「當年過函關，化胡爲佛」之器（第六回）；麒麟山賽太歲的紫金鈴是太清仙君八卦爐中「搏煉」之物（第七十一回）；蓮花洞二魔的紅葫蘆（第卅五回）與羅刹女的芭蕉扇（第五十九回）則是渾沌初闢產在崑崙山的靈物。可見妖魔也多有曠世異寶依恃。悟空聽說紅葫蘆的厲害，「心中暗驚」；看見紫金鈴放出的煙火飛沙，也自「恐懼」；被芭蕉扇一搧，「就如旋風翻敗葉，流水淌殘花」，徹夜飄滾，直到天明，方才落實。他共吃過兩次金鋼琢的虧：一次是李老君趁著他跟二郎神苦鬥時，用它打中猴頭（第六回）；另一次是兕大王用來兩度套去金箍棒（第五十回）。可見妖魔的寶貝絕不下於他的神兵。

除了這些挫折外，悟空還體察了一些痛苦而難堪的經驗。悟空被蓮花洞二魔遣三山壓得「三尸神咋，七竅噴紅」之際，正在悲極落淚，又聽說妖魔居然叫土地「輪流當值」，愈覺心驚，慨嘆妖魔無狀，「既生老孫，怎麼又生此輩？」（第卅三回）他發現自己雖有「翻江攪海」的本事，卻「無架海的斤量」，竟然拿不起盛有一海水之量的淨瓶（第四十二回）。他覺得天將「不如老孫者多，勝似老孫者少」（五十一回），但蝎子精須待昴日星官才能收伏（第五十五回），牛魔王（第六十一回）和無底洞女妖（第八十三回）的尅星是李天王；而玄英洞的三隻犀牛還得請來四木禽星才能殲滅（第九十二回）。他本是一個天不怕、地不怕的混元上眞；但黃風怪的三昧神風叫他覺得「厲害」，其「兇惡」的程度是他生平僅見（第廿一回）。他看到蓮花洞老魔用芭蕉扇搧出的靈光火不免「心驚胆顫」（第卅五回），見八戒被九頭駙馬擒去，卻也震「懼」（第六十三回）；對蜘蛛精用絲繩搭起的天蓬同樣知道厲害（第七十三回）。他敗給大鵬後，對如來淚如泉湧，搥著胸膛，道：「自爲人以來，不曾喫虧」，而今卻「遭這毒魔之手」（第七十七回）。最叫他難堪的是，他因打倒人參果樹而三島求方（第廿六回），又因當年蹬翻八卦爐而三調芭蕉扇（第五十九回—第六十一回）；這些簡直就是自作自受。最令他洩氣的是，蓮花洞妖魔叫他吃虧受難的「寶貝」，原來只是李老君的日用器皿：葫蘆是「盛丹」的，淨瓶是「盛水」的，寶劍是「煉魔」的，扇子是「搧火」的；小雷音寺黃眉老佛的狼牙棒，也不過是「敲磐的槌兒」；而功力勝他一籌的妖魔當中，黃眉老佛是彌勒佛面前司磐的童子、兕大王與九靈元聖分別是李老君與太乙救苦天尊的坐騎。悟空以堂堂「齊天大聖」落凡當保鏢，已夠霉氣，居然還有此等遭遇，眞個「虎落平陽被犬欺」。以他的靈慧與穎悟，當能看清這些事實，他從前那種「當家」的妄念應已逐漸消除，而當年大鬧天宮的威風和銳氣亦該大爲挫減才對。

上文提過，悟空在聞道之後，曾多番親歷生死的過程，但他只因而成爲一個名符其實的「妖仙」，尚未獲致正果。因此，在取經的天路歷程中，他必須再獲由「生」入「死」、由「死」復「生」的歷煉，才能達成宿願。他曾一度氣走，兩度被逐；一度暈死，兩度進出鎮元仙的「袖裏乾坤」，曾先後遭裝進金鐃、紅葫蘆、人種袋、陰陽二氣瓶等寶貝裏；還被黑熊怪、羅刹女、黃眉老佛、紅鱗大蟒、黃牙老豫以及金鼻白毛老鼠精等妖魔吞進肚中；同時又被羅刹女的芭蕉扇搧到五萬餘里外。他在「不通光亮」的金鐃裏，「滿身暴燥」，幾遭「悶殺」；他從陰陽二氣瓶裏脫身後，對唐僧說：「今得見尊師之面，實爲兩世之人也！」言下似仍驚魂未定，猶有餘悸。他每次復「生」，都以新的姿態出現：氣走那次學知了「勤謹」回來；首次被逐歸來，「智降妖怪」；二度被逐返回，打死了假悟空，「剪斷二心」；從妖魔的肚中出來後，更是一副勝利者的姿態，從小須彌山返回，則使芭蕉扇的威力完全失效。這些象徵「昨死今生」的經驗，都有助於他「悟空」，也都是他獲致正果的前奏。

經過多番的歷練和蒙師的教導後，悟空的野性果然逐漸潛移默化。他一向粗魯放潑；卻在寇員外家門前，勸八戒不可逕闖人家門戶，要「待有人出來，問及何如，方好進去」（第九十六回）。他素來性剛氣傲、專倚自強，但後來反倒勸八戒「要略溫存」，應以「禮樂爲先」，並舉楊木和檀木爲例說明剛柔的道理（第八十二回）。他一生躁急易惱。只要一急就「三尸神咋，七竅煙生」；果眞一發怒，就「扢迸迸，鋼牙錯嚙；滴流流，火眼圓睜」；一被激，就

「氣得抓牙撓腮，暴躁亂跳」，哮吼如雷。他這種脾氣雖然未能矯正，但好殺之性則有顯著的轉變。自從殺六賊被三藏嚕嗦以後，他就時時以此爲意；因此，他在觀音寺見衆僧在放火時，本待將他們「一頓棍都打死」，卻怕三藏怪他行兇，只好作罷（第十六回）；在寶林寺時也是因怕師父「怪我行兇」，才只拿寺外石獅打成粉碎示衆而已（第卅六回）。後來，他又在西梁國「假親脫網」；在天竺國「倚婚降怪」；在獅駝山饒了黃牙老象；在豹頭山未殺兩個小妖；在滅法國以神通剃髮解困；在銅臺府以幽靈顯聖脫厄。由於他能以智謀代替殺生，因此連隱霧山的妖魔都知道他是個「寬洪海量的猴頭」（第八十六回）。

儘管火性未改，他卻有如一把烈焰，爲人間帶來了溫暖與幸福。悟空在參與取經之前，曾經剿滅混世魔王、刼奪傲來國兵械，並威逼龍宮、棒攪森羅、大鬧天宮，直如一把烈焰，「熯天熾地」，燒遍三界，幾乎莫之撲滅。在取經路上，這把烈焰又先後燒燬黑風洞、雲棧洞、琵琶洞、小西天寶閣珍樓、盤絲洞、黃花觀、清華洞、連環洞、虎口洞、九曲盤桓洞、玄英洞等。儘管這把烈焰勢銳難擋，但取經前後的熾燒則判然有別，已由純屬破壞性的進入了建設性的，而悟空的姿態也隨之而由一個欺天誑上的魔頭變成一個見義勇爲、扶危濟困的救世英雄：

磕額金睛幌亮，圓頭毛臉無腮。咨牙尖嘴性情乖，貌比雷公古怪。慣使金箍鐵棒，曾將天闕攻開。如今皈正保僧來，專救人間災害。（第四十四回）

他給塵世帶來的福祉計有：高家莊降魔（第十九回）、烏鷄國救主（第卅九回）、車遲國袪道與僧（第四十四回）、陳家莊拯救小兒（第四十八回）、通天河免除祭賽（第四十九回）、火焰山滅火利民（第六十一回）、祭賽國取寶救僧（第六十三回）、駝羅莊殲滅大蟒（第六十七回）、朱紫國行醫救后（第六十八回—第七十一回）、比丘國救子（第七十八回）、鳳仙郡求雨（第八十七回）以及金平府捉犀（第九十二回）等。這些善事固然並非全由悟空一人達成，但沒有悟空出面，則誠難有此結果。通往西天的大道，多賴悟空這把「烈焰」的赫赫焚灼，才使積穢一空，瀰漫著溫馨與安靖。李時珍說：「火起於妄，變化莫測」，其運動必須「中節」，才能「裨補造化」（註五四）；悟空這把「火」，果然在經過節制後，由攪亂乾坤而變爲利物濟人。

悟空由一隻無知而狂妄的石猴，經過一番敎誨與試煉後，終於功成行滿，受封爲戰鬥勝佛，正式成爲「大人」社會裏的一員。他因無知狂妄而欺天罔上，卻逃不出「大人」的掌心；爲了開啓蒙昧，他必須從種種考驗中去參與別人的苦樂，經受屈辱與震懼，嘗盡現實社會的折磨，以領略「使氣爭名總是空」的道理。等到「社化」完成，緊箍兒自解，無須再由外力加以約束，這正是人格塑造完成的明證。

結語

研究「西遊記」的學者殫精竭慮，想從各種資料中發掘悟空的根源、建立作者與作品之間的關係；但這都非闡明該書本身的正途，不如就現存三部跟悟空參與取經直接有關的作品加以研究，來得踏實可靠。「詩話」和「雜劇」雖已粗具「西遊記」的骨架，但規模簡陋、敍述草率，結構雖與「西遊記」同屬揷曲式的（episodic），但其素材是取經，主題也還是取經。而「西遊記」全書百回，都八十萬言，以取經爲主幹，以「悟空」爲主題，以悟空爲主角，又以悟空的人格發展貫串全書，敍述他由童蒙到成年的成長過程。由此，我們可以說，「詩話」和「雜劇」的價値，不過是因與「西遊記」有血緣關係，提供了一點取經故事的發展線索之故。

我們只要再事比較這三部作品的一些細節，就更能發現「西遊記」的高明之處。「詩話」中的猴行者不受箍兒的拘係，所用的神兵是梵天王所賜的法寶。「雜劇」中的通天大聖有一把生金棍以爲防身降魔之用，並有戒箍以防其「凡心」「姦意」突發而殺人；戒箍雖亦恰似釘入頭皮，「膠粘在髮簪」，但除了初戴時試念過一次外，只在女人國時突然「緊將起來」，以後就不曾發揮過甚麼戲劇性的效用。「西遊記」書中則不僅把金箍棒的來歷和神妙鋪寫得淋漓盡致，又使緊箍兒多次發揮作用，造成情節上的高潮。另外，「詩話」裏不見五行生尅之說；「雜劇」中雖已見其影，卻僅偶舉而已，不成劇中要素。但到了「西遊記」，五行不但已融入全書的架構中，並配屬於取經諸聖身上，成爲其個性的標籤。悟空配「火」亦配「金」：「火」性急躁多變，可以照明，可以生殺萬物；「金」性剛強，勁銳而肅殺。悟空的個性正是如此。他常被呼爲「急猴子」，也知道自己性躁；他似烈焰，也如慧炬。聞道後的他，狂傲而頑梗。火「有氣而無質」（註五五），「流動」而「烱灼」（註五六）；也就是說，火沒有實體，難以定形，必須依托他物以爲體，也必須合同他物才能成其用。但金性

「實而固」(註五七)。或係此故，悟空配「火」又配「金」。

另外，猴行者見識廣博，個性沈穩；通天大聖粗鄙而低俗。猴行者的作爲無可疵議；而唐僧則曾告誡過通天大聖「休要胡說」、「不要妄開口說話」，也敎過他「出家人見死不救，當破戒行」。但這些話對通天大聖並沒有產生甚麼顯見的效果。「西遊記」中的唐僧亦以「不妄語」、「不殺生」等佛門戒律諄諄敎誨，而其目的則在敎育悟空、塑造悟空。猴行者曾再三令白虎精吐出腹中的獼猴，悟空則曾多次進出妖怪肚裏。姑不論二者之間是否類同(註五八)，但猴行者只是以此顯露神通；而對悟空來說，每進出一次，就是一次由「生」入「死」、由「死」復「活」的過程。

「詩話」中的梵天王和三藏法師對猴行者全無管敎的意味；「雜劇」中的佛祖和觀音只替取經人解難，而唐僧對猴行者的敎誨也一直都只有消極的用意。但「西遊記」中的蒙師則不但以身作則，存善念、不殺生，還積極以塑造悟空的人格爲要務。玉帝有「大仁大慈」之名而無力制服悟空；佛祖和觀音的「力」當然都遠過悟空，連三藏也可靠緊箍兒咒叫他乖乖聽話。蒙師便以其「力」時時在旁督導，經常給予小懲大誡，使他迷途知返。同時，佛祖和觀音還刻意安排却難，讓悟空在試煉與考驗的過程中，吃虧學乖、增長智慧。像青毛獅子是「佛旨差來的」；金角大王、銀角大王以及金毛犼等則是觀音安排的。孟子說：「天將降大任於是人也，必先苦其心志，勞其筋骨，餓其體膚，空乏其身，行拂亂其所爲；所以動心忍性，曾益其所不能」(告子下)。這些西天路上的絆腳石，固然是針對整個取經團體而設，但對悟空來說，尤有啓廸之功。

當然，悟空也曾對試煉與考驗表示退縮。他在「難辨獼猴」與「請佛收魔」兩難中，曾請如來幫他退去緊箍兒；在「陡澗換馬」、「貶退心猿」、「再貶心猿」諸難後，亦曾懇求觀音替他解除禁制；又在「號山逢怪」時因心灰意懶而發言散夥。這似乎顯示他沒有勇氣去面對挑戰。然而，他平日屢受太白金星、六丁六甲與護法伽藍的鼓勵，遇到這種緊要關頭，也獲好言勸勵而繼續邁進。我們若將「西遊記」八十一難併成四十四個故事（參見附錄三）（註五九），則除前四個因悟空尚未加入取經團體不計外，由他獨力解決的不過十四、五個，比例未及一半。但他至少不像通天大聖那樣動輒找觀音解決問題。每逢危難，他從來不曾對妖魔的侵擾視若無睹或袖手旁觀；相反的，他總是挺身而出，積極爲團隊效勞，爲凡間造福。猴行者與通天大聖只在取經途中除妖降魔，他們的面貌由始至終保持不變。悟空則不然；他在蒙師的殷殷垂誡與多番的剝膚之痛後，生命連遭震盪而前後判然。從「詩話」到「西遊記」，參加取經以將功贖罪的意味由模糊而顯見。猴行者、通天大聖和悟空都終獲正果。不過，悟空的情況，跟他們大不相同。猴行者和通天大聖的正果，純屬保護唐僧有功的獎賞。悟空受封爲戰鬥勝佛，與其說是因他以「戰鬥勝」過妖魔，不如說是因他以「戰鬥勝」過自己的蒙昧。換句話說，他不但走過一段險巇的天路歷程，同時也有過一段艱辛的心路歷程。用小說術語來說，猴行者與通天大聖都屬「靜態人物」（static characters）；悟空配「金」配「火」，本該屬於福斯特（E.M. Forster）所謂的「扁平人物」（flat character）（註六〇），卻因其人格的發展與轉變而成爲一個「動態人物」（dynamic character）。

由此說來，「詩話」和「雜劇」的教育意味或無或淡，而「西遊記」則流露了中國傳統的教育思想。中國社會以家庭爲基礎，以父子關係爲主軸，由是而軸射出各種人際關係。中國的傳統教育因而強調服從權威、各守其分，而不主張自炫其能，也不鼓勵個人主義。參加取經前的悟空，其一舉一動適與這種教育原則相牴觸，以致終遭龐大家族力量的制裁。其實，只要他不過分逾矩，某種程度的胡鬧仍可獲得長輩的容忍與驕寵。但這並不是說，他受到長輩的尊重；而是說，大人對他的淘氣，不以爲值得計較而已。一旦胡鬧過度，終究還是跳不出大人的掌心，逃不過權威的撻伐（註六一）。也正是由於這種強調權威之故，中國傳統的教育方式，一向要求子女絕對服從父母；假使親子之間發生衝突，則親長必勝，子女必輸。悟空二度被逐時向觀音控訴唐僧無情無義，反被觀音責爲「不善」，就是這個緣故。當然，這中間還深含蒙師有意叫他學習「做小伏低」的問題。

取經故事發展到「西遊記」而達到高峯，而悟空的刻繪則是這個高峯中的高峯。爾後戲曲中的猴戲殆全取自悟空，像「國劇大成」裏所載的『鬧天宮』、『安天會』、『觀音院』、『黑風山』、『佛衣會』、『流沙河』、『五莊觀』、『蓮花洞』、『芭蕉扇』、『金錢豹』、『盤絲洞』等盡皆如此（註六二）。而翻譯家若以「西遊記」書中人物爲譯本之名，則泰半擇取悟空；關於這點，亞瑟・韋理（Arthur Waley）的節譯本「猴子」（*Monkey*）便是最好的例證。

附註

註一：見釋贊寧，「高僧傳」，三集三卷，頁五十三—五十五。

註二：劉克莊，「後村先生大全集」（四部叢刊本），卷廿四，頁二；卷四十三，頁十八。

註三：見「朴通事諺解」，奎章閣叢書，第九（漢城：帝國大學法文學部，一九四四年），卷下，頁十六—廿五。

註四：現存「西遊記」中跟悟空有關的是『定心』、『伏虎』、『女還』、『借扇』、『女國』等折；見葉堂訂譜，「納書楹曲譜」（納書楹藏板，一七九二年；臺北：生齋出版社影印本，民國五十八年），續集二、三。

註五：見吳昌齡，「二郎收豬八戒」，第二、三、四折；在陳萬鼐主編，「全明雜劇」（臺北：鼎文書局，民國六十八年），頁五三九—五七八。

註六：「二郎神鎖齊天大聖」，收在楊家駱主編，「全元雜劇」外編（臺北：世界書局，民國五十二年），册八，頁一—廿七。

註七：「銷釋真空寶卷」只剩五百八十八句，其中與悟空有關的部分是第卅三句至第五十六句；見胡適，『跋銷釋真空寶卷』，「國立北平圖書館館刊」，五卷三期（民國廿五年五—六月），頁十四—十六。

註八：「爭玉板八仙過滄海」，在「孤本元明雜劇」（上海：涵芬樓藏板，民國卅年；臺北：粹文堂影印本，民國六十五年），册五，頁三五〇七—三五四六；與齊天大聖有關的部分在第一、三折。

註九：吳元泰，「東遊記」，在楊家駱主編，「中國通俗小說名著」（臺北，世界書局，民國五十七年），一集八册；與齊天大聖有關的部分在第五十五、五十六兩回。

註一〇：百回本「西遊記」稱他為「美猴王」、「孫悟空」、「弼馬溫」、「齊天大聖」、「孫行者」等；百回本前後的文獻則除了稱他為「孫行者」與「齊天大聖」（「朴通事諺解」）外，還稱他為「猴行者」（劉克莊、「大唐三藏取經詩話」）、「通天大聖」（「西游記」雜劇）等。

註一一：「大唐三藏取經詩話」，收在楊家駱主編，「宋元平話四種」（臺北：世界書局，民國五十四年）。

註一二：「西遊記」第九回不見於明刻世德堂本「西遊記」，而見諸清初汪憺漪「西遊證道書」；詳見本書「緒論」，頁卅四。

註一三：參見拙著『西遊記的結構與主題』，「中華文化復興月刊」，十三卷三期（民國六十九年三月），頁廿。

註一四：周豫才語，引自胡適，『西遊記考證』，頁三六八；又見周作人，『中國小說的歷史變遷』，「收穫」（一九五七年七月），頁六。按：「納書楹曲譜」補遺卷一『定心』一齣上說：孫行者是「驪山老母親兄弟，無支祁是他姊妹」；『女國』一齣上說：『巫枝祁把張僧拏到龜山上』。「雜劇」中也曾三度提到巫支祁：(1)通天大聖在第九齣開頭自稱「小聖弟兄姊妹五人。大姊驪山老母，二妹巫枝祇聖母」；(2)花果山山神在第十齣「收孫演咒」裏唱道：「他是驪山老母兄弟，巫支祇是姊妹」（『哭皇天』）；(3)女人國女王在第十七齣「女王通配」裏唱道：「巫枝祇把張僧拏住在龜山上」（『寄生草』）。又：巫支祁似亦即「西遊記」第六十六回國師王菩薩所收伏的淮河水怪水猿大聖。

註一五：胡適，『西遊記考證』，頁三七〇—三七二。

註一六：參見鄭振鐸，『西遊記的演化』，頁二九一—二九二；糜文開，「印度兩大史詩」（臺北：商務印書館，民國五十七年），頁二七一—二七七；徐訏，『西遊記』，「小說彙要」（臺北：正中書局，民國五十八年），頁三四三；張沅長，『孫行者故事的來源』，「食貨」，三卷二期（民國六十二年五月），頁九十八。

註一七：參見馮沅君，『批判胡適的西遊記考證』，「文史哲」，第七期（一九五五年），頁卅九—四十四；吳曉鈴，『「西游記」和「羅摩延書」』，「文學研究」，第一期（一九五八年），頁一六三—一六九。

註一八：見 Hsia, *The Classical Chinese Novel*, p. 131。

註一九：見曹仕邦，『西遊記若干情節的本源三探』，「幼獅學誌」，十六卷二期（民國六十九年十二月），頁二〇一—二〇二。

註二〇：參見趙聰，「中國四大小說之研究」，頁一四九；太田辰夫，『大唐三藏取經詩話考』，「神戶外大論叢」，十七卷一、二、三期；收在「中日關係論說資料」5（一九六六年一月—六月），頁廿二—廿三。

註二一：關於這點，我們可從兩本探源的專著中看出：Dudbridge, *The Hsi-yu chi* 與鄭明娳，「西遊記探源」（臺北：文開出版事業股份有限公司，民國七十一年）都討論到孫行者跟猿猴故事、巫支祈、哈奴曼以及佛經等的關係；兩人所用的材料幾乎全同，但 Dudbridge 的結論是否定的（見所著，頁一二八、一五四、一

五九、一六四），而鄭氏的則是肯定的（見所著，上冊，頁一六七—二〇八）。

註二二：見劉一明，『西遊原旨序』，「西遊原旨」，頁三；陳元之，『刊西遊記序』，頁一。

註二三：胡適，『西遊記考證』，頁三八〇—三八三、三九〇。

註二四：李辰冬，「三國水滸與西遊」，頁一二九。

註二五：李辰冬，『西遊記的價值』，「西遊記」（臺北：世界書局，民國五十三年），頁十一、十三—十四。

註二六：李辰冬，「三國水滸與西遊」，頁一二七—一二九。

註二七：趙聰，「中國四大小說之研究」，頁一八八—一九一；有關「五鬼」「四凶」的說法，參見「尚書正義」（一八一五年；臺北：藝文印書館，民國四十四年），卷三，頁十四；「左傳正義」（一八一五年；臺北：藝文印書館，民國四十四年），卷廿，頁十九；『王欽若傳』，「宋史」（一八一五年；臺北：藝文印書館，民國四十四年），卷二八三，頁七。

註二八：孫旗，『西遊記的研究』，「西遊記」（臺北：文化圖書公司，民國五十八年），頁六—八。

註二九：參見 Dudbridge, *The Hsi-yu chi*, p. ix.

註三〇：有關撰者的問題，詳見本書「緒論」部分，頁十一—十七。

註三一：李卓吾先生批評「西遊記」（日本內閣文庫藏）上謂：「西遊記極多寓言」；此「寓言」，亦即劉一明『西遊原旨序』與汪象旭『西遊證道書原旨』中所謂的「用意處盡在言外」之意。有關譬喻問題的討論，詳見本書「緒論」部分，頁十七—廿一。

註三二：參見陸佃，「埤雅」（叢書集成初編，第二七一冊），卷四，頁九十八—一〇〇；Angelo de Gubernatis, *Zoological Mythology* (N. Y.: Arno Press, 1978), II, 97–107.

註三三：傅述先，『西遊記中五聖的關係』，「中華文化復興月刊」，九卷五期（民國六十五年五月），頁十一。

註三四：參見張天翼，『「西游記」札記』，「西遊記研究論文集」（作家出版社，一九五七年），頁四、六、七；薩孟武，「西遊記與中國古代政治」（臺北：三民書局，民國五十八年），頁十八。

註三五：參見沈玉成、李厚基，『讀「西游記」札記』，「西遊記研究論文集」，頁廿二—廿三；劉櫻村，『「西游記」的現實性』，同前引書，頁卅—卅一；胡念貽，『「西游記」是怎樣的一部小說？』同前引書，頁卅六

—卅八；沈仁康，『「西游記」試論』，同前引書，頁四十五—五十四；童思高，『試論「西游記」的主題思想』，同前引書，頁六十五；張默生，『談「西游記」』，同前引書，頁七十一；彭海，『「西遊記」中對佛教的批判態度』，同前引書，頁一五八—一六〇。

註三六：參見胡念貽，『「西游記」是怎樣的一部小說？』，同前引書，頁卅四；彭海，『「西游記」中對佛教的批判態度』，同前引書，頁一六六—一六七。

註三七：「禮記正義」（一八一五年；臺北：藝文印書館，民國四十四年）上說：女子「十有五年而笄，二十而嫁」（卷廿八，『內則』，頁廿一）；又說：「女子許嫁，笄而字」（卷二，『曲禮』上，頁十七）；若十五而未許嫁，則「雖未許嫁，年二十而笄禮之，婦人執其禮，燕則鬈首」（卷四十三，『雜記』下，頁十六—十七）。

註三八：以下所述係據「儀禮注疏」（一八一五年；臺北：藝文印書館，民國四十四年），卷一—三。

註三九：以下所述係據 Henri A. Junod, *The Life of a South African Tribe* (N. Y.: University Books Inc., 1962), pp. 71-94.

註四〇：見「禮記正義」，卷六十一，頁一。

註四一：「儀禮注疏」，卷三，頁七。

註四二：同前引書，卷三，頁八。

註四三：同前引書。

註四四：參見 Margaret Mead and Martha Wolfenstein, "Monkey": A Chinese Children's Classic," in Mead and Wolfenstein, eds., *Children in Cntemporary Cultures* (Chicago: The University of Chicago Press, 1955), pp. 247-249.

註四五：悟空在這段期間結交了六個弟兄：「乃牛魔王、蛟魔王、鵬魔王、獅駝王、獼猴王、禺狨王，連自家美猴王七個」（第三回）。

註四六：葉燮，「已畦文集」，在葉德輝編，「郋園全書」（長沙：中國書刊社彙印本，民國廿四年），第一六三冊，卷二，頁十六。

註四七：參見 Leslie A. Fiedler, *No! in Thunder: Essays on Myth and Literature* (Boston: Beacon Press, 1960), p. 281.

註四八：參見「西遊記」，頁二七〇、二六二、四二〇、四二五、四九四、九六六等。

註四九：有關沙僧和悟空間的關係，詳見本書第四章，頁一八八—一八九。

註五〇：劉一明，『西遊原旨讀法』，卷上，頁九；又參見楊希枚，『論神祕數字七十二』，「國立臺灣大學考古人類學刊」，卅五—卅六期合刊（民國五十九年十一月），頁廿七—卅二。

註五一：參見張沅長，『孫行者故事的來源』，頁九十八。

註五二：劉一明，『西遊原旨讀法』，卷上，頁十。

註五三：觀音奉旨前往東土之前，曾在靈山腳下對玉真觀金頂大仙說，取經人「約摸二三年間，或可至此」（第八回）；而事實上，唐僧費了十四年才走完全程。難怪後來金頂大仙對唐僧說是「被觀音菩薩哄了」（第九十八回）。無論這是否為「哄」，都可說是觀音在時間上的失算。又唐僧原只經歷八十難，最後一厄是觀音查閱難簿發現不足佛門「九九」歸真才補上的（第九十九回）。

註五四：李時珍，「本草綱目」（臺北：文友書局，民國五十二年），卷六，頁三。

註五五：同前引書，頁一。

註五六：悟空在祭賽國蕩怪取寶後，向國王建議把金光寺改成伏龍寺，理由是：「金光」不是「久住之物：金乃流動之物，光乃熌灼之氣」（第六十三回）。其實他所說的「金光」正是指「火」而言。

註五七：李時珍，「本草綱目」，頁一。

註五八：參見胡適，『西遊記考證』，頁三六七。

註五九：鄭振鐸(『西遊記的演化』，頁二九四—二九七)將八十一難分成四十一個故事；但他除未將前四難計入外，又將第四十二難（第五十三回）與第四十三難（第五十四回）併成第廿個故事，第六十難（第七十三回）—第六十四難（第七十七回）併成第卅個故事。其實，第四十二難、第四十三難以及第六十難都應自成一個單元。如此，則八十一難可分成四十四個故事或有待解決的問題。

註六〇：E. M. Forster, *Aspects of the Novel* (Harmondsworth: Penguin Books, 1972), p.75.

註六一：參見徐靜，『從兒童故事看中國人的親子關係』，在李亦園、楊國樞編，「中國人的性格」（臺北：中央研究院民族研究所，民國六十一年），頁二一〇。

註六二：見張伯瑾編，「國劇大成」（臺北：振興國劇發展委員會，民國五十九年），册六，頁一八三—二四〇、二四五、三三二。

第二章　三　藏

「西遊記」一書由玄奘取經的史實演化而成。由於他是取經五聖中唯一的歷史人物，有關西遊故事方面的史料，當然都只載述他的事蹟。其中，除了辯機「大唐西域記」（以下簡稱「西域記」）（註一）側重佛國的風土人情外，慧立「慈恩傳」、道宣『唐京師大慈恩寺釋玄奘傳』、冥祥『大唐故三藏玄奘法師行狀』、劉昫「舊唐書」方伎列傳『玄奘本傳』、李昉「太平廣記」異僧類『玄奘傳』等，其詳簡容或不一，其主旨則全在記敍他的行迹；而歐陽修『于役志』中提到的揚州壽寧寺經藏院玄奘取經壁畫（註二），則更繪出了他的形貌。

在想像文學方面，儘管有些西遊故事跟唐僧無關（諸如唐代變文『唐太宗入冥記』、「太平廣記」『袁天綱』與『陳義郎』、「永樂大典」『魏徵夢斬涇河龍』等），但像李亢『獨異志』、吳昌齡「唐三藏西天取經」、宋元戲文「陳光蕊江流和尚」、「銷釋眞空寶卷」、「朴通事諺解」、「玄奘三藏渡天由來緣起」、「清源妙道顯聖眞君二郎寶卷」、陽至和「西遊記」以及朱鼎臣「唐三藏西遊傳」等，有的僅屬三藏一人的故事；而卽使涉及整個取經故事，三藏亦佔有舉足輕重的地位。不過，就整個西遊故事來說，眞正敍述「唐三藏取經」並且具有創意的想像文學，實則仍舊只有「詩話」、「雜劇」以及「西遊記」三部而已。

三藏既屬有史可稽的人物，欲對他有一番深刻的瞭解，當然就得由史實入手；又由於跟三藏有關的史料，向來都根據「慈恩傳」一書；因此本文擬就一部史籍、三部文學作品來探討西遊故事中的三藏，期能從史實與文學作品中，察見其演化，並從比較中闡明「西遊記」在塑造三藏這方面的藝術成就。

壹、歷史上的三藏

「慈恩傳」是吾國傳敍文學的代表，其布局宏偉，結構完密，對於玄奘一生的行誼，載述得既生動而詳盡。該書共十卷，約八萬餘字，可大分爲兩部分：前五卷敍及貞觀十九年以前的法師，爲其求法期；後五卷記述貞觀十九年以後的法師，爲其譯經期。這兩部分正是法師一生的兩大階段。由於西遊故事僅及於取經，故下文將以「慈恩傳」前五卷爲主，而以後五卷爲輔，敍述法師的出身、形貌及其取經的經過。

法師俗姓陳，俗名褘，法號玄奘，在隋文帝開皇十六年（西元五九六年）（註三）二月初五日生於洛州緱氏縣遊仙鄉控鶴里鳳凰谷陳村（亦名陳堡谷，在今河南省偃師縣陳河村）（註四）。他是漢太丘長仲弓的後人；高祖陳湛係後魏清河太守；曾祖陳欽爲後魏上黨太守；祖父陳康曾任北齊國子博士。父親陳惠操潔性簡，雖早通經術，卻無意仕途，加以隋政衰微，遂潛心墳典，對於州郡的徵辟，皆以疾辭不就。

陳惠生有四男，法師爲第四子。大業四年（西元六〇八年），二兄陳捷在洛陽淨土寺出家，乘着敕令度僧的機會，促成他進入空門。武德元年（西元六一八年），法師偕其兄赴長安；又於武德三年西行赴蜀。武德五年，法師在成都受戒，繼而入京學法問難。由於京師諸德無法爲他釋疑，法師遂於貞觀三年（西元六二九年）秋八月七日首途西遊。法師由長安出發，經秦州、蘭州、涼州、瓜州，渡瓠蘆河，私出玉門關而抵伊吾，然後經新疆北道，越葱嶺，出熱海，終於抵達北印度；途程五萬里，身歷一百一十國，才於貞觀十九年（西元六四五年）春正月廿五日齎經返回長安（參見附錄二）。

法師在西行途中看到了異域的種種景象。他固然倖睹「郊郭顯敞」、「原隰膚腴」的土地；民殷物阜、敬佛尚賢的國家；「巖巘崇萃」、「鮮華芬馥」的勝地；「塼高數丈、基隍深澗」的城壘；「糾楝虹梁」、「雕楹鏤檻」的伽藍；「端嚴光瑞」、「寶飾煥爛」的佛像；以及香潤甘美而又可滌罪消災的福水（註五）；卻也看見了「氣寒土嶮」的異域；蕭條荒蕪的郊野；壁狹巡險的鐵門；「幽茂連綿」的大林；成羣遍野的暴獸；以及峰崿峭峻的高山（註六）。

同時，他還遇到了不少自然與人爲的險巇。他在渡過長達八百里的沙河時，是一次艱苦的經驗；在越過葱嶺、雪山和波謎羅川時，也都有過一番艱苦的奮鬬（註七）。「慈恩傳」對他越過葱嶺北隅的凌山那次，曾刻意加以描述道：

其山險峭極於天。自開闢以來，冰雪所聚，積而為凌。春夏不解，凝沍汗漫，與雲連屬；仰之皚然，莫覩其際。其凌峰摧落橫路側者，或高百尺，或廣數丈。由是蹊徑崎

> 嶇，登涉艱阻。加以風雪雜飛，雖復履重裘，不免寒戰，將欲眠食，復無燥處可停，唯知懸釜而炊、席冰而寢。七日之後，方始出山。徒侶之中，殍凍死者，十有三四，牛馬逾甚。（卷二，頁三——四）

自然方面的險阻固然給西行取經帶來了不少困撓，但由盜賊所造成的人爲險阻，則往往因突如其來而有時益難防範。玄奘在西行途中曾在阿耆尼國、屈支國、那揭羅喝國、阿踰陀國、曷邏闍補羅國、僧訶補羅國以及揭盤陀國等地逢賊，幾遭喪命。這些都已在「緒論」部分論過，此處不再重複。

儘管險阻重重，但玄奘求法的決心，並不曾因而折撓。他在洛陽參加度僧時，曾對大理卿鄭善果說，他想出家，就是要「遠紹如來，近光遺法」。問題是：佛與西域，東土遠離佛國；因此「勝典雖來，而圓宗尚闕」。當年，他勸其兄由洛陽到長安，是爲了學法；他們由長安入蜀，也是爲了學法；後來他不顧其兄的反對，私與商賈結侶由成都前往京師，還是爲了「詢問殊旨，條式有礙」。他在長安徧謁諸德衆師，「備飡其說，詳考其義」，卻發現各家之論，驗諸聖典，「亦隱顯有異」；而當時，「經教少闕」又兼「通譯音訛，方言語謬」，遂與踵武法顯與智嚴求法濟世的宏願，罔顧朝廷禁約百姓出番的嚴敕，毅然不憚艱危，誓遊異域，以問所惑（註八）。他在度過大雪山時，曾面對層冰飛雪發其感慨，說：「嗟乎，若不爲衆生求無上正法者，寧其稟父母遺體而遊此哉？」（卷二，頁九）正是爲了弘揚佛法，才使他無視於種種險難的挑戰與威脅。

這種弘揚佛法的宏願，可說就是法師一生的指標。他聰悟早慧，在出家之前，就已在儒敎的薰陶下，「備通經典」。他在洛陽淨土寺期間「執卷伏膺，遂忘寢食」；在蜀地受學時，更是「敬惜寸陰，勵精無怠」，遂得在兩年之間，「究通諸部」。其後，他到相州、趙州、長安諸地去問疑辨難，奠定了深厚的佛學基礎。他在佛國求法期間亦是用功有加，只要知道某國某大德精研佛法，必定設法前往受敎、問難。毘膩多鉢臘婆、旃達羅伐摩、闍耶毱多德、蜜多斯那、毘離耶犀那三藏、但他揭多毱多、羼底僧訶、蘇部底、蘇部耶、般若跋陀羅、勝軍等都是當時的高僧，他當然沒有放過求法問法的機會。而他受益最多的還得說是在摩揭陀國那爛陀寺隨戒賢法師學法的那五年期間。總說起來，法師在西遊的十七年當中，約有十三、四年是在求法、學法。

玄奘在佛國期間，不但汲汲於求法，在其他方面也相當活躍，也有相當出色的表現。每逢有聖跡之地，他必定前往觀禮一番。他曾對葉護可汗說法；勸化颯秣建國國王向道禮佛；在毗羅那拏國開講經論；並在鉢羅耶伽國兩河間舉行的無遮大會上隨喜大施。鳩摩羅王和戒日王聞其「仁名」，還特意請赴供養。法師廿一歲在荊州天皇寺講「攝論」、「毘曇」時，對於聽衆的詰問，「酬對解釋，靡不辭窮意伏」，因而深獲漢陽王的「稱嘆」。他在西遊期間，亦以其辯才在活國折服沙門達摩僧伽；在摩揭陀國著「會宗論」三千頌，破大德師子光，又作「制惡見論」一千六百頌，破順世外道婆羅門；並在曲女城大會上稱揚大乘，摧諸異見。他返國時，除了銀佛像一軀、金佛像二軀、檀佛像四軀，舍利一百五十粒而外，還賫回經卷五百二十夾六百五十七部；可見他對經像的搜求極其用心。

「慈恩傳」對於玄奘的形相多有著墨。書中除了說他「形貌淑美」、「神彩明秀」、「儀容偉麗」外，還刻意以下面這段文字描敍他的外表、言談與性情等：

法師形長七尺餘，身赤白色；眉目疎朗，端嚴若神，美麗如畫。音詞清遠，言談雅亮，聽者無厭。或處徒衆，或對嘉賓，一坐半朝，身不傾動。服尚乾陀，裁唯細氎，脩廣適中。行步雍容，直前而視，輒不顧眄。滔滔焉，若大江之紀地；灼灼焉，類芙蕖之在水。加以戒範端明，始終如一。愛惜之意，過護浮囊；持戒之堅，超逾草繫。性愛恬簡，不好交遊。（卷十，頁七——八）

最後，值得在此一提的是法師對於收受財帛的態度。他對葉護可汗所送的「緋綾法服一襲、絹五十疋」和迦畢試國國王相贈的「純錦五疋」，全都收下；但對鋭末陀與胡實健兩國國王所施的「金寶飲食」、戒日王在曲女城大會期間所施的「金錢一萬、銀錢三萬、上氎衣一百領」以及五印度十八國王所施的「珍寶」則「一皆不受」。後來，法師辭歸東土時，戒日王「命施金錢等物」，鳩摩羅王「亦施衆珍」，他也全「皆不納」；不過，鳩摩羅王所送的「曷剌釐帔」，因可「在塗防雨」，他才予收下。「慈恩傳」書中對於法師納拒的原則多半不曾說明，但對他施捨的動機倒是交待得相當清楚。比方說，他在那揭羅喝國的一處髑髏骨塔時，為了「盡其哀敬」而「施金錢五十、銀錢一千、綺旛四口、錦兩端、法服二具」；途經健陀邏國布色羯邏伐底城觀禮聖迹時，又為了「申誠」而將高昌王所施的「金、銀、綾、絹、衣服等」，「分留供養」。

貳、文學上的三藏

文學上的三藏主要是見於「詩話」、「雜劇」和「西遊記」裏。由於探討「西遊記」中的三藏是本文的重點所在，下文擬先就「詩話」與「雜劇」論「西遊記」前的三藏，然後考察「西遊記」中的三藏。

甲、百回本「西遊記」前的三藏

子、「大唐三藏取經詩話」中的三藏

「詩話」中的法師曾「三生出世」。他兩度取經，都因「佛法未全，道緣未滿」，而遭深沙神傷命。此番「奉敕」前往西天求請大乘，一則是要爲「東土衆生覓佛緣」，二則也是爲了弘「壯大唐」。隨他西行的本爲六人；等到途程遇猴行者後，就增爲七人。法師此行要跋涉百萬程途，經過卅六國。不過，書中只提到他往返總共費時三年（註九），歷經之地計有：湯水（第三節）、香山香山寺、虵子國（第四節）、獅子林、樹人國（第五節）、長坑、大虵嶺、火類坳（第六節）、九龍池（第七節）、深沙（河？）（第八節）、鬼子母國（第九節）、女人國（第十節）、王母池（第十一節）、沉香國（第十二節）、波羅國（第十三節）、優鉢羅國（第十四節）、西天竺國、鷄足山（第十五節）、盤律國香林寺（第十六節）、河中府（第十七節）等。

法師在取經路上有許多令人激賞的表現。他知道西天路遙道險，因此時時吩咐隨從「謹愼」；他知禮，所以一聽猴行者說，火類坳上是「明皇太子換骨之處」，就「合掌頂禮而行」。他擅於講經，曾在大梵天王宮赴水晶齋時，當著大梵天王和五百尊者等千餘聽衆面前講演「法華經」，且是「一氣講完，如瓶注水，大開玄妙」，贏得滿座的讚賞。他在女人國時，雖見內宮「香花滿座，七寶層層；兩行盡是女人，年方二八，美貌輕盈，星眼柳眉，朱唇榴齒，桃臉蟬髮，衣服光鮮，語話柔和，世間无此」，卻毫不動心；不但對女王勸他「作個國王」、享受「風流」的話，再三表示「不肯」，還反倒叫她「存善」「修持」，以免虛度「浮生」，無處躲避「大限」，終墜阿鼻，萬刼不復。可見他道心堅定，只是一意求經，對於財色權位毫無興趣。他在香山寺內見金剛的模樣威猛而獰冽，以致嚇得「遍體汗流，寒毛卓豎」；又因該寺內「古殿巍峩，芳草連緜，淸風颯颯」而油然感到「寂寞」；在虵子國見大虵小虵交雜擾亂，「怒眼如燈，張牙如劍，氣吐火光」，不禁「退步驚惶」；在鬼子母國問路無人相應，心甚「悽惶」；行過荒州廢縣，塌屋破籬時，未免「嗟嘆」一番；在竺國福仙寺時，知道佛在鷄足山中，人鳥不至，也「添悶低頭」。然而，由於他以取經爲最高指標，因此這些旅途上的遭遇都不足以使他退縮。對於魔難或險阻，他更是勇於克服。猴行者固然助他解決了不少困難，但「四門陡黑」的長坑和「野火連天」的火類坳這兩處險難是他呼求梵王才渡過的；而深沙之阻，若非由他勸說深沙神「改過」，以免「一門滅絕」，恐怕還得大費周章。

當然，法師的表現亦非全無瑕疵。猴行者對他說曾「九度見黃河淸」，他竟「不覺失笑，大生怪疑」，認爲是「妄語」；或許正是出於考驗之故，他才借重猴行者的「威光」，同赴水晶齋。猴行者在香山寺時曾對他說，前途「盡是虎狼虵兎之處，逢人不語，萬種恓惶；此去人煙都是邪法」；但他聽了之後，卻「冷笑低頭」。這些反應或許是因他對猴行者的認識不够所致，還算人之常情。然而，他在王母池那次的表現，就非僧家所該爲的了。當時，他對猴行者說：「願今日蟠桃結實，可偸三五個喫。」猴行者雖然表示自己當年偸吃十顆，受到王母的嚴懲，餘悸猶存，「定是不敢偸喫」，但他依舊再三慫恿猴行者「去偸一顆」；甚至說：「你神通廣大，去必无妨」；及至見有三顆蟠桃落入池中，他又說：「可去尋取來喫。」

儘管如此，法師在西遊期間的表現，畢竟還是瑕不掩瑜。他終於以其堅心和至誠求得一藏經卷。返國後半個月，唐皇就因他「三年往西天取經一藏回歸」，「三度受經」，而封爲「三藏法師」。最後，在七月十五日午時五刻，法師搭上彩蓮舡，由定光佛接引，「乘空上仙」而去。

丑、「西游記」雜劇中的三藏

「雜劇」中的三藏原係西天毘盧伽尊者。其父陳蕚爲海州弘農縣人氏，曾以儒業進身，得授洪州知府，不幸在赴任途中逢盜遇害。當時，其妻殷氏已懷胎八月，只得忍辱從賊（第一齣）。貞觀三年十月十五日子時建，殷氏分娩，產下一子，唯恐劉洪斬草除根，遂於孩兒滿月當天，置於匣內，繫以血書，然後抛諸江中，任水飄流（第二齣）。翌晨，漁人在沙灘上發現匣兒，並送給金山寺丹霞禪師收養；禪師依血書所載，呼他爲江流。江流七歲能文，十五歲「無經不通」，「本字性命，了然洞徹」。禪師替他落髮爲僧，並予法名玄奘：「玄者，妙也；奘者，大也。大得玄妙之機，是以名曰玄奘。」長成十八歲後，既悉父母深讎，於是扮成行脚僧到洪州認親（第三齣）。時劉洪已因「殘疾致仕」，玄奘獲虞世南之助，終得擒賊雪恨。而陳萼已先獲龍王救助，亦在此時回陽。陳家遂得團圓，並顯宗還鄉（第四齣）。

其後丹霞禪師圓寂，玄奘心喪三年未竟，適逢長安苦旱，赤地千里。虞世南奉觀音佛旨，薦舉玄奘赴京祈雨救民。倖感天神相助，大雨三日。唐王於歡喜之餘，賜他金襴袈裟、九環錫杖，以及法號「三藏法師」，同時並命他前往西天取經（第五齣）。

表面上，玄奘奉旨西遊是爲了「報皇恩」、「保國祚」；事實上，取經一事是佛祖有意傳經東土而促成的。玄奘以毘盧伽尊者托生爲「肉身幻軀」是「諸佛議論」的結果，而非因他前生犯有罪愆之故。可見他去取經是奉「佛命」托化闡敎，並非出於將功贖罪。他由長安出發，由西番伲鈸地面（第七齣）經花果山（第十齣）、流沙河、黃風山（第十一齣）、黑風山、裴家莊（第十三齣——第十六齣）、女人國（第十七齣）、火焰山（第十八齣——廿齣）、中天竺國（第廿一齣）而抵靈鷲山，求得大藏經五千四十八卷（第廿二齣），還歸東土（第廿三齣），正果朝元（第廿四齣）。

三藏曾九世爲僧，前往西天取經，不幸都被沙和尚呑噬。此次取經的十七年當中，他要走完十萬里途程，經歷千魔百怪。這些實則都是佛祖的安排，旨在試探而已。同時，玉帝念路遙途險，惟恐他遭遇不測，故已先敕命觀音、李天王、哪吒太子、二郎神等暗中加以保護；而觀音也早已替他找了十方保官，保他「沿途無事」（第八齣），並著通天大聖、豬八戒與沙和尚隨行護持，火龍馬代步馱經，再兼他「心堅念誠」，「磨而不磷，涅而不緇」，終於渡過層層難關，完成使命。

三藏身爲佛門弟子，對於佛門戒律時時謹遵。他既不飲酒、不茹葷，更嚴於守貞保節。女人國女王迫他成親，當國王；但他不爲財色權位動心，卽使被鎖在「冷房子裏」，也絕不幹「弄玉偸香」之事，反正「香馥郁鎖金帳，光燦爛白象牀」所織成的「花羅網」，並不足以動搖其心。他在離開長安時，勸尉遲恭「滅火性、消豪氣、發善心、脫名利」；也勸女王「及早修業，無常有限者」。對於通天大聖亦曾多番勸以「休要胡說」，不得「惹事」，要隨時「小心在意」；到了佛國時尤其叮嚀他切勿「妄開口說話」，以免輸卻「禪機」。

除了這些律己律人的言行而外，他在西天路上還有許多令人讚賞的表現。師徒離開黑風山，將近女人國時，他說：「旣到此間，怕得許多，只得向前通關，先打去了」；這種勇往邁進的精神，曾促使他鼓勵通天大聖去殲滅黃風山三絕洞銀額將軍、降服黑風山黑風洞豬精，也是他得以完成取經大業的一大憑藉。而由於他精通佛理、辯才無礙，因此通天大聖被問倒後，才得折服貧婆，算是替取經團體爭回了一口氣。

尤有進者，他的心腸相當慈悲。他來到花果山時，山神曾勸他不可搭救壓在山下的通天大聖；但他說：「小僧弘誓如深海，如何不救他？」通天大聖問他說：「愛弟子麼？」他回答說：「愛者乃仁之根本，如何不愛物命？」通天大聖去降豬精時，他告以慈悲之道。後來，他替豬精求情、勸鬼母皈依，也正是這種慈悲愛物的具體表現。儘管他這顆慈悲愛物的心有時會被紅孩兒之類的妖魔利用，但大抵說來，他慈悲表現得還頗為適切。

「詩話」不曾描述法師的形相，而「雜劇」則對他的外貌和種種異象多有交代。法師被抛在江裏、沖到水邊；漁人先是猛見「沙灘上火起」，才看到匣內的「小孤兒」；丹霞禪師初見孩兒時，但覺「寒光閃爍，異香馥人」。江流到洪州認親，殷氏見來的小沙彌恰似一個「塑來的諸佛世尊」，「清氣逼人，恰便是一溪流水徹雲根」；由於他的「眉眼」全與陳蕚相似，「霞臉絳丹唇」，「身材忒煞真」，殷氏因而疑以為是其夫。他在取經途中，更是人見人讚。花果山山神說他「眼慧」「心明」，「是好一箇僧也呵」；並唱道：

（牧羊關）圓頂金花爍，方袍紫焰飛，塑來的羅漢容儀。（第十齣）

女人國女王一見到他，就不禁讚美他「是好一箇和尚」，又唱道：

（那吒令）身才兒俊長，加持得鬼王。容貌兒善良，修持得梵王。胸襟兒紀綱，扶持得帝王。頭如藍靛青，語似春雷壯。這和尚端的非常。（第十七齣）

（醉中天）挺挺身才俊，朗朗語超羣。……

後來，貧婆見了他，也劈頭就說他「是好箇佛像」，接著並唱道：

（金盞兒）躡履破苔痕，飛錫落雲根；可知道曇花亂墜如瓊粉，架裟錫杖爍然新。清虛成法性，解脫出凡塵。是一箇維那金種子，佛座下玉麒麟。（第廿一齣）。

乙、百回本「西遊記」中的三藏

三藏是取經五聖中唯一的凡僧。他的形相和個性等經過約莫一千年的演化後，終於隨著西遊故事定型於「西遊記」而定型。該書撰者除了將他描述成一身「濁胎俗骨」的凡僧外，還爲他配上五行中的「水」。關於這點，我們已在「緒論」部分（肆）有過交待，此處不擬多贅。但値得在此進一步指出的是，五聖當中唯唐僧一人由出生前就開始跟「水」息息相關。他父親陳萼係「海州」人氏，以貞觀十三年新科狀元授職「江州」州主，在携妻赴任途中，被「洪江」水賊傷命，棄屍水中。三藏出生後，幾遭「淹殺」，其母只得將他「滿月拋江」，倖由金山寺法明和尚救起，取乳名「江流」（註一〇）。他長成十八歲後，到「江州」化緣認親，終於報了「海樣深」的仇。後來，他對烏鷄國國王說：「當時我父曾被水賊傷生。我母被水賊欺占，經三個月，分娩了我。我在水中逃了性命」（第卅七回）；這話可說是總結了他前半生與「水」的關係。又五聖當中，白馬本是西海龍王敖閏之子；沙僧曾在流沙河當水怪；八戒原係天蓬元帥，曾總督八萬水兵；他們都精通水性。悟空雖不諳此道，也曾在「心猿遭害」（第四十一回）一難中被水逼昏，但他有逼水法和避水訣，並可變成蝦蟹等水族進出水中。唐僧就沒有這種能耐；他也因而在西行途中多次遇到像「黑河沉沒」（第四十三回）、「身落天河」（第四十八回）、「喫水遭毒」（第五十三回）、「凌雲渡脫胎」（第九十八回）及「通天河落水」（第九十九回）等水難。

三藏既然配「水」，則其個性是否亦如「水」呢？這點我們雖也曾在「緒論」部分略加提及，不過下文擬再深入探討一番。我們仍擬運用神話學上由「生」入「死」，經「轉變」而「復活」這些過程，從考察他的種種遭遇和行爲表現着手。

三藏原是佛祖的第二徒弟金蟬子，只因聽經不專、輕慢大法，以致遭貶東土，由「西方愛聖」一變而成東土「棄兒」。他在「滿月拋江」後，經過一番「水」的洗禮，由俗世進入空門，又經一段時間的推移，便削髮修行、摩頂受戒，取法名爲玄奘，正式成爲法明和尚的徒弟。等到知悉父讎母恨後，遂以「復仇者」的姿態，由空門返回俗世，終得「復讎報本」，而再由俗世返回空門，在洪福寺當僧官，立意安禪，號稱江流兒和尚、玄奘法師、如來佛子。嗣後，唐太宗秉誠修水陸大會，他以「德行」膺選爲壇主，而以「天下大闡都僧綱」的面貌出現：

> 凜凜威顏多雅秀，佛衣可體如裁就。暉光豔豔滿乾坤，結綵紛紛凝宇宙。朗朗明珠上下排，層層金線穿前後。兜羅四面錦沿邊，萬樣稀奇鋪綺繡。八寶妝花縛鈕絲，金環束領攀絨扣。佛天大小列高低，星象尊卑分左右。玄奘法師大有緣，現前此物堪承受。渾如極樂活阿羅，賽過西方真覺秀。錫杖叮噹鬭九環，毘盧帽映多豐厚。誠為佛子不虛傳，勝似菩提無詐謬。（第十二回）

法師穿上觀音轉贈的錦襴袈裟、手持九環錫杖後，面貌又是一變：人人誇獎他有如「活羅漢下降，活菩薩臨凡」，而化生寺衆僧則以爲他是「地藏王」顯像。

然而，三藏在法壇上所談的「小乘教法」，只可「渾俗和光」；他本人在當壇主之前雖也曾幾度九死一生，畢竟還只是個凡僧，尚未超出三界外，仍在五行中；嚴格說來，實不足以主持「超度孤魂」的水陸大會。據佛祖的說法，東土之人「貪淫樂禍，多殺多爭」，已墜落成一處「口舌凶場、是非惡海」的死亡之地；只有「大乘教法」才能使他們「救亡脫苦，壽身無害」。同時，法師既為遭貶的「金蟬」，欲重獲佛恩、重返極樂，也還得經歷一番「脫殼」的過程才行。換句話說，他必須在一段追求的過程中入死出生，使自己超凡「復活」，並使東土由死復生。依此看來，三藏表面上是應太宗之詔前往西天去取回大乘以秉丹誠、修善果，並祈保大唐江山永固；實際上，取經之事全是佛祖的安排，為的是要他窮歷異邦、經受魔難，以贖去前愆，造福萬民。

由於他曾輕慢大法，故在此世要時時以佛戒在意。三藏既為佛門弟子，自當「以戒為本」(註一一)，因為「戒是一切善法梯橙，亦是一切善法根本」(註一二)，而他的確也恪遵佛戒，以防禁身心的過失。他在離京登程時對太宗說：「酒乃僧家頭一戒，貧僧自為人，不會飲酒」(註一三)。他自稱「胎裏素」；自出娘胎「就持齋受戒」當和尚，「更不曉得喫葷」；此後一生亦是「吃長齋」。他對劉伯欽說：「就是三五日不喫飯，也可忍餓，只是不敢破了齋戒」(第十三回)。他在西天路上以化齋度日，每飯之前必念謁齋經。他對財帛也同樣峻拒。每違有人餽贈，總是「分文不受」。他說：「我們是行脚僧，過莊化飯，逢處求齋，怎敢受金銀財帛」；又說：「我出家人若受了一絲之賄，千劫難修」(第十九回)。對劉伯欽、高太公、陳家莊老者和鳳仙郡百姓的慨予如此，對烏鷄國、祭賽國、比丘國、天竺國等國君的餽贈亦復如此。不過，他對粗麵、燒餅、乾糧、菓類、衣鞋、縧環等可以吃穿以維生的東西倒是接納的。

三藏對女色和權位尤其敬而遠之。「四聖顯化」（第廿三回）以財色相誘，但他「推聾妝啞，瞑目寧心，寂然不答」，痴蠢無言，「好便似雷驚的孩子，雨淋的蝦蟆；只是呆呆掙掙，翻白眼兒打仰」。烏鷄國國王請他「爲君」，但他絕不肯受，「一心只是要拜佛求經」（第四十回）。西梁國女王要招他爲夫，「坐南面稱孤」，但他爲此而「痴痖」「心驚」，煩惱得「止不住落下淚來」；女王請他「占鳳乘鸞」，他聞言不禁「面紅耳赤，羞答答不敢抬頭」，「戰兢兢立站不住，似醉如痴」（第五十四回）。琵琶洞女妖要與他「做會夫妻兒，要子去」，但他「咬定牙關，聲也不透」，雖然被迫步入香房，「卻如痴如痖」，對於妖精的「雨意雲情，亦漠然無聽」，「全不動念」（第五十五回）。木仙庵樹精設下「美人局」，但三藏「心如堅石」，言誓不肯，「憑他們怎麼胡談亂講，只是不從」（第六十四回）。無底洞女妖「求陽」，但他「內無所慾」，只是虛與委蛇，毫不動念，在「綺羅隊裏無他故，綿繡叢中作痖聾」（第八十二回）。最後，他在「天竺招婚」（第九十五回）一難中，雖「身居錦繡心無愛，足步瓊瑤意不迷」，對於眼前的美色「全不動念」，只是「愁眉不展，心存焦躁」。他曾對悟空說：「徒弟，我自出了長安，到兩界山中收你，一向西來，那個時辰動葷？那一日子有甚歪意？」（第八十二回）三藏的表現的確如其所言。

三藏對於殺生、偷盜與誑語等佛戒，也同樣嚴於律己律人。他更進而把戒色、戒殺、戒偸和戒誑等律則用來敎導三徒。五聖當中，除了龍馬之外，都拜三藏爲師。我們在上文提過，三藏原係佛祖的徒弟；現在旣爲悟空等人之師，負有敎導的任務，無形中正是替代佛祖「管訓」三徒，使他們能在重獲天恩之前，經歷一番改頭換面的過程。八戒好色，曾在「四聖顯化」一難中，受不了富貴和美色的誘惑而「心癢難撓」、躍躍欲動；三藏就當面叱罵他是「孽畜」，並且正告他說：「我們是個出家人，豈以富貴動心，美色留意，成得個甚麼道理！」八戒又在「金峴山遇怪」（第五十回）前拾了三件納錦背心，想要穿起來禦寒。三藏就告誡他「莫愛非禮之物」，「公取竊取皆爲盜」，萬一被人發現而送官，「斷然是一個竊盜之罪」；卽使無人知覺，但「暗室虧心，神目如電」，終非善行。悟空素來桀驁不馴，三藏對他的告誡也較多。悟空好誇耀、好鬥禍、好偸竊，又好打誑語，三藏都隨時予以告誡；關於這些，我們已在首章敍過，此處不擬贅述。

對於佛門戒殺的規律，三藏更是敎不遺力。他平素「好善慈悲」，在取經途中也一向是「微生不損，見苦就救；遇穀粒手拈入口，逢絲縷聯綴遮身」。對他來說，慈悲就是愛惜生命、保護生命，也就是好生之德。他在這方面除了以身作則外，還屢屢告誡徒弟。八戒對比丘小兒的命運毫不關懷；三藏爲此怪他木石心腸，毫「不慈憫」，並且對他說：「出家人積功累行，第一要行方便。」悟空素性好殺，三藏更是隨時予以勸懲。他勸悟空要慈悲爲善、救人饒人、存心忍氣；爲了悟空的好殺，他曾把悟空氣走一次（第十四回），趕走兩次（第廿七、五十六回）。氣走那次，三藏「絮絮叨叨」，先是責怪他「撞禍」「行兇」，不愛惜生命，全無「慈悲好善之心」，居然「不分皂白」，把見官也「不該死罪」的強徒「一頓打死」；接着又罵他「沒收沒管，暴橫人間」，「一味傷生，去不得西天，做不得和尚」。首次被逐前，悟空接連打死了屍魔所變的少女、老婆婆和老公公；三藏苦口婆心勸告他說：「出家人時時要方便，念念不離善心；掃地恐傷螻蟻命，愛惜飛蛾紗罩燈」；行善「如春園之草，不見其長，日有所增；行惡之人，如磨刀之石，不見其損，日有所虧」。但悟空「屢勸不從」，「步步行兇」，讓三藏認爲他是個「無心向善之輩，有心作惡之人」，遂在驚怒之餘，立下貶書，將他趕走。悟空二度被逐前，三藏又勸他「體好生之德，爲良善之人，對於草寇，只宜嚇退」；但悟空充耳不聞，依舊統統誅殺。三藏遂罵他「不仁」，「兇惡太甚」，毫無「善念」，「壞了多少生命，傷了天地多少和氣」，並以念咒相脅，迫他離去。在「西遊記」書中，三藏總共念咒六次，其中五次便是用以敎導悟空向善的。

除了這些佛戒之外，三藏對於日常儀節亦十分重視。他認爲「人將禮樂爲先」，而他也生就一副彬彬有禮的模樣，逢人總是問訊作揖、躬身施禮。他在天竺國玉華縣遇到一位老者，慌得「滾鞍下馬，上前道個問訊」；來到黃風嶺前一處村舍、通天河陳家莊和七絕山駝羅莊等地，都是先行上前施禮，然後才表明借宿的原委。有時，像在白虎嶺途遇一名女子，他就「連忙跳起身來」，「合掌當胸」爲禮；但若像在盤絲洞外，看見裏面只有女子，就一時「不敢進去」。而他每到一國去倒驗關文，輒在金階上「舞蹈山呼」，「禮拜俯伏」。

三藏對仙佛神祇更是敬禮有加。他在動身西行前，已在佛前立誓要在「路中逢廟燒香，遇佛拜佛，遇塔掃塔」；果然在沿途掃過祭賽國金光寺和金平府慈雲寺，拜過萬壽山五莊觀、烏鷄國寶林寺和車遲國智淵寺，也在寇員外家中的佛堂「淨手拈香，叩頭禮拜」。他對送來鞍轡的落伽山山神、口授「多心經」的烏巢禪師和「趕捉犀牛」的四木禽星，都磕頭拜謝，慇懃致意。對觀音更是衷心致敬：在觀音禪院見其金像時，「展背舒身，鋪胸納地」，叩頭不已；在「陡澗換馬」、「失却袈裟」（第十七回）、「請聖降妖」（第四十二回）諸難中，聽說觀音已返南海，就焚香「朝南禮拜」；而在抵滅法國之前，知道來報信的老母實卽觀音，更是嚇得「立身無地，只情跪着磕頭」。最後，他到了靈山，對佛祖「倒身下拜」，長跪不起。

三藏也同樣拿這些日常儀節來敎導三徒。他嫌他們「村鹵」，「嘴臉醜陋，言語粗俗」，因此時時提醒他們不許「撒村」，「須要仔細，謹愼規矩，切休放蕩情懷，紊亂法門敎旨。」每到城池或人煙湊集之地，輒「揑着一把汗」，惟恐三徒「惹禍」，因此叫他們「低着頭，不要放肆」，又吩咐他們「閉口」、「斯文」、「收斂」；到了驛館也告訴他們「不可出外生事」。由於擔心他們會闖禍，三藏在寶林寺、陳家莊、比丘國、鳳仙郡、玉華縣、地靈縣等地，都「一力當先」去向人借宿或打聽消息。有時，像悟空和八戒在黃風嶺前一處村莊嚇壞人家，他就埋怨他們「替我身造罪」。若是三徒眞的放肆起來，他在急怒下，就當面加以責備。譬如，他們擺出「兇頑」的模樣，把陳家莊的幾個和尙嚇得跌跌爬爬後，還鼓掌嘻笑；三藏就罵道：

> 這潑物，十分不善！我朝朝教誨，日日叮嚀。古人云：「不教而善，非聖而何！教而後善，非賢而何！教而不善，非愚而何！」汝等這般撒潑，誠為至下至愚之類！走進門不知高低，諕倒了老施主，驚散了念經僧，把人家好事都攪壞了，却不是墮罪與我？（第四十七回）

儘管如此，他也知道三徒雖貌醜面惡，卻還心善而有用。陳家莊的老者、慈雲寺的和尚與天竺國會同館的驛丞見了三徒的「醜樣」，都不免心驚膽跳；三藏就對他們說：他的三徒「相貌雖醜，心地俱良」，而且「頗有些法力」，「會降龍伏虎，捉怪擒妖」，「我一路甚虧他們保護」。每逢他遭妖魔擒去，總是一面嗟嘆落淚，一面念著徒弟：

> 徒弟啊！不知你在那山擒怪，何處降妖，我却被魔頭拿來，遭此毒害，幾時再得相見！好苦啊！你們若早些兒來，還救得我命；若十分遲了，斷然不能保矣！（第廿回）

三藏最常罵悟空，卻也對悟空表示了最大的關懷。悟空在車遲國「大賭輸贏」時，假裝被滾油烹死，國王下令拿下三藏等人，

> 慌得三藏高叫：『陛下，赦貧僧一時。我那個徒弟，自從歸教，歷歷有功；今日沖撞國師，死在油鍋之內，奈何先死者為神，——我貧僧怎敢貪生！……只望寬恩，賜我半盞涼漿水飯，三張紙馬，容到油鍋前，燒此一陌紙，也表我師徒一念，那時再領罪也。』（第四十六回）

隨後，他就到鍋邊，口稱「徒弟孫悟空」，祝道：

自從受戒拜禪林，護我西來恩愛深。指望同時成大道，何期今日你歸陰！生前只為求經意，死後還存念佛心。萬里英魂須等候，幽冥做鬼上雷音！（第四十六回）

在「路阻獅駝」一難中，悟空去打探妖魔的虛實時，三藏則撮土爲香，望空禱祝，道：

祈請雲霞衆位仙，六丁六甲與諸天。願保賢徒孫行者，神通廣大法無邊。（第七十五回）

等到聽說悟空被妖魔吞食，他諕得倒在地上，「跌脚拳胸」，「十分苦痛」，又聽八戒說要分行李「散伙」，於是「氣嘑嘑的」打滾，「叫皇天放聲大哭」。三藏或許是惟恐取經之事功虧一簣才這麼痛苦，但他對悟空的關懷亦可由此看出。

除了恪遵佛戒外，三藏還在西天路上從許多創鉅痛深的經驗中，領取教訓與接受啓廸；他的面貌也在這種情況下經過多番改變。他在登程之前，太宗跟他「拜爲兄弟」，口稱「御弟聖僧」，又叫他指經取號爲「三藏」，並以唐爲姓，叫做「唐僧」；同時還在奉餞送行時，撮土彈入酒中，算是替他舉行了啓蒙儀式。經此一番過程後，他一變而成一個離鄉背井的行脚僧，並且有許多稱號：除了「取經人」和「取經僧」外，他還被呼爲「高僧」、「聖僧」、「禪主」、「活佛」、「法師」、「唐御弟」、「唐三藏」、「唐和尚」、「唐老爺」、「老羅漢」、「金蟬長老」、「御弟法師」、「唐朝老師」、「法師老佛」、「拜佛的聖僧」；八戒呼他爲「老和尚」，沙僧以「東土欽差取經的佛子」稱他，悟空說他是「唐朝駕下眞僧」，而他則自稱「唐朝釋子」、「東土唐朝上雷音寺拜佛求經進寶的和尚」、

「貧僧是大唐駕下欽差前往西天拜佛求經的和尚」。

他的模樣也變過幾次。平時是頭戴斗笠，身上「穿一領二十五條達摩衣，足下登一雙拖泥帶水的達公鞋」，的確是個行脚僧的畫像。若去倒驗關文，則其形象又自不同：

> 身上穿一領錦襴異寶佛袈裟，頭戴金頂毘盧帽。九環錫杖手中拿，胸藏一點神光妙。通關文牒緊隨身，包裹袋中纏錦套。行似阿羅降世間，誠如活佛真容貌。（第七十八回）

但對西梁國女王來說，重點並不在穿著，而在容貌；因此他的形象是：

> 丰姿英偉，相貌軒昂。齒白如銀砌，唇紅口四方。頂平額闊天倉滿，目秀眉清地閣長。兩耳有輪真傑士，一身不俗是才郎。好個妙齡聰俊風流子，堪配西梁窈窕娘。
> （第五十四回）

他離開長安前，就已知道此去「渺渺茫茫，吉凶難定」。意想不到的是，行抵雙叉嶺，正待踏出國界、跨過取經之道的「門檻」，就遭受了第一場苦難。當時，他們一行三人於四更起身，在鷄鳴時分出河州衞界；「迎著清霜，看著明月」，走了數十里，來到一處山嶺，正在崎嶇難行的山路撥草前進時，突然失足，三人連馬跌落坑中。三藏「心慌」，從者「胆戰」。正在「悚懼」之際，又聞「哮吼高呼」，只見「狂風滾滾」，擁出一簇妖邪將他們「揪了上去」。三藏還驚慄未定，偸眼觀看，但見座上有個魔王：

> 雄威身凜凜，猛氣貌堂堂。電目飛光艷，雷聲振四方。鋸牙舒口外，鑿齒露腮旁。錦繡圍身體，文斑裹脊梁。鋼鬚稀見肉，鈎爪利如霜。東海黃公懼，南山白額王。（第

十三回）這是他生平頭一遭看到的面貌中最「兇惡」的一個，難怪他會嚇得「魂飛魄散」。隨後他們全被「用繩索綁縛」，而三藏則親睹從者慘遭「剖腹剜心，剁碎其屍」，由妖魔分享；「只聽得嘓啅之聲，眞似虎啖羊羔，霎時食盡」。面對這種慘象，叫他「幾乎諕死」。隨後，「東方發白」，他雖獲金星搭救，並保全了馬匹和包袱，亦只是「獨自個孤孤悽悽，往前苦進」，在荒蕪而崎嶇的嶺間路徑上，周遭盡是虎蛇蟲獸，坐騎且在這種危急之際，腰軟蹄彎，伏地不起，苦得他「襯身無地」，「萬分悽楚」。他雖獲劉伯欽的救應，但隨後出現的「山貓」，又叫他「胆戰心驚，不敢舉步」，「軟癱」在地。翌晨，他來到兩界山，一聽說劉伯欽不能過界，頓覺「心驚，輪開手，牽衣執袂，滴淚難分」。就在此際，突聞山脚下叫喊如雷，又嚇得他「痴呆」「驚慌」。

他在西天路上遇到高家莊、陳家莊和駝羅莊等莊院；觀音院、五莊觀、小雷音寺、黃花觀、鎭海寺、慈雲寺、布金禪寺等庵觀；寶象、烏鷄、車遲、西梁、祭賽、朱紫、比丘、滅法、天竺等國家，都只想到歇馬借宿、「求問地方」、「打頓齋食」或倒驗關文。來到流沙河和通天河等河岸，知道河寬瀾濶難以渡過，才「憂嗟煩惱」，或驚得「口不能言，聲音哽咽」，兩眼滴淚。只在抵達黑水河前和凌雲渡邊，聽到水聲潺潺，才「心驚胆戰」。然而，由於在「雙叉嶺上」受到連番震撼心弦的經驗，他此後只要遇見高山擋路，便自然而然提高警覺。「西遊記」書中有名可稽的山嶺，除了上文提過的雙叉嶺和兩界山外，還有三、四十座。其中，像萬壽山、白虎嶺、平頂山、號山、金兜山、獅駝嶺、隱霧山等，正文都曾給以「峯揷碧空」、「摩星礙日」之類的描述，而取經團體若不曾事先獲得消息，三藏就會勒馬停鞭，吩咐三徒說：「徒弟，前面一山，必須仔細，恐有妖魔作耗，侵害吾黨。」若是這時風起霧興，或聽說前有妖魔阻路，則會叫他「一發心驚」、「毛骨悚然」。而像白虎嶺或其他高山後面緊接著黑松林，他也必定同樣吩咐徒弟「是必在意」，「恐有妖邪妖獸」。山勢崔巍險峻固然會引發敬畏的心情，但三藏出城後首度經歷的苦難才是最直接、最具震撼的因素。

事實上，三藏會如此表示驚懼，並非全無理由。除了在雙叉嶺遇魔外，他還先後被黃風嶺虎先鋒（第廿回）、五莊觀鎮元子（第廿五回）、波月洞黃袍怪（第廿八回）、蓮花洞銀角大王（第卅三回）、火雲洞紅孩兒（第四十回）、黑水河妖孽（第四十三回）、通天河靈感大王（第四十八回）、金兜山獨角兕大王（第五十回）、琵琶洞蝎子精（第五十五回）、荊棘嶺勁節十八公（第六十四回）、小雷音寺黃眉老佛（第六十五回）、盤絲洞蜘蛛精（第七十二回）、獅駝嶺獅子怪（第七十七回）、無底洞鼠精（第八十二回）、隱霧山豹精（第八十五回）、九曲盤桓洞九靈元聖（第九十回）、玄英洞犀精（第九十一回）等仙妖捉過；而其中的妖魔則又絕大多數是盤踞於山嶺之間的。

面對這些魔難，三藏的反應除了驚懼外，就是無助與落淚。他被捉時固然「咽哽悲啼」、「紛紛落淚」，在「流沙難渡」（第廿二回）、「路逢大水」（第四十七回）、「身落天河」（第四十八回）、「路阻火焰山」（第五十九回）、「稀柿衕穢阻」（第六十七回）、「路阻獅駝」（第七十四回）、「隱霧山遇魔」（第八十六回）諸難中，也因險阻難渡而「愁促眉尖，悶添心上，止不住兩淚交流」，並且以「怎生走得？」「怎生得渡？」或「怎生是好？」之類的問句來表示束手無策。

在這些次遭擒期間，他曾被用繩索綁了六次，縛在樁上兩次，吊過七次，關在鐵籠或石匣內四次。此外，他曾在鎮海寺病了三天（第八十一回）；在「難辨獼猴」（第五十七回）一難中被假行者打昏；在子母河「喫水遭毒」懷鬼孕（第五十三回）；在黃花觀咽棗中毒「暈倒在地」（第七十三回）。同時，他的形貌除了跟烏鷄國假王混淆難辨（第卅九回）外，還經過兩次明顯的改變。一次是在寶象國金鑾殿上被黃袍怪變成一隻斑爛猛虎：

> 白額圓頭，花身電目。四隻蹄，挺直崢嶸；二十爪，鈎彎鋒利。鋸牙包口，尖耳連眉。獰猙壯若大貓形，猛烈雄如黃犢樣。剛鬚直直插銀條，刺舌騂騂噴惡氣。果然是隻猛斑斕，陣陣威風吹寶殿。（第卅回）

另一次則是在比丘救小兒時跟悟空交換身份，由一個俏俊的「白臉胖和尚」變成「咨牙倈嘴，火眼金睛，磕頭毛臉」的獼猴（第七十八回）。

夏志清以爲，三藏「在旅程中並沒有因歷經險難而表現精神上的進步」（註一四）；有的文評家則因將「西遊記」當做一部冒險傳奇（romance）看待，而認爲三藏的人格並沒有發展（註一五）。其實，我們只要細讀「西遊記」，當可發現：西天路上的種種魔難對三藏來說都具有教育之功，而他的人格也的確從領悟旅途上的種種現象而多有發展。他不知佛祖要取經人「苦歷千山，詢經萬水」，以是在離開長安時對太宗說，「只在三年，徑回上國」；等到他走了五萬四千里路來到通天河畔聽說河面寬達八百里時，才知道西天路上「妖魔阻隔，山水迢迢」，眞經非垂手可得，取經之事亦非指日可待。他在旅程中，每遭一次魔難，就是一次死裏逃生的經驗；每經一次形象的改變，也如再世爲人。他在「金鑾殿變虎」時，眞身被妖術魔住，「不能行走，心上明白，只是口眼難開」；及至虎氣解除，「現了原身」，才得「定性睜睛」。在比丘國回復本來面目後，這才愈覺精神「爽利」。

他跟八戒、悟空逐漸改變關係，亦是他人格上有過發展的明證。八戒加入取經團體之初，三藏對他相當包容與偏袒。八戒犯有過錯，他總是設法替他找些說辭。比方說，八戒在「四聖顯化」一難中因美色迷竅而遭「綳巴吊拷」，三藏就勸悟空說：「那獃子雖是心性愚頑，却只是一味懞直，倒也有些膂力，挑得行李；還看當日菩薩之念，救他隨我們去罷。料他以後，再不敢了。」若像悟空在平頂山上哄八戒去巡山的場合，三藏便罵悟空「全無愛憐之意，常懷嫉妒之心」；對於悟空說八戒編謊一事先是不信，等到發現八戒果如所言，則又說：「其實該打。——但如今過山少人使喚」，所以叫悟空「且饒他，待過了山，再打」。三藏對八戒的話也相當聽從；正因爲聽從，才有「貶退心猿」和「金峴山遇怪」之類的厄難，造成取經團體的失散。然而，隨著觀察日久，三藏似乎發現八戒的毛病甚多，對他的態度也漸有改變。三藏在離開鳳仙郡後，罵他是個「獃子」，「只思量擄嘴」，並喝令他「快走路，莫再鬭口」（第八十八回）；在金平府時，罵他說：「饢糟的夯貨！莫胡說！快早起來，再若強嘴，教悟空拿金箍棒打牙！」（第九十二回）在天竺國時，嗔怪他村野，並且「舉杖就打」

（第九十四回）；最後，在寇員外家時，又變臉罵他「嗔癡」，是個「夯貨」、「畜生」（第九十六回）。由於這些態度上的改變相當明顯，難怪八戒會「慌了手脚」，說：「師父今番變了，常時疼我，愛我，念我蠢夯護我；哥哥要打時，他又勸解；今日怎麼發狠轉教打麼？」（第九十二回）

三藏對悟空的態度同樣有所改變。在取經團體的成員中，最常發生磨擦的是配「水」的三藏和配「火」的悟空兩人。悟空最惱人家叫他「弼馬溫」；因此，像黑熊精和玉兎精以此呼叫，都使他「心中大怒」。但三藏則不僅呼他爲「弼馬溫」，還時常罵他「頑皮」、「猴頭」、「潑猴」、「猢猻」、「潑猴頭」以及「潑猢猻」。三藏拿佛戒和日常儀節來教導他；每逢他有所違拗，也以埋怨、叱罵，甚至念咒等方式來提醒他。若仍頑梗不化或任意妄爲，則以開除團籍做爲懲戒；像「貶退心猿」和「再貶心猿」兩難中的情況，就是最好的說明。然而，經過相當期間的患難與共以後，他逐漸察覺悟空的優點。每逢危難過後，他都對給予援手的神佛表示感激之意；對於悟空的奔走與救助尤其「感謝不盡」。他聽信八戒的話走出圈痕，遂在「金皘山遇怪」；等到妖魔降服後，他對悟空說：「早知不出圈痕，那有此殺身之害」；又說：「賢徒，今番經此，下次定然聽你吩咐」（第五十三回）。他在「小雷音遇難」（第六十五回）被黃眉老佛捉去後，才「自恨當時不聽」悟空之言，以致此受「災危」；他還對悟空說：「向後事，但憑你處，再不強了！」從他在車遲國聽從悟空的安排參加「大賭輸贏」（第四十五回），在西梁國任由悟空籌設「假親脫網」之計（第五十四回），並在天竺國贊同悟空「倚婚降怪」的策略看來，我們不難推想他已逐漸對悟空相當信服。可以說，自從「難辨獼猴」（第五十八回）一難後，他們之間儘管還不無齟齬，大抵已非早先水火不容的情況了。

尤有進者，三藏從悟空那裏獲得不少啓廸。沙僧曾在寶林寺吟咏時（第卅六回），以「水火相攙各有緣，全憑土母配如然」之論開啓三藏的「茅塞」；四值功曹亦在「玄英洞受苦」（第九十一回）一難中以「三羊開泰」去「破解」三藏的「否塞」。不過，在整個旅途上最常給三藏啓廸的還是悟空。悟空配「火」，正如一把烈火，爲三藏照明了西行的路徑，也爲他去除了蒙昧。三藏掛念無處「安歇」；悟空就糾正他說：「出家人餐風宿水，臥月眠霜，隨處是家。」三藏時常「胡思亂想」，惟恐前無通道；悟空就勸他「定性存神」，並引古語告訴他說：「山高自有客行路，水深自有渡船人」、只需「放心前去」。三藏又擔心雷音難到；悟空就安慰他說：「志心功果卽西天」；「只要你見性志誠，念念回首處卽是靈山」；又說：「不必罣念，少要心焦，且自放心前進，還你個『功到自然成。』」

悟空經常引用「心經」以掃除三藏的恐懼，更具啓廸之效。三藏在浮屠山耳聞烏巢禪師口授的「多心經」一遍，就能記憶；隨後正文有一篇偈子說明他已能加以「悟徹」，並且「常念常存，一點靈光自透」。其實，他只是強記了「多心經」，而未曾豁然貫通。該經「乃修眞之總經，作佛之會門」，深具驅邪逐魔之功；但由於三藏對它只是一知半解，以致曾在念著的時候反被黃風嶺虎先鋒等妖魔擒去。他在「平頂山逢魔」前，遇一高山擋路，便惟恐「虎狼阻擋」；悟空就提醒他注意「心經」上「心無罣礙；無罣礙，方無恐怖，遠離顚倒夢想」（第卅二回）等字句。師徒來到黑水河前，三藏忽聽水聲振耳而大驚失色；悟空便告訴他說：

> 老師父，你忘了「無眼耳鼻舌身意」。我等出家之人。眼不視色，耳不聽聲，鼻不嗅香，舌不嘗味，身不知寒暑，意不存妄想——如此謂之袪褪六賊。你如今為求經，念念在意；怕妖魔，不肯捨身；要齋喫，動舌；喜香甜，觸鼻；聞聲音，驚耳；覩事物，凝眸；招來這六賊紛紛，怎生得西天見佛？（第四十三回）

取經團體到了隱霧山，三藏見前有高山阻路，不免又覺惶悚、神思不安；悟空遂提醒他「多心經」的四句頌子：

> 佛在靈山莫遠求，靈山只在汝心頭。人人有個靈山塔，好向靈山塔下修。（第八十五回）

並且說：「心淨孤明獨照，心存萬境皆清」；「但要一片志誠，雷音只在眼下。」這些解釋與勸勉至少都暫時使三藏「心神頓爽，萬慮皆休」；而三藏也承認悟空的確已得該經的「眞解」。

文評家或許還會認爲：三藏雖多番受到啓廸，但其精神上的進步仍未臻至令人滿意的地步。我們應注意的是：取經不僅是個天路歷程，也是個心路歷程；這對悟空來說如此，對三藏來說，亦不例外。「西遊記」一書以「空」爲主題，以「悟」爲達致此一境界的過程。從象徵的層次來說，書中所描述的種種現象，正是三藏「秉教迦持悟大空」的心路歷程。他在踏上這段歷程之前，曾先面對了熊怪虎精、毒蟲猛獸（第十三回）。在「悟」的過程中，必先以正心去除六賊（第十四回），準備憑著誠心上靈山。否則，「心」既放，便會上天下地，好高騖遠；「意」亦不可如飛馬奔馳，故需「收韁」（第十五回）。此後，在「悟」的過程中，首需正心誠意、去貪除嗜；否則就會因禪性亂、道心蒙而魔障難消（第十六回——第廿一回）；欲正心誠意，則需頓開塵鎖、跳出性海流沙（第廿二回）、掃除愛欲財色（第廿三回）。但禪心經過考驗之後，要「悟空」的心雖堅，愛欲財色卻仍舊盤桓其間；於是吃了「草還丹」，好苦捱心魔的折磨（第廿四回——第廿六回）。三藏首度「放心」（第廿七回——第廿九回），結果情思紊亂，招致「邪魔侵正法」（第卅回）；必也心猿歸正，才能去魔（第卅一回）。而神昏魔發，萬種災生（第卅二回——第卅五回），故需伏魔魘（第卅七回——第卅九回）、勝邪火（第四十回——第四十二回）、過黑河（第四十三回）、劈傍門（第四十四回——第四十六回）、履層冰（第四十七回——第四十九回）、均平物我（第五十回——第五十二回）、洗淨口孽（第五十三回）、脫卻煙花網（第五十四回）、袪滅風月魔（第五十五回）、剪斷二心（第五十六回——第五十八回）、調劑水火（第五十九回——第六十一回）、滌垢洗心（第六十二回——第六十三回）、開破荊棘（第六十四回）、脫罣牽（第六十五回——第六十六回）、穩禪性（第六十七回）、去憂除慮（第六十八回——第七十一回）、打開慾網（第七十二回）、跳出情牢（第七十三回）、鑽透陰陽（第七十四回——第七十七回），然後還需以慈心積陰功（第七十八回——第八十六回）、廣施恩（第八十七回——第八十八回）、靜九靈（第八十九回——第九十回）、淸道心（第九十一回——第九十二回）、歸了性（第九十三回——第九十五回）、救本原（第九十六回——第九十七回）。經過如許漫長的心路歷程以後，猿熟馬馴，方能去情除慾、脫殼成眞（第九十八回）；破頑空、見眞如、道歸根（第九十九回——第一百回）。

三藏由長安「出發」，在西行途中由險難中頻獲敎訓，並由悟空那裏屢受啓廸，而迭經死生的過程；同時還在玉眞觀沐浴，「洗塵滌垢」，在凌雲渡接受「水」的洗禮，「脫去凡胎」。終於在經過連番「轉變」後，取經返國。他在接受太宗主持的啓蒙儀式上得名三藏（法師），等到他取回三藏（眞經），這才人（三藏法師）與經（三藏眞經）合一、名（三藏法師）與實（三藏眞經）相符。不過，他取回的經卷只有一藏，返國後也未及誦經就返回西天。這是因爲他取回的一藏選自三藏眞經，也就代表三藏眞經；而他既已攜經回國，名實相符，則經在一如人在。另外，他因輕慢大敎而由西方轉生東土；爲了再返西天起見，他不但要恪遵佛戒，代替佛祖管訓三徒，還得歷難經險，頻渡死生而「悟空」；然後以旃檀功德佛的姿態，重登極樂。在這段旅程中，他以一介凡僧，表現了慈憫而多禮、好哭而多懼等柔弱似「水」的個性。他的人格在危難中成長；他的個性也在對待悟空和八戒的態度中表現其轉變。

結　語

歷史上的玄奘在求法學法的過程中，表現了卓絕的冒險精神和高度的宗敎熱誠。他備通經典、博聞強記，又善講經、有辯才。他在十三歲那年出家，到卅三歲時，爲了弘揚佛法、「惠利蒼生」，遂乘危遠邁，策杖孤征，雖歷經險難而猶能臨危不懼，其學法之心堅定，其求法之志未嘗動搖，而其促進中印文化交流的貢獻，則堪稱亙古一人。「慈恩傳」中所呈現的，實爲一幅完美聖僧的畫像。

文學上的三藏都是奉敕取經，其求法的目的主要是忠君報國，而由於佛祖的介入，益使取經之舉擴大到國家和宇宙的層次。儘管我們已難以從取經人身上找到強烈的求知慾，但「詩話」中的法師亦善於講經；「雜劇」中的唐僧精通佛理，也曾以其辯才折服「佛法甚高」的貧婆。而「西遊記」中的三藏既「有德行、有禪心」、又「千經萬典，無所不通；佛號仙音，無般不會」；在西行前曾「開演諸品妙經」；在寶林寺過夜時，還偷閑溫習經卷；並在「四聖顯化」和「比丘救子」兩難中表現其辯才。可見史實上的玄奘還多少可以見諸文學作品裏的三藏。如此說來，像「西遊記」書中的三藏「跟歷史上的玄奘」全無相似之處(註一六)或「不是歷史上的玄奘」，而「是由作者的意識所創造的」(註一七)之類的論調，實有待商榷。

取經故事從史實起就有了「出發」、旅途中的遭遇和「返回」的架構。文學上的取經故事運用這現成的架構，再事增華與渲染，終使歷史上的玄奘取經演化成多彩多姿的文學作品。然而，「詩話」中的法師在旅途中歷難經險後，並沒有獲得實際上或象徵性的啓廸。「雜劇」中的唐僧在轉生東土後，確有過幾度死生的經驗；在西天路上也曾被紅孩兒和豬精等妖魔擄去，卻都同樣沒有表現任何精神上的進步。準此說來，他們只是走完了一段朝聖取經的天路歷程而已。「西遊記」中的三藏則非如此。對他來說，取經的歷程不但是天路歷程，更是一段心路歷程；他的態度多有轉變，而他在靈魂頻受震撼後，或許更能記取敎訓，不敢再次輕慢大敎。無論如何，他終於受封爲旃檀功德佛，而這亦正是他人格發展成熟的明證。

文評家對於「西遊記」中的三藏大抵是貶多於褒。他們讚賞他「堅誠」、「善良」而「慈悲」；但在讚賞之餘，卻接着說他「迂濶」、「固執」、「糊塗」、「是非不清」、「動不動地就念起緊箍兒呪來」(註一八)。李辰冬說：「西遊記」的主人翁不是三藏，而是悟空；三藏是個「膿包」、「一頭水」、「信讒言」、「信邪風」、「皂白不分」、「耳輭心活」，遇到困難就「魂飛魄散」、「紛紛落淚」，是書中的「丑角」、取經的「傀儡」(註一九)。夏志清認爲「西遊記」的作者把三藏描寫成一個歷險經難中的「凡夫」，「些微的不便」就會叫他「神煩意亂」；他既「乖戾暴躁」，而又缺乏勇氣和幽默感；對持齋和戒色只是「做作」，而非眞有此心；八戒好吃躲懶，他偏偏最喜歡他；妖魔要吃他或取他的元陽，都叫他「莫可奈何」(註二〇)。余國藩接受夏氏的意見，亦認爲三藏「不苟言笑，腦筋遲鈍，脾氣暴躁」、「昏亂」而「怯懦」、「貪圖安逸，並多次抱怨旅途上的饑寒之苦」；「微有病痛或危險的跡象，就惴惴不安；最沒來由的讒言，也會立刻摧毀」他對悟空的「信賴」(註二一)。

這些論調可說代表了一般文評家對三藏的看法。然則這些論調的可信度到底有多少呢？我們且先來看看「西遊記」撰者與書中人物的意見。撰者在「貶退心猿」一難中說他「慈憫」，在「難辨獼猴」中說他「本心善慈」，又在「松林救怪」中說他有「慈心」；觀音說他奉旨投西，一心「秉善爲僧，決不輕傷生命」；像銀角大王和紅孩兒都知道他「心慈」，遂都以「善」迷他，去「賺得他心與我心相合，卻就善中取計」。另外，撰者曾在

「無底洞遭困」一難中引用一般人的意見，說：三藏是個「眞心的和尙」、「內無所慾」的「眞僧」；但他也在「貶退心猿」和「烏鷄國救主」等難中說他「軟善」、「一頭水」、「信邪風」。五聖當中，龍馬曾說他「分明是好人」；沙僧亦認爲三藏「是個眞僧，決不以色空亂性」。八戒雖然說他「罷軟」、「不濟事」、「人才雖俊，其實不中用」，卻也承認他不貪財色，「還是個眞和尙」。悟空對三藏的批評最多。他一方面說三藏「不濟」、「膿包(形)」、「護短」、「偏心」、「好哭」、「膽小怕懼」、「忒不通變」、「不察皂白」、「不識賢愚」、「尊性高傲」。但同時也認爲三藏「慈悲好善」、「一靈不損」，是個「志誠君子」、「忠良正直之僧」；在「松林救怪」一難之前，他見三藏頭頂上「祥雲縹緲、瑞靄氤氳」，不覺連聲叫好；又在「天竺招婚」時，見三藏對財色全不動念，遂頻頻誇稱道：「好和尙！好和尙！」

依此看來，一般文評家只是拾取「西遊記」撰者和書中人物的牙慧而已。而由於拾人牙慧，他們也失去了應有的立場。要知道，三藏不是仙佛，而是一介凡僧；因此，我們就該以「凡僧」來看待他。他既爲「僧」，本來就該謹遵佛戒，而他既爲「凡」夫，當然也表現了普通人的弱點。悟空自誇「千夜不眠，也不曉得困倦」；「五百年不喫飲食，也不覺肚餓」。三藏是個「凡僧」，怎能一晚不睡、三餐不吃？三藏在「復讎報本」時，曾經是個勇敢的復仇者。他過了兩界山以後，就進入了神話世界。在那神話世界裏面，他碰到的是像雙叉嶺寅將軍那麼兇惡的妖魔，像流沙河那麼寬濶難渡的大河，又像號山那麼嵯峨巔險的峻嶺，怎會不叫他驚恐、疑懼或「紛紛落淚」呢？三藏的確是個肉眼凡胎的普通人，不識仙妖眞假；但他在西天路上經過的寶象、烏鷄、車遲和祭賽等諸國君臣，有誰能以其肉眼凡胎察辨善惡？再說，「西遊記」書中的神佛仙妖，都非肉眼凡胎，難道就能識別眞假到一毫不差的地步？觀音曾經「難辨獼猴」，悟空的火眼金睛也在「陡澗換馬」、「黑河沈沒」、「金峴山遇怪」、「收縛魔王」、「多目遭傷」和「路阻獅駝」諸難中失閃過，更遑論八戒和沙僧了。三藏是個「凡僧」，在十四年間走完了十萬八千里路；除了跋涉的勞累、風霜的侵襲和饑寒的交迫外，還得時時面對危難的煎熬。想想看，他以一介凡僧，在這麼漫長的時空中遭遇了七十七難，平均二、三個月就要經受一厄；這簡直就是稍事喘息或驚魂甫定後，又是險象環生。再說，這些危難往往是在猝不及防的情況下發生；等到發覺時，已是身陷絕境，難怪會叫他方寸大亂、張惶失措。我們若能設身處地去體會他的境遇和心情，當能對他的驚恐、疑懼或「紛紛落淚」，表示深摯的同情，怎會又忍心去說他「不濟」、「膿包」或「怯懦」，甚至說他是個「滑稽逗趣」(註二二)的「丑角」呢？三藏除了遭遇上文提過的幾次死生經驗外，還在「兩界山頭」、「黃風怪阻」、「貶退心猿」和「平頂山逢魔」、「再貶心猿」諸難中，坐不穩鞍，跌落下馬；我們難道不該爲他不曾跌得骨折或腦震盪而慶幸嗎？

文評家或許覺得他沒有勇敢的行爲表現。但我們只要細察全書，就不難發現三藏確曾多次表現勇敢。他鼓勵徒弟爲高家莊除妖、爲陳家莊剷魔、爲祭賽國和尙伸寃、爲比丘國小兒保命、爲鳳仙郡祈雨救民、爲金平府剿滅犀精，並爲天竺國辨明妖邪。這些當然皆非由他出面才獲解決，但畢竟還是經他鼓勵而促成的。尤其應在此一提的是，他在「烏鷄國救主」時，曾與悟空合作無間；在車遲國鬪法時，又自告奮勇去參加賭「坐禪」和賭「隔板猜枚」。悟空能在西天路上輔正除邪、施威顯法，三藏幕後推動之功，實不可歿。

三藏的確好哭。但取經五聖有誰不曾哭過？龍馬就曾因三藏在「金鑾殿變虎」而「滴淚」懇請八戒去找悟空歸隊。沙僧曾因「心猿遭害」而「滿眼垂淚」；因三藏被假行者打暈在地而悲泣；又因「城裏遇災」，幾遭妖魔蒸吃而哀哭。八戒曾在三藏被黃風嶺虎先鋒擒去時，「眼中滴淚」；在金兜山看到「一堆骸骨」時，「止不住腮邊淚落」；在子母河「喫水遭毒」時被悟空和沙僧揶揄而慌得「眼中噙淚」；又在獅駝嶺二度遭擒時，跟三藏和沙僧「一齊放聲大哭」。悟空哭的次數更多。他在學道之前曾爲生命無常而「墜下淚來」；被須菩提祖師趕離靈臺方寸山時，也「滿眼淚墜」。在取經途中，除了兩次（「請求靈吉」、「心猿遭害」）因眼睛受傷而落淚，三次（「金鑾殿變虎」、「平頂山逢魔」和「搬運車遲」）假哭外，還悲泣或哀號了十多次。他在首度被逐時，「噙淚」「含悲」、「忍氣」悽傷，想起三藏，就「止不住腮邊淚墜」；回到花果山，一見山塲被二郎神燒得「煙霞盡絕」、「林樹焦枯」，不禁傷悲淚垂。二度被逐時，他到南海告狀，望見菩薩，「止不住淚如泉湧，放聲大哭」。此外，他還在「平頂山逢魔」、「蓮花洞高懸」、「心猿遭害」、「金兜山遇怪」、「小雷音遇難」、「諸天神遭困」、「多目遭傷」、「怪分三色」、「請佛收魔」、「無底洞遭困」、「隱霧山逢魔」諸難中，或因束手無策而「珠淚如雨」，或爲三藏遇難而失聲痛哭。由此可見，「哭」並不是三藏的專利。

平心而論，光就三藏敢於輕死履險去完成取經的偉舉，就該贏得我們的喝采。他在遭受連番的驚懼後，猶能打疊精神、奮勇邁進，而不意懶心灰或逡巡不前，難道不該再次贏得我們的讚佩？當然，他確曾思鄉難息，也曾萌生退意(註二三)，但這是人之常情。他在兩界山上曾「牽衣執袂」、滴淚難分；但據行為科學家說，這正是解除驚懼的自然表現(註二四)。他無法捨身，又遇事輒哭；但這不正是在提醒讀者說，他是個徹頭徹尾的「凡夫」嗎？他並非全無主見；關於這點，他在「烏鷄國救主」一難中的表現便是最好的說明。當時，悟空取來一粒金丹灌入死皇帝的肚中，只是「氣絕不能迴伸」；他知道八戒氣濁，悟空氣清，因而命悟空度氣，果然奏效。烏鷄國王返陽後，向他跪謝，但他說：「陛下，不干我事，你且謝我徒弟」；可見他並不胡亂居功。他自己戒酒，但只要三徒不貪杯誤事，並不禁止他們沾唇。而像在車遲國「大賭輸贏」時，他以為悟空被油烹死，還想以錢馬燒祭，表現了相當的義氣。這些都是值得讓人口碑的舉動，不該隨意加以抹煞。

最後，還須在此一提的是：「取經團體的領袖到底是誰」這個問題。取經團體所遭遇的種種魔難若非由悟空獨力解決，也多由悟空請來神佛廓清。悟空二度被逐時，曾對三藏說：「只怕你無我去不得西天」；等到獼猴之難解決後，觀音也對三藏說：「你今須是收留悟空。一路上魔障未消，必得他保護你，纔得到靈山，見佛取經」，事實確屬如此。然而，「西遊記」八十一難顯然是為三藏，而非三徒安排的。五聖之中只有三藏一人經歷八十一難；悟空、龍馬、八戒和沙僧則分別在第八、九、十二和十六難起才加入取經的行列。因此，從厄難的安排上來說，三藏應是「西遊記」書中的主人翁；悟空等不過是取經的助手而已。再說，西遊故事從「慈恩傳」起到「西遊記」止，一直都以唐三藏取經爲其基本架構；沒有悟空，三藏固然到不了西天，但沒有三藏則絕無西遊故事。這點沙僧曾在「難辨獼猴」一難中，對假行者說得相當清楚：

……自來沒個「孫行者取經」之說。我佛如來造下三藏真經，原着觀音菩薩向東土尋取經人求經，要我們苦歷千山，詢求諸國，保護那取經人。……若不得唐僧去，那個佛祖肯傳經與你！却不是空勞一場神思也？（第五十七回）

這番道理，連悟空自己也知之甚詳；早在「流沙難渡」一難時，他就對八戒說過：

……師父要窮歷異邦，不能彀超脫苦海，所以寸步難行也。我和你只做得個擁護，保得他身在命在，替不得這些苦惱，也取不得經來；就是有能先去見了佛，那佛也不肯把經善與你我。……（第廿二回）

從五行的觀點來看，三藏亦居於領袖的地位。「西遊記」第四十九回引「水災經」說：「土乃五行之母，水乃五行之源。無土不生，無水不長。」取經團體的成員由三藏（水）離京起到沙僧（土）皈依止，依五行相尅之序出現，相繼加入行列，蓋寓相尅所以相成之意；「水」序於首，正是因「水爲本」，是「五行之源」的緣故（註二五）。由此可見，從「西遊記」一書的結構上看來，三藏居於領袖的地位，以悟空緊隨在後，其目的不外是要製造衝突，以給該書帶來蓬勃的生命氣息。

其實，這些論辯都無非是觀點的問題。文評家說三藏在「西遊記」書中居於次要或輔助的地位，乃是從人物研究(character study)的觀點來說的。本書既屬人物研究的範疇，當然亦認爲他的重要性不及悟空，只是覺得說他是「取經的傀儡」，未免言過其實、有待商榷而已。

「西遊記」的續書中，「續西遊記」傳本未見；董說「西遊補」旨在借悟空的夢境痛詆時政，對於三藏只是略微提及。而「後西遊記」中的三藏命悟空盡封天下經文，並跟悟空到長安變成疥癩僧人尋求解人，終於促成唐半偈的靈山之行，可說是扮演了觀音的部分角色。此後，凡是在「唐僧寶卷」這類跟西遊故事有關的俗文學裏，他仍居於不可或缺的地位。

附註

註一：「大唐西域記」（臺北：廣文書局，民國五十八年）。

註二：見歐陽修，「歐陽文忠公文集」（四部叢刊本），卷一二五，頁四—五。

註三：學者對於玄奘年壽的問題一直是衆訟紛紜，迄無定論。梁啓超以為其年壽應係六十九歲（西元五九六年—六六四年），茲從之；說見所著『支那內學院精校本玄奘傳書後』，「東方雜誌」，廿一卷七期（民國十三年四月），頁八十一。又參見楊廷福，『玄奘年壽考論』，「大公報在港復刊卅周季紀念文集」，卷上（香港：商務印書館，一九七八年），頁四一七—四四二。

註四：「慈恩傳」，卷九，頁廿。

註五：同前引書，卷二，頁七、廿三；卷三，頁九、十四、十五、廿二；卷四，頁一、三、五、十四；卷五，頁

四、十九。

註　六：同前引書，卷二，頁六、廿；卷四，頁一；卷五，頁一、十六。

註　七：同前引書，卷二，頁九；卷五，頁十六—十七；又見「西域記」，卷十，頁十三。

註　八：法師求法的動機散見於「慈恩傳」，卷一，頁十三、十四、十六、十八—十九；卷二，頁九；卷三，頁二；卷五，頁十二、廿一；及「西域記」，卷一，頁三。

註　九：「詩話」第一節的題文皆闕；第二節中提到「行經一國」，但未明指其名。又第十五節上說，法師一行到西天竺國時「已過三年」；東返由天竺抵盤律國費時十個月；時為四月，回到長安時已是「六月末日」。依此推算，由鷄足山到長安共需時一年，則取經往返應為四年。

註一〇：「江流」一名見於「西遊記」第九、廿九兩回的回目以及該書頁九十三、一三一、二二九、二三〇、五六四、九七四、九七五。

註一一：『菩薩瓔珞本業經』，卷下，「大正大藏經」，第廿四冊（律部三），頁一〇二〇中。

註一二：「大般涅槃經」，同前引書，第十二冊（涅槃部），頁五五三上。

註一三：三藏雖再三強調他不飲酒，但在「西遊記」書中却也飲過數次。太宗奉餞送行時，他勉強飲了一杯「素酒」。他在祭賽國、朱紫國和比丘國都滴酒不喝；却在西梁國時對女王說，他「吃素」而「未嘗戒酒」，隨後並「擎玉杯與女王安席」。後來又在無底洞喝了一杯素酒，而悟空則亦知道他平素好吃葡萄酒（頁九三七）。這些矛盾之處，或許是撰者疏誤所造成的。

註一四：Hsia, *The Classical Chinese Novel*, p. 126.

註一五：見Karl S. Y. Kao, "An Archytypal Approach to *Hsi-yu chi*," *Tamkang Review*, V:2 (October 1974), 66.

註一六：Hsia, *The Classical Chinese Novel*, p. 115.

註一七：李辰冬，『西遊記的人物分析』，「暢流半月刊」，六卷十期（民國四十二年一月），頁廿二。

註一八：見趙聰，「中國四大小說之研究」，頁一九一、一九八；潘壽康，「話本與小說」（臺北：黎明文化事業有限公司，民國六十二年），頁七十二；吳燮翼，「說西遊記」（香港：上海書局，一九七五年），頁十三。

註一九：李辰冬，「三國水滸與西遊」，頁一〇七、一〇九；『西遊記的人物分析』，頁廿三、廿五。

註二〇：見 Hsia, *The Classical Chinese Novel*, p. 126.

註二一：見 Anthony C. Yu, Introduction to *The Journey to the West*, I, 44.

註二二：吳璧雍，『西遊記研究』，「國立臺灣師範大學國文研究所集刊」，第廿五號（民國七十年六月），頁八三四。

註二三：關於這點，可詳見本書第四章，頁一八五。

註二四：參見 Jane van Lawick-Goodall, *In the Shadow of Man* (New York: Dell Publishing Co., Inc., 1971), p. 246.

註二五：參見拙著『論西遊記的結構與主題』，頁廿一。

第三章　八　戒

在西遊取經的五聖中，八戒是最晚出現的一個。唐僧是取經故事的原始人物，當然最早傳誦。龍馬的形相可以溯至「大唐大慈恩寺三藏法師傳」；悟空和沙僧早在流行於南宋的「大唐三藏取經詩話」中，就分別以猴行者與深沙神的姿態出現；而八戒則要遲至明初楊景賢「西游記」雜劇才正式露面。

歷來有關西天取經的資料以唐僧和悟空二人的居多，以與沙僧和龍馬有關的最少，而以八戒所佔的份量居中。我們在元吳昌齡「唐三藏西天取經」（註一）、「朴通事諺解」（註二）、「銷釋眞空寶卷」（註三）、「清源妙道顯聖眞君二郎寶卷」（註四）、「玄奘三藏渡天由來緣起」（註五）、陽至和「西遊記」、朱鼎臣「唐三藏西遊傳」、「續西遊記」、「後西遊記」、董說「西遊補」以及「說唱西遊記」等作品中，都可以找到八戒的踪跡。他的全豹在百回本「西遊記」才畢露無遺，其表現雖不如悟空耀眼，較諸沙僧則有後來居上之勢。

關於八戒的來歷，學者的意見不一。他們對八戒的探源，與趣雖不及對悟空那樣濃厚，但亦相當賣力。陳炳良認爲八戒來自宋羅燁「醉翁談錄」中的『八怪國』與元劇中的『八怪洞』（註六）。陳氏因見「西游記」雜劇中八戒自稱是「摩利支天部下御車將軍」而以爲他是摩里支菩薩的坐騎「金色猪」（註七）。陳寅恪指出，八戒是義淨譯「根本說一切有部毘奈耶雜事」卷三『佛制苾芻髮不應長因緣』中憍閃毘國出光王芳園內猪坎窟邊舊住天神所變的大猪（註八）。而據曹仕邦的說法，八戒的性格實則是依「宋高僧傳」中釋窺基塑造的（註九）。此外，學者因見「西遊記」中的八戒係天蓬元帥臨凡，遂去追察「天蓬」一職跟道敎的關連（註一〇）；又因八戒最後受封為淨壇使者，便又去調查他跟開路神的淵源（註一一）。

這些探源的努力，或許多少有其貢獻，但說穿了仍然跟悟空的身家調查同樣撲朔迷離，難以定讞；因此，我們不如仍就現存的文學作品來探討八戒的塑造較為實際。就整個西遊故事來說，上文提到有關八戒的，若非片言隻字（如「唐三藏西天取經」等），就是篇殘（如「朴通事諺解」等）或仿作（如「後西遊記」等），很難讓我們窺得八戒的全貌。眞正將八戒納入取經故事而又完整一貫的，實則只有「雜劇」與「西遊記」而已。本文卽擬就這兩部西遊故事的文學作品來研究八戒的塑造：先取「雜劇」以觀「西遊記」前的八戒，然後進而析述「西遊記」本身，以明後者在塑造八戒這方面的藝術成就。

壹、「西游記」雜劇中的八戒

八戒在「雜劇」裏出現時，已有頗為清晰的形相和出身。他在第十三齣「妖猪幻惑」開頭自述道：

自離天門到下方，隻身惟恨少糟糠。神通若使些兒箇，三界神祇惱得忙。某乃摩利支天部下御車將軍。生於亥地，長自乾宮；搭琅地盜了金鈴，支楞地頓開金鏁。潛藏在黑風洞裏，隱顯在白霧坡前。生得喙長項濶，蹄硬鬣剛。得天地之精華，秉山川之秀麗。在此積年矣。自號黑風大王，左右前後，無敢爭者。

我們可從這段自述中抽繹幾個要點出來。首先，他本是摩利支天部下御車將軍，只因盜金鈴、開金鏁，罪犯天條而逃到下界，自據一方。其次，在十二生肖中，亥屬豬；他既是「生於亥地」，有一副豬相，也就不足爲奇了。第十五齣「導女還裴」中，唐僧來到裴家莊時曾聽山神說，八戒「當年八月十五夜，則見在黑松林內現出本像，蹄高八尺，身長一丈」，儼然是個「大豬模樣」。悟空的「黃金臉」固然難看，八戒那副「醜臉」，尤其叫人看了害怕。再者，他以「黑」爲其特色。劇中用來形容他的字眼多與「黑」色有關。他自稱「黑風洞」「黑風大王」，長有一副「黑容儀」，一臉「黑面皮」，是個身著「黑布衫」「黑乾消瘦」而「嘴臉似黑炭團」的「黑面郎」、「黑漢子」。他的活動通常多在黑夜中進行。上文剛剛提過，他在「黑松林」現出本像時，是在月夜；他冒充朱生去見海棠時，也是在深秋星光稀疏的月夜；而他攝走海棠後，每天「五更出去，直至夜方回」。

最重要的兩點是他好色貪淫與法力高強。他自稱離開天門以來，唯一的缺憾就是少了個「糟糠」。他假冒朱生去攝走海棠，害得裴朱兩家興訟不已；卻猶不知足，每夜還出外尋花問柳，找「鄰家女子相陪」。不過，他的好色還不及劇中的通天大聖那麼強烈，參加取經後也大加收斂；只是他在女人國時，跟沙僧同樣動了「凡心」，均遭強暴，眞是一大諷刺。他的法力既然足以叫三界神祇煩惱，又能盜金鈴、開金鏁，當可想見其高明。其後，他在黑風洞積年，「得天地之精華，秉山川之秀麗」，似又有長進，使得四鄰沒有敢與他爭競的；能够如此雄據一方，亦當可推知其神通不小。他自誇不怕諸佛，只怕二郎細犬。通天大聖要去降服他之前，還唯恐法力不濟。等到唐僧遭擒，通天大聖透過觀音去請來二郎神，二郎神亦說：「這廝神通廣大，神道周全」。他力戰通天大聖和二郎神，以一敵二，仍不落敗：

（麻郎兒）郭壓直威風不展，孫行者筋力俱焉。鬬到三千合精神越顯，潑妖物小聖也難辨。（第四本第十六齣）

最後，果然還是倚賴二郎神的細犬之助，才降服了他。隨後，經唐僧求情，他始繼沙僧之後，加入取經團體，爲唐僧護法，而不再製造糾紛、殘害生靈。

儘管他有廣大的神通，卻沒有機會在取經途中略加表現。他加入取經團體後，劇中只提及他六次，而他也只開口說過一次話（註一二）。他在同赴西天的路上陪伴唐僧，不曾參加過甚麼激烈的戰鬥，更遑論降魔除怪了。可見他的生命已全然由絢爛而歸於平靜。最後，行滿功成，他跟悟空、沙僧因非人類，不能回轉東土，遂就地圓寂成正果。他在圓寂前說：

猪八戒自幼決斷，一路將師相伴，圓寂時砍下頭來，連尾巴則責五貫。（第六本第廿二齣）

而唐僧則在三徒圓寂後稱讚他「神通世間大」。但我們實無法從劇中看出他在加入取經團體後表現了多大的神通。

貳、百回本「西遊記」中的八戒

「西遊記」對於八戒的出身、形相、法力、個性以及功能等，都發揮得淋漓盡致；下文將就這幾方面加以探討。不過，在進行探討之前，我們且先來看看文評家對八戒的評價。

一般說來，文評家認爲，八戒雖非「西遊記」書中的「英雄」(註一三)，但其塑造相當「成功」(註一四)，是個「可愛」而「滑稽的角色」(註一五)，是撰者刻意創造的「一個可笑的人物」(註一六)，其性格鮮明，「突出、獨立、完整、統一」(註一七)，給人以深刻的「印象」與強烈的眞實感(註一八)。有些學者認爲八戒的「笨拙」和悟空的「知慧」是「對照著寫來」的(註一九)；他們是「一對老搭檔」(註二〇)，是「永遠不能分離的伙伴，彼此映襯，使雙方的特徵都更加明晰」(註二一)。但另外一些學者則認爲八戒和悟空兩人在書中的份量有軒輊輕重之別。他們認爲悟空「貫穿全書」，統一了全書的主題，「是作者傾力所寫」的唯一人物，八戒只是幫襯而已(註二二)。因此，八戒固然也是個「重要角色」，取經成功固然「好歹有他一份功勞」(註二三)，但他只「是爲襯托孫悟空的英雄行爲而設施的」(註二四)；八戒的性格刻劃得「愈深刻」，悟空的性格便愈「突出」(註二五)。果眞如此，則八戒至多只是「西遊記」書中的一個附帶角色而已。

另一方面，有些學者以象徵或寓言的眼光去看八戒。李辰冬以悟空和八戒代表兩個性格對立的人物：悟空是「高超的理想主義者」，八戒是「世俗的現實主義者」（註二六）。趙滋蕃從文化人類學的觀點指出，悟空和八戒「分別代表了我們民族的兩種性格」：前者是「懷才不遇者的典型」，後者是「破落戶鄉下子弟的典型」（註二七）。從生理寓言出發的學者，有不同的詮釋：徐旭生以八戒指「感受」和「體力」（註二八）；方瑜說他是「物欲」的化身（註二九）；傅述先以他爲「食色之欲」（註三〇）的具象；而夏志清則說他指「純屬感官方面的生活」（註三一）。以宗教寓言取向的學者也提出了一些看法。陳元之說：「八戒，其所戒八也，以爲肝氣之木」（註三二）；楊悌以爲「猪八界者玄珠，謂目也」（註三三）；謝肇淛「以猪爲意之馳」（註三四）；而「清源妙道顯聖眞君二郎寶卷」則以「猪八界」指「精氣神」（註三五）。最後，還有一些學者從歷史寓言的觀點看「西遊記」，指出書中「有些人物」確有其人（註三六）。像李辰多和孫旗等人便取「明史」卷三〇七『佞倖傳』和卷三〇八『奸臣傳』來印證書中的人物而認爲：猪八戒「最壞，最不忠誠，最不講道義」，空有八戒之名，實則連一戒也沒有（註三七），這種「奸邪行爲」正是嚴嵩的寫照（註三八）；蔡義忠也以同樣強烈的歷史意識主張這個「飽食終日，無所用心，貪生怕死，不講道義，一戒也不戒的小人」，顯然指的是陶仲文（註三九）。

以上這些學者的見解是否都屬正確而切意呢？我們現在就回頭來看「西遊記」本身。

甲、八戒的出身和形貌

據八戒自述（註四〇），他的前生本爲人類，只是天生性拙，又兼貪閑愛懶，以致渾渾噩疆，虛擲光陰，「未識天高地厚，難明海濶山遙」。正在這種無所事事的情況之際，倖遇一位眞仙，勸以大限，「解開孽網」、「劈破災門」，這才省悟，轉意修眞養性。於是，立地拜師，求聞妙訣：

> 得傳九轉大還丹，工夫晝夜無時輟。上至頂門泥丸宮，下至脚板湧泉穴。周流腎水入華池，丹田補得溫溫熱。嬰兒姹女配陰陽，鉛汞相投分日月。離龍坎虎用調和，靈龜吸盡金烏血。三花聚頂得歸根，五氣朝元通透徹。（第十九回）

經過這番修鍊後，終得行滿飛昇。而天仙來迎，由玉帝勅封爲天蓬元帥，總督八萬天河水兵，並欽賜上寶沁金鈀以爲御節。他本可就此在天宮逍遙自在的，卻在蟠桃會上王母宴客時，仗酒撒潑，闖進廣寒宮，見嫦娥貌美銷魂，居然扯扯拉拉，欲加調戲。嫦娥睹狀，東躲西藏；他在無法得逞之餘，竟爾放膽吼叫，聲震天闕。同時，他又「一嘴拱倒斗牛宮，喫了王母靈芝菜」。經過糾察靈官的啓奏，玉帝遂遣兵圍宮，將他擒拿。他如此罪犯天條，依律當斬，多虧太白星說項，才以二千鎚折罪。他被打得皮開肉綻骨將折後，又遭謫去官銜，貶出天關；誰知一靈眞性，錯投猪胎，以致得了一副猪相。後來，他咬死母猪，打死羣彘。福陵山雲棧洞卵二姐見他有些武藝，便招他當家長；不上一年，卵二姐死了，家當盡歸他有。當初玉帝貶他下凡，本是指望他「立志養元神」的；但他既乏瞻身的勾當，以致坐食山空，最後只得吃人度日、傷生造孽。

其後，觀音奉佛祖之命，東來找尋取經人，途經福陵山時，他又想閃出吃人。經觀音一番勸化，他受了戒行，情願歸依佛門，當取經人的徒弟，同往西天取經，以將功折罪，求得正果。他本有俗名「猪剛鬣」；觀音替他「摩頂受戒，指身爲姓」，遂姓猪，法名悟能。從此，「領命歸眞，持齋把素，斷絕了五葷三厭，專候那取經人」。或許又因無法贍身，他便變成了一條黑漢子，到烏斯藏國高家莊，自稱無根無絆，願意入贅，高太公遂以三女高翠蘭與他匹配。誰知他入贅以後，「精緻」的模樣漸漸變成醜頭怪腦。高太公嫌他難看，想要退親；他不但不肯，反將高翠蘭關在後宅，不讓她跟家人見面，已將半年之久。高太公三番兩次請來法師、道士，都莫奈他何；而他又使出「雲來霧去、走石飛砂」的神通，以致高家及其左鄰右舍無法安生。等到唐僧和悟空來到高家莊時，他已在高家當了三年女婿。他跟悟空經過一番賭鬥，聽說取經人已到，才乖乖皈依，拜唐僧爲師，拜悟空爲師兄。唐僧聽說他受了菩薩的戒行，斷了五葷三厭，遂給他取名爲「八戒」；因此他又叫做「猪八戒」。

唐僧的三徒中，悟空「身不滿四尺」，最小，也最「矬矮」；沙僧「身長丈二」，膊濶三停」，其次；而八戒「身粗」「肚大背膊寬」，最爲壯碩。他的面貌不如悟空多變；但首次出現則是既兇猛又醜惡：

> 捲臟蓮蓬吊搭嘴，耳如蒲扇顯金睛。獠牙鋒利如鋼剉，長嘴張開似火盆。金盔緊繫腮邊帶，勒甲絲縧蟒退鱗。手執釘鈀龍探爪。腰挎彎弓月半輪，赳赳威風欺太歲，昂昂志氣壓天神。（第八回）

他在高家莊當女婿時，由一條黑胖漢變成「長嘴大耳」，「腦後鬃毛一溜，身體粗糙，頭臉如豬」的模樣；而悟空在高家莊與他初次碰頭時，則見他「黑臉短毛，長喙大耳；穿一領青不青、藍不藍的梭布直裰，繫一條花布手巾」（第十八回）。他加入取經團體後的形貌是：

碓嘴初長三尺零，獠牙觜出賽銀釘。一雙圓眼光如電，兩耳搧風唿唿聲。腦後鬃長排鐵箭，渾身皮糙癩還青。手中使件蹊蹺物，九齒釘鈀個個驚。（第八十五回）

此外，「西遊記」書中還說他有個「馬面」、「鐵片臉」、「形容獰惡，相貌如精」。書中又說他是個「野豬」、「豬精」、「豬魈」、「老彘」，而他的本相果然是頭大豬：

嘴長毛短半脂膘，自幼山中食藥苗。黑面環睛如日月，圓頭大耳似芭蕉。修成堅骨同天壽，煉就粗皮比鐵牢。齆齆鼻音呱詀叫，喳喳喉響噴喁哮。白蹄四隻高千尺，劍鬣長身百丈饒。（第六十七回）

有這麼一副形貌，難怪叫人見了，不是諕得「一步一跌」、「東倒西歪」，就是「胆顫心驚」、「魂飛魄散」；只要他發一聲喊，就足以叫人「跌跌爬爬」、滿地亂跑；而他若是扭頭捏頸，掬嘴搖耳，滿街的人便會「踉踉蹡蹡，跌倒在地」，喊道「妖精來了！妖精來了！」他自誇從前在高家莊時，只要擺出這種姿態，「常嚇殺二三十人」。

乙、八戒的法力和個性

神魔的法力大小依其法身和法寶的高明程度而定。八戒有天罡數三十六般變化，雖不能像悟空那樣變成輕巧、華麗、飛騰之物，但變山、變樹、變石頭、變癩象、變水牛、變土墩、變科豬、變駱駝、變大胖漢等，則毫無問題。關於這點，劉一明有其相當過人的見地：

西遊寫三徒本事不一。……八戒為火中木，乃我家之真陰，屬性主柔主靜，為幻身之把柄，只能變化後天氣質，不能變化先天真寶。變化不全，所以七十二變之中，僅得三十六變也。（註四二）

他在「西遊記」書中，除了上文提過的黑胖漢之外，只變過一秤金、太上老君、黑胖和尚、矮瘦和尚和食癆病黃和尚等人身，以及鮎魚精、狼頭精等。他是天蓬元帥下凡，當然諳知水性。他的神通除了上文提過的「雲來霧去、走石飛砂」而外，還會求雨喚風、踢天弄井、化狂風以及化萬道火光等。

八戒的隨身神兵叫做上寶沁金鈀，有九齒，連柄重達五千零四十八斤，正合一藏之數，跟悟空的如意金箍棒與沙僧的降妖寶杖同屬「天下之奇珍」。他在高家莊對悟空描述這把寶鈀的來歷和鑄造過程時，說：

此是煅煉神冰鐵，磨琢成工光皎潔。老君自己動鈐鎚，熒惑親身添炭屑。五方五帝用心機，六丁六甲費周折。造成九齒玉垂牙，鑄就雙環金墜葉。身妝六曜排五星，體按四時依八節。短長上下定乾坤，左右陰陽分日月。六爻神將按天條，八卦星辰依斗列。（第十九回）

這把寶鈀是他的「隨身之寶」，一刻不可分離。平時帶在衣下，自有「光彩護體」；靜靜擺着，就可見「霞光有萬道沖天，瑞氣有千條罩地」；只要一經幌動，就「金光萬道」、「瑞氣千條」；「舉起烈焰並毫光，落下猛風飄瑞雪」；舞動起來，「滾滾鈀如雨」，「好似龍舒爪」。這把寶鈀雖不能像悟空的金箍棒那樣可大可小，卻也「隨身變化可心懷，任意翻騰依口訣」。他曾仗這把寶鈀總督天河，轄領水兵；而今臨凡，保護唐僧取經，也是多番賴以「逢山築破虎狼窩，遇水掀翻龍蜃穴」(第廿九回)。悟空的金箍棒威力強大，只要「挽着些兒就死，磕着些兒就亡，挨挨兒皮破，擦擦兒觔傷」(第三回)；若是被八戒的寶鈀抓一下，就會有九條痕；築一鈀，包管「九個血窟窿」(第卅二回)。他對在流沙河當水怪的沙僧說：只要被他這把寶鈀「盪了一下兒，教你沒處貼膏藥，九個眼子一齊流血！縱然不死，也是個到老的破傷風！」(第廿二回)可見它的威力也不能小覷。

這把九齒釘鈀可說是八戒個性的延伸(註四二)。八戒有個「鈀子嘴」，形貌上跟它已有類同之處。他在高家莊當女婿之初，活像一個「勤謹」的農夫；不管是耕田耙地、種麥插秧，或是收割田禾，統統一手包辦；而這把鈀子亦看似耙地用的農具。悟空就曾取笑他用這把鈀去替「高老家做長工築地種菜」(第十九回)、沙僧說它只好用來「鋤田與築菜」(第廿二回)；平頂山銀角大王說他「會使這鈀，一定是在人家園圃中築地，把他這鈀偷將來」的(第卅二回)；通天河靈感大王也對他說：「你會使鈀，想是雇在那裏種園，把他釘鈀拐將來」的(第四十九回)。由此可見，他跟這把寶鈀有極密切的關連。

然而，這把鈀只流露了他部分的個性。八戒因錯投豬胎而得了豬貌。他的行徑也多半趨於表現淫蕩、好吃、貪婪、嗜眠、骯髒、自私、愚蠢等普遍豬性(註四三)。他當過高家的女婿；

唐僧師徒當中，唯有他有過俗世家庭生活的經驗。他在踏上取經之道以前，還請高太公善待他的「渾家」，以備取經不成回來「還俗」。此後，他這「還俗」的念頭在西行途中屢興不已。自從「請求靈吉」（第廿一回）一難起，他曾多次倡議散伙（註四四）；而在「金鑾殿變虎」（第卅回）、「平頂山逢魔」（第卅二回）、「怪分三色」（第七十五回）和「無底洞遭困」（第八十二回）四難中，他更明白表示要分行李、賣白馬後，「去高家莊探親」、「盼盼渾家」、「回爐當女婿」。

同時，他在取經路上，只要看見花容月貌的女子，不管是凡人，或是神魔變的，總會叫他「淫心紊亂，色膽縱橫」。他在「四聖顯化」（第廿三回）一難中，就是因色迷心竅，才遭戲弄的；他在「貶退心猿」（第廿七回）一難裏，見屍魔變成的少女長得「俊俏」，就不禁動了凡心；其後在西梁國時，見女王生得「嬝娜」，「忍不住口嘴流涎，心頭撞鹿，一時間骨軟筋麻，好便似雪獅子向火，不覺的都化去」了（第五十四回）。他在上界時，因調戲嫦娥而遭貶落塵凡；在天竺國時，見太陰君領著衆姮娥仙子，不覺又動了慾念，居然跳到空中，當衆抱住霓裳仙子，說是「舊相識」，要一道去「耍子兒」（第九十五回）。

八戒不但好色，也連帶貪財愛物。他臨別高家莊時，向高老揩油，要了一雙新鞋和一領褊衫。此後在取經路上，每逢人家送來財物，他都有統統照收的衝動。比方說，天竺國官員來請，他就對唐僧等人說：「送行必定有千百兩黃金白銀」；等到國王果然送來黃金十錠，白金二十錠，他便伸手去接（第九十四回）。有時，要他辦事，還非錢不可；像烏鷄國馱死皇帝那次，他伸手要「燒埋錢」；井龍王拒給，他也不幹（第卅八回）。正由於貪財愛物，使得他在西天路上多次遇險出醜；關於這點，「四聖顯化」和「金峴山遇怪」兩難，就是最好的例證。不過，他的貪婪似乎只是爲了滿足食慾；他隨悟空到烏鷄國御花園去「偷寶貝」，是希望以後可以「換齋吃」；火焰山熄滅後，他要把芭蕉扇帶走，也不過是想「賣錢買點心喫」（第六十一回）而已。

「西遊記」書中對於他的好吃，有極傳神的描寫。他在福陵山當家長時，曾將卵二姐的家當吃盡；後來，在高家莊又以「食腸寬大」出名。高太公說他「一頓要喫三五斗米飯；早間點心，也得百十個燒餅纔彀」（第十八回）。他加入取經團體後，時時嚷著腹餓。每逢人家有請，就以爲必定會有筵宴可資受用；聽說有好東西吃，不免「口內流涎，喉嚨裏咽咽的嚥唾」（第六十八回）；西梁國女王送來御米以爲行糧，他毫不遲疑，伸手就接（第五十四回）；正坐著打盹，一聽玉華縣殿官提到「齋」字，就霍然跳起（第八十八回）；在睡夢中，聞悟空找沙僧到車遲國三清觀去受用「供養」，他也立卽醒來（第四十四回）。

他可說是隨時都在等著飯吃，隨時都是餓火燒腸。而一旦「饞蟲拱動」、食腸大開，他要人家準備一石米，由二十個人服侍；一吃起來，直如餓虎饑鷹，眞個狼吞虎嚥起來，一副「餓鬼」的模樣。像陳家莊那種尋常人家準備的白飯、饅頭、果品、閑食，「只情一撈」，就自不見（第四十七回）；對於西梁國御筵上的飯、餅、糕以及各種素菜，也是「一骨辣噇了個罄盡」（第五十四回）。他在鳳仙郡時，「放量吞餐，如同餓虎」，吃像甚是怕人，以致「諕得那些捧盤的心驚胆戰，一往一來，添湯添飯，就如走馬燈兒一般」（第八十七回）。碰到這種可以開懷盡興的機會，他總不免要吃到「撐腸拄腹，方纔住手」（第九十四回）。

為了滿足這寬大的食腸起見，他曾在西行途中惹了不少痲煩。「五莊觀中」（第廿四回）一難，是他慫恿悟空去偷人參果而引發的；在朱紫國時，悟空曾在替國王修治的藥丸裏滲了馬尿，他因喝不到酒而差點洩露了機關（第六十九回）。也是為了口慾，使得他經常竅迷心惑、不識眞相。像屍魔提來的飯麵，明明是長蛆、青蛙和癩蝦蟆等變的，他卻「不容分說，一嘴把個礶子拱倒，就要動口」（第廿七回）；波月洞黃袍怪說要請他吃「人肉包兒」，他也不辨眞假，「認眞就要進去」（第廿八回）；他在號山附近從樹上放下紅孩兒變的小孩童，也「只是想著喫食」，不顧好歹（第四十回）。

八戒的武藝不及悟空多多，與沙僧則旗鼓相當，但辨識力卻特別差；別說比不上沙僧，連肉眼凡胎的唐僧也弗如。取經團體中，悟空的警覺力最高，辨識力最強；沙僧曾在駝羅莊時指出天上的兩盞燈光是「妖精的兩隻眼亮」（第六十七回）；唐僧雖是肉眼凡胎，卻也曾看出隱霧山附近的風霧險惡（第八十五回）。八戒對神魔的眞相則一概不識；每逢財色迷竅、口慾迷心之際，尤其如此。他的武藝與沙僧等齊，膽量卻沒沙僧大，也不如沙僧鎭定。悟空都曾震懼於妖魔的神通，但他們並不像八戒那樣，時時表現膽怯。譬如，駝羅莊蟒精出現之前，風響呼呼，塵土飛揚，悟空全然不懼，沙僧蒙臉閉眼，而八戒則慌得「戰戰兢兢，伏之在地，把嘴拱開土，埋在地下，却如釘了釘一般」；等到沙僧指出燈光原來是妖精的眼睛，他

「就諕矮了三寸」。後來，「路阻獅駝」時，他聽說獅駝洞妖魔神通廣大，「專在此吃人」，居然叫他怕得戰戰兢兢，「諕出屎來」（第七十四回）。

這種膽怯加上普遍豬性中的懶惰，使得他遇事輒取巧躲避。他聽悟空說要把行李分成兩擔，一擔由烏雞國皇帝挑，他就「弄玄虛」，撿輕的留給自己（第卅九回）；到了黑水河，他又想躲懶討乖，遂「使心術」，主張由他先保三藏過渡（第四十三回）。有時，這種躲懶的行徑以好睡表現出來。而他每睡一次，就往往給唐僧帶來一次磨難。像「黑松林失散」（第廿八回）、「寶象國捎書」（第廿九回）等難，都是顯例。

由於當和尚處處不能滿足他對財色等各方面的慾求，他遂經常抱怨，成爲最「不情願的朝聖者」（註四五）。取經往往要「水宿風餐，披霜冒露」，以致經常席不暇暖、食難求飽，加上路多險峻，擔又沉重，不似在高家莊那麼倚懶自在；因此，這種解厄脫苦的偉業，對他並沒有多大的吸引力。他抱怨自己在高家時當「長工」；出家以後，則不但當長工，還要兼當「奴才」，他們在烏雞國時，唐僧因夜夢鬼王而驚醒，連聲呼叫「徒弟」；八戒醒來，惱怒之餘，說道：

> 甚麼「土地土地」？——當時我做好漢，專一喫人度日，受用腥羶，其實快活；偏你出家，教我們保護你跑路！原說只做和尚，如今拿做奴才，日間挑包袱牽馬，夜間提尿瓶務脚！這早晚不睡，又叫徒弟作甚？（第卅七回）

他對取經並無多少信心，因此除了抱怨當長工、當奴才外，還怨言屢出，說甚麼「西天路無窮無盡」，再兼「魔障凶高」，「幾時能到」？何日「成功」？有時則說是「如來捨不得那三藏經」，知道他們要去求取而把靈山搬了。老實說，他寧可留在高家莊享受「家」的溫馨和慰藉，而不願如此爬山越嶺、吃辛受苦。因此，每逢三藏想找住處過夜，他就唱和，說是行路苦、挑擔重，「著實難走」，不如「尋個去處」，睡覺養神，好明日「捱擔」，否則會「累倒」。悟空曾在「烏鷄國救主」和「大賭輸贏」（第四十五回）兩難中，因有心事而無法入睡；八戒則未曾失眠過，只要找到宿頭，他就「丟倒頭，只情打鼾」。在取經路上最叫他趁心的是「寬懷飲宴」後去「挺屍」；而最叫他難過的時刻則多半是在唐僧吩咐準備上路之際；碰到這種時候，他雖十分不情願，卻又無法違拗，只好「努嘴胖唇，唧唧噥噥」，擺出一副老大不樂的模樣。

這些豬性終又滙集而成自私與缺乏正義感的行逕。他好吃，只要有飯就吃；有飯可吃，就只顧滿足自己的胃口。由於這種心態的作祟，他才會在「貶退心猿」一難中，怪唐僧不肯趁著悟空化齋不在時，把屍魔送來的飯分成三分吃掉。他這種自私的做法，在「寶象國捎書」一難中，曾害得沙僧被擒；又在「心猿遭害」一難中，只顧一己的安全，而不顧悟空是否遇險，事後卻還笑悟空「不達時務」。然而，每逢有功可居時，他又會努力爭取：他在駝羅莊跟悟空合攻紅鱗蟒精時如此，在號山跟悟空圍鬥紅孩兒時亦復如此；而像鈀死琵琶洞蝎子精（第五十五回）和築斃獅豸洞小妖等，更是「揀便宜」的舉動。

這種自私的極度表現，就成了缺乏正義感。唐僧雖係凡夫，對於悟空在陳家莊拯救小兒

（第四十七回）、在祭賽國取寶救僧（第六十三回）、在比丘國救子（第七十八回）以及在鳳仙郡求雨（第八十七回）等義舉，都表示鼓勵與讚賞。但八戒對這些並不感興趣。由於躲懶自私，他沒有崇高的理想、偉大的抱負或深遠的眼光，更沒有挺身面對現實挑戰的魄力；他對於別人的苦難或困厄，雖不一定是抱著幸災樂禍的態度，卻無悲天憫人的心腸或見義勇爲的衝動，只是一味漠不關心或熟視無睹而已。譬如，他認爲他們跟駝羅莊的人非親非故，因此主張「借宿一宵，明日走路」，不要多管閒事；對悟空一口答應人家除妖一事，也就自然指爲「惹禍」了（第六十七回）。又如在比丘國時，唐僧聽說昏君要用小兒心肝煎湯服藥，不禁心顫淚墜；八戒就近前說：

> 師父，你是怎的起哩？「專把別人棺材抬在自家家裏哭」！不要煩惱！常言道：「君教臣死，臣不死不忠；父教子亡，子不亡不孝。」他傷的是他的子民，與你何干！且來寬衣服睡覺，「莫替古人躭憂」。（第七十八回）

對他來說，只有飽食淫逸才是人生最大的樂事；但對唐僧來說，見死不救，就是「胡行」，也就是「不慈憫」的表現。後來，悟空遣陰神刮走小兒，唐僧聽說昏君要取他的心肝當藥引而大驚時，八戒又冷言冷語，笑著說了一番風涼話：

> 行的好慈憫！救的好小兒！刮的好陰風！今番却撞出禍來了！（第七十八回）

至此，八戒的自私和缺乏正義感已是表露無遺了。

除了以上這些之外，八戒的性格上還有好誇口、愛罵人和善巧言等弱點。他跟沙僧力戰黃袍怪未勝，卻向寶象國國王誇口「會降妖」（第廿九回），未免不識高低。其實，他有時能夠打敗魔怪，也不過是憑著「嘷頭性子」去「諕人」而已；他在「怪分三色」（第七十五回）一難中敢於追殺獅駝洞老魔，就是這種做法的具體表現。他在唐僧首度貶退悟空後，奉命去化齋，臨行前，他對唐僧說：「我這一去，鑽冰取火尋齋至，壓雪求油化飯來」，聽來甚是叫人感動，但他竟然在路邊草科裏朦朧「齁齁睡起」來（第廿八回）；可見那些話並非由衷之言。另外，他是取經團體的成員中，最會背後罵人的一個。他罵沙僧「面弱」；罵唐僧「罷軟」，「人才雖俊，其實不中用」；又罵悟空「闖禍」、「無知」、「該死」，是「猢猻」、「妖怪」、「潑猴子」、「捉掐的弼馬溫」。

丙、八戒的地位和功能

「西遊記」書中對於八戒的豬性，除了刻意加以描繪外，還進而配以五行、五臟和十二時辰。這點從「雜劇」中的八戒自稱「生於亥地」一語，已可見端倪。而雜於「西遊記」正文中的詩賦，至少亦有兩處指出這種關連；像第四十一回「肝木能生心火旺」和第六十一回「木生在亥配為豬」，就是明證。其他像第卌二回等的回目和正文中的詩賦亦有多處以此指稱；關於這點，我們已在「緒論」部分（肆）提過，此處不再贅述。

八戒既配「木」，則其個性是否亦如「木」呢？按「木」有「愚蠢」、「樸實」、「質直」、「呆頭呆腦」等含義；而書中亦常常以「痴頑」、「痴愚」、「嗔痴」、「愚拙」、

「懞直」等詞稱他。悟空說過他「老實」，蓮花洞兩個妖魔都聽說他「老實」，而他也自稱「老實」，是個「直腸的痴漢」。不過，書中最常用以稱他的還是「獃子」一詞。八戒在參加取經之前，高太公就已用「長嘴大耳朶的獃子」稱他（第十八回）；悟空二度上福陵山找他時，也呼他為「獃子」（第十九回）。他加入取經團體後，別說唐僧、悟空和沙僧以「獃子」叫他，連撰者亦時時以此相稱。「獃子」一詞可說已成了他的別號。而他有時發起「獃性」、說起「獃話」來時，確也是一副獃頭獃腦的模樣。關於這點，他在寶象國君臣面前賣弄變化時，書上對他的描繪，就是最好的寫照：

> 那獃子又說出獃話來道：「看風。東風猶可，西風也將就；若是南風起，把青天也拱個大窟窿！」（第廿九回）

唐僧師徒各有五行配屬；他們彼此間的關係也最能從這種配屬的關係中看出。唐僧配「水」，跟八戒處於相生之序（「水」生「木」），他們之間的關係也最為融洽。唐僧固然經常嫌他貌醜語粗、行動魯莽，叫他要「謹言」、「仔細」、「斯文」，不許「胡說」、「強嘴」或「沖撞人家」；有時又因他貪財好色而罵他「夯貨」、「畜牲」、「潑孽畜」；最後還變臉咄喝，並叫悟空打他；但大抵說來，從頭開始就念他「蠢夯」而對他十分包容。唐僧聽高太公說八戒的食腸大，就替他辯解，說：「只因他做得，所以喫得。」在取經路上，唐僧也是處處加以偏袒。八戒被四聖戲弄後綁在樹上，唐僧就以他「懞直」有力為由，勸說悟空和沙僧放他下來（第廿三回）；八戒在平頂山附近巡山躲懶並試編了一套謊言，但唐僧認為他是「愚拙之人，怎會編謊？」等到悟空因八戒撒謊誤事而欲加以責打時，唐僧又出面代為說情（第卅二回）。若遇悟空在獅駝嶺上作弄八戒之類的場合，唐僧則責備悟空「全無相親相愛之意，專懷相嫉相妒之心」（第七十六回）。由於唐僧對八戒過分寬容，悟空也不免抗議唐僧「護短」、「偏心」。

八戒對唐僧也相當關心。八戒有時會在背後罵唐僧，有時也會像在金峴山前那樣害得他遇難；不過，他通常亦時時在意唐僧的安危。關於這點，我們只要舉些實例來看，就能明白。唐僧在黃風嶺遇難時，八戒不禁「眼中滴淚」（第廿回），大有物傷其類之態。唐僧在寶象國被變成斑爛猛虎那次，他明知自己跟悟空「不睦」，但為了救唐僧，還是硬著頭皮前往花果山；到了花果山，他惟恐躭誤時間，只管催促悟空起程；悟空智降妖魔後，見唐僧變成猛虎，只是在旁揭短，他就勸說悟空快快相救；等到悟空答應解除唐僧的虎氣，他便「飛星去」取水待用（第卅一回）。其他像在「難辨獼猴」（第五十七回）、「七情迷沒」（第七十二回）、「隱霧山遇魔」（第八十五、八十六回）等難中，他也都對唐僧的安危表示了眞切的關懷。

沙僧配「土」，跟八戒所配的「木」相尅；他們之間的關係也就因而不甚和諧。「八戒大戰流沙河」（第廿二回）時，曾費盡全力而未果；等到沙僧歸順，他一見面劈頭就責怪他，說：「你這膿包，怎的不早皈依，只管要與我打？是何說話！」對於這位師兄，沙僧也曾多番用嘲弄、埋怨與勸誡等方式以為報復。在「黑松林失散」一難中，沙僧先是對唐僧說八戒自私，隨後又埋怨他誤事。八戒「喫水遭毒」（第五十三回），沙僧就以揶揄的口氣叫他「莫扭」，以免「擠破漿泡」；後來到了西梁女國，又叫他「去『照胎泉』邊照照，看可有雙影」。有時，八戒要陪唐僧去倒換關文，沙僧就嫌他「嘴臉」醜陋，不讓他去。而每逢八戒抱怨西天路遠險巇，沙僧總是勸他「且只捱肩磨擔」（註四六）。

八戒和沙僧之間雖有不諧，至多只屬暗流；他跟悟空間的衝突就非如此了。悟空配「金」配「火」，跟八戒既相生（「木」生「火」），也相尅（「金」尅「木」）。八戒跟沙僧之間的不諧雖早已建立，但日後並未演成公開而嚴重的衝突。八戒和悟空之間的對立，則是愈演愈烈。悟空一向存著「力強者勝」的心理（註四七）。他在參加取經之前，曾以其「力」威逼東海、棒攪森羅並大鬧天宮。由於他覺得天宮由玉帝以下，包括李老君在內，「不如老孫者多，勝似老孫者少」，因而敢於胡鬧吵嚷、飛揚跋扈。但他曾敗在佛祖手下，對於以佛爲首的西天極樂世界遂必恭必敬，不敢放刁。我們再拿他對二郎神的態度，便更能了解這種心理。他曾在大鬧天宮時爲二郎神所敗（第六回）；後來，在「貶退心猿」（第廿八回）一難回到花果山時，但見本爲洞天福地的家當，已被二郎神燒得「花草俱無，煙霞盡絕，峯巖倒塌，林樹焦枯」，以致禽獸潛蹤、猴類幾絕，一片凄涼。他雖覺二郎神欺人太甚，「可恨」「堪嗔」，但在「取寶救僧」（第六十三回）一難中，於亂石山碧波潭上邂逅二郎神時，不但不以他爲仇敵，反倒稱他爲「顯聖大哥」；因「曾受他降伏，不好見他」，故命八戒去攔住雲頭，說是悟空「在此進拜」、聽候「呼喚」。悟空對玉帝一向只知唱喏而已，見到二郎神衆人卻知「作禮」，還說「向蒙莫大之恩，未展斯須之報」，用以對答的則是「見愛」、「輕瀆」之類的詞語。可見他對「力」的看重。

悟空對八戒的態度亦復如此。在取經團體裏，唐僧以一介凡夫跟神通廣大的悟空勢同「水」「火」，但他僅憑緊箍兒咒的威「力」，就足以叫悟空服服貼貼。沙僧和八戒兩人都比悟空「力」弱得多。但悟空和沙僧處於相生之序（「火」生「土」），他們之間的關係因而一直十分融諧。而悟空和八戒雖也相生，卻時時相尅。他們的關係從一開始就相當惡劣。當初，八戒在高家莊當妖怪時，聽說悟空之名就有「三分害怕」；見悟空現出本相，就慌得「手麻脚軟」，化狂風而逃；跟他比試武藝又打得兩膊「酸麻」，不是敵手。其後，八戒敗進雲棧洞裏，洞門竟遭悟空擊碎。二次交手時，他用鐵鈀築悟空的頭，連皮兒也不曾傷損。等到他聽悟空說取經人已到而願意歸降時，悟空怕他用詐脫身而表示不信，要他「朝天發誓」，自焚洞府，並交出釘鈀。上文提過，這把釘鈀是他的隨身之寶，不曾須臾相離。他發過誓、燒過家，交出這把須臾不離的寶貝後，悟空還用麻繩將他兩手背綁，又揪他耳朵，叫他快走。他痛極呼叫，悟空卻說「善猪惡拿」，要等見了唐僧，表明眞心，方才願放。到了唐僧面前，悟空拿起釘鈀的柄兒，當著高太公和諸親友之面，打打喝喝，毫不顧念他的顏面。就此事來說，悟空也未免欺人太甚。

八戒加入取經團體後，悟空對他依舊「只倚兇強」，處處寃枉他、欺壓他。關於這點，他們在黃風嶺前發生的一場誤會，就是最好的說明。我們且來看看書中的記述：

那日正行時，忽然天晚，又見山路旁邊，有一村舍。三藏道：『悟空，你看那日落西山藏火鏡，月升東海現冰輪。幸而道旁有一人家，我們且借宿一宵，明日再走。』八戒道：『說得是；我老豬也有些餓了，且到人家化些齋喫，有力氣，好挑行李。』行者道：『這個戀家鬼！你離了家幾日，就生報怨！』八戒道：『哥啊，比不得你這喝風呵煙的人。我從跟了師父這幾日，長忍半肚饑，你可曉得？』三藏聞之道：『悟能，你若是在家心重呵，不是個出家的了，你還回去罷。』那獃子慌得跪下道：『師父，你莫聽師兄之言。他有些贓埋人。我不曾報怨甚的，他就說我報怨。我是個直腸的痴漢，我說道肚內饑了，好尋個人家化齋，他就罵我是戀家鬼。師父啊，我受了菩薩的戒行，又承師父憐憫，情願要伏侍師父往西天去，誓無退悔。這叫做「恨苦修行」。怎的說不是出家的話！』三藏道：『既是如此，你且起來。』（第廿回）

仔細看來，這明明是悟空曲解八戒的意思。唐僧先說要「借宿」，八戒才順口說要化齋，目的是要養精蓄銳，好挑行李，這本來也無可厚非。照理說，唐僧才是「戀家鬼」，但八戒卻被悟空一口咬定是「戀家鬼」，還受唐僧和悟空夾擊，眞是天大的冤枉。類似的誤會又在「四聖顯化」一難之前重演；這次，悟空除了依舊說他「抱怨」之外，還進而以「但若怠慢了些兒，孤拐上先是一頓粗棍」之語相脅。

除了這類有意的誤會外，悟空還經常利用八戒的弱點來加以揶揄、哄騙和欺壓。他知道八戒好色，就在「四聖顯化」一難中叫他出醜，及至聞到八戒被綁在樹上高叫求饒時，便叫沙僧「莫睬」；等到看見八戒在「受罪」，他不但不上前解下，反倒加以搶白「羞辱」了一番；後來，在「松林救怪」（第八十回）一難裏，悟空居然舊事重提，罵八戒是個「重色輕生、見利忘義的饢糟，不識好歹，替人家哄了招女婿，綁在樹上哩！」隨後唐僧叫八戒馱著妖怪變成的女子，悟空又冷嘲熱語，說是八戒「造化到了」，可以憑著「嘴長」馱著他，轉過嘴來，計較私情話兒，却不便益？」氣得八戒「槌胸爆跳」。他知道八戒貪財，遂在烏雞國以偷寶貝爲由，哄八戒去夜馱死皇帝（第卅八回）；又在獅駝洞變成蟭蟟蟲僞稱「勾司人」，嚇出八戒四錢六分的私房錢（第七十六回）。他當然知道八戒好吃，卻偏偏在車遲國夜食三清觀時先找沙僧（第四十四回）；而在朱紫國以有物可食哄他去買調和（第六十八回）；又在隱霧山說是前有莊院齋僧，拐他去見頭仗（第八十五回）。對於八戒的躲懶和膽怯，悟空也不放過；有時會像在平頂山附近那樣哄他去巡山（第卅二回），不然就趁著他在獅駝嶺前想散伙時，一巴掌打得他踉蹌後退（第七十六回）；有時乾脆以「打孤拐相脅」，要他從井底馱出烏雞國死皇帝來，或令他變成一秤金去參加通天河祭賽，或逼他下無底洞去試深淺、探路逕。這些或許多少還有理由可爲悟空辯護。但是，「西遊記」書中至少有兩處顯示悟空無故遷怒於八戒：一次是悟空誅草寇後，被唐僧數責一番，他就喝令八戒埋屍，否則「就是一棍」（第五十六回）；另一次是悟空被變成八戒的牛魔王騙走芭蕉扇，他不怪自己眼拙，反怪八戒誤事（第六十一回）。從這些事例看來，八戒可說已然變成悟空的出氣筒了。

對於這位「以力欺人」的師兄，八戒當然「心中暗惱」，時時伺機報復。悟空取笑他，他也在悟空被黃風怪傷了兩眼而摸不著東西時尋他開心，說：「先生，你的明杖兒呢？」（第廿一回）他的釘鈀無法傷損悟空的頭皮，而他則趁著悟空的頭被蝎子精扎疼時，借機揶揄他，說：「只這等靜處常誇口，說你的頭是修煉過的，卻怎麼就不禁這一扎？」（第五十五回）悟空曾在八戒「喫水遭毒」（第五十二回）時，連嘲帶諷地說孩子會「從脅下裂個窟窿，鑽出來也」；八戒則又借悟空頭皮被扎時，取笑地說：「哥啊，我的胎前產後病倒不曾有，你倒弄了個腦門癰了。」悟空常以其金鋼不壞之軀自詡，而八戒則在他的毫毛被火焰山的火燒了以後，譏諷他說：「你常說雷打不傷，火燒不損，如今何又怕火？」（第五十九回）他們在祭賽國時，國王賜悟空坐轎，八戒又當面笑他得了「猴王之職分」（第六十二回）。

八戒對悟空的報復有時以不去信任的態度顯示出來。悟空答應鎮元仙去求方醫人參果樹，八戒立刻就說他是想借故「脫身」（第廿六回）；唐僧到白虎嶺時，命悟空去化齋，久久不見回來，八戒就說他必定是「摘桃兒耍子去了」（第廿七回）；師徒全都陷於蓮花洞時，悟空誇口救出大家，八戒卻以為悟空「本身難脫，還想救人」（第卅四回）。此外，他在「號山逢怪」（第四十回）說悟空專會巧言；在「大賭輸贏」（第四十五回）時說悟空害人；在金峴山前慫恿唐僧走出悟空劃的棒圈（第五十回）；又在銅臺府地靈縣遇盜時以為悟空出賣他們（第九十七回）。這些都是八戒不信任悟空的實例。

這些口頭上的嘲諷和態度上的不信，只能說是暗潮而已。八戒的神通和機智都非悟空之敵，故欲進行公開而正面的報復行動，還得借助唐僧之「力」，才有成功的希望；否則難免會像「魚籃現身」（第四十九回）一難那樣，想在通天河底害死悟空，反遭戲弄。上文提過，八戒在皈依的前後，曾多次遭悟空的揶揄和欺侮。他在五莊觀時，聽唐僧提到所謂的「舊話兒經」，經過悟空的一番解釋後，才知道原來那是唯一能够尅制悟空的「緊箍兒咒」，當然就牢記在心（第廿五回）。到了白虎嶺，屍魔變成少女提來麵飯，八戒拱倒罐子正要動口，卻橫遭悟空阻攔，遂唆動唐僧念咒，並逐他離開。悟空二打屍魔後，唐僧再度趕他離開；悟空才說有件事不「相應」，八戒馬上接口誣賴他是要「分行李」。悟空三打屍魔後，唐僧已被悟空說服，八戒卻又在旁「唆嘴」，說：悟空「手重棍兇，把人打死，只怕你念那話兒，故意變化這個模樣，掩你眼目哩！」（第廿七回）唐僧終於恨逐了悟空，而八戒雪恥復仇的心願，亦暫時得到滿足。

儘管如此，八戒有時也相當佩服悟空。他知道悟空有解鎖法，是「開鎖的積年」；他身陷火雲洞時，曾詈罵妖怪，並讚佩悟空的神通廣大，有朝一日會

大展齊天無量法，滿山潑怪等時擒！解開皮袋放我出，築你千鈀方趁心！（第四十一回）

他在車遲國觀看鬥法，跟沙僧同樣對悟空的「眞實本事」誇獎不竭（第四十六回）；而他對金峴山兕大王「稱揚」悟空是「五百年前大鬧天宮齊天大聖」（第五十回）時，則不無狐假虎威之嫌。對悟空能够變化得唯妙唯肖的本領，更是自覺望塵莫及，「就滾上二三年，也變不得這等俊俏」（第七十四回）。

另一方面，悟空雖曾多番欺侮他，卻也曾頻頻救他脫難。八戒除了在「四聖顯化」和「五莊觀中」遭仙佛所擒外，捉過他的妖魔計有：蓮花洞銀角大王（第卅二回）、火雲洞紅孩兒（第四十一回）、黑水河妖孽（第四十三回）、金峴洞獨角兕大王（第五十回）、碧波潭九頭駙馬

(第六十三回)、小西天黃眉老佛(第六十五回)、獅駝洞三個妖魔(第七十六、七十七回)以及虎口洞獅精(第九十回)等。此外，他還在「喫水遭毒」一難中身懷鬼孕；又在「多目遭傷」(第七十三回)，一難中吃棗中毒。這些厄難每次都由悟空設法解除，而八戒也才得重獲自由。再者，八戒也曾多次跟悟空合作；像合戰虎先鋒(第廿回)、蓮花洞金角大王、壓龍山狐阿七大王(第卅五回)、通天河靈感大王(第四十八回)、摩雲洞牛魔王(第六十一回)、碧波潭九頭駙馬(第六十三回)、七絕山紅鱗大蟒(第六十七回)以及獅駝洞青毛獅子怪(第七十五回)等都是。

結語

在西遊五聖中，八戒的資歷最淺，但由於他的造型特殊，又是個家喻戶曉的人物；因此，學者也曾對他做過許多身家調查和歷史探討的工夫，只是結論往往言人人殊，難有十分的肯定。既然如此，從他見於直接關乎西遊故事的文學作品加以探討，來觀察其藝術形相的演化和個性的刻劃，應屬較為切實的辦法。在跟西遊故事有關的文學作品中，八戒只見於「雜劇」和「西遊記」兩部。「雜劇」以不甚均勻的篇幅來敍述取經五聖的來歷：沙僧和龍馬各佔一齣，悟空佔兩齣，而唐僧和八戒則各佔四齣。照理說，八戒的來歷既佔有這麼多的篇幅，就應該成為「雜劇」中的主要人物才對；但參加取經行列後的八戒，其各方面的表現並不如該有的份量多，也不如預期的出色；這不能不說是「雜劇」在結構上的一大闕失。「西遊記」對於八戒的安排則非如此；取經前的八戒只見於第八回的片斷、十八回的全部和

第十九回的大半，比例上略勝於沙僧，稍遜於唐僧，頗多於龍馬，而大少於悟空。光從這樣的比例看來，我們亦可推測他的重要性應在全書佔第三把交椅；而隨著故事的推展，他在各方面的表現果然如此，則這點至少就是「西遊記」在結構上精細之處。他雖非書中的首腦人物或取經團體的中流砥柱，但豹頭山虎口洞黃獅精設宴慶功係以釘鈀爲名，供奉在洞內廠廳正中間桌上的不是悟空的金箍棒，也不是沙僧的降妖杖，而是八戒那柄「光彩映目」的九齒釘鈀（第八十九回）；是則八戒似亦居過暫時爲主的地位。

「雜劇」和「西遊記」對於八戒的描述，還有一些相當不同之處。「雜劇」中的八戒生來就是猪身，而「西遊記」中的八戒則是因在天宮時的表現「近於畜類」，以致「錯了陽道」（註四八），投於猪胎，而得了猪身。他們都有一副醜臉，武藝也都相當高強。「雜劇」很強調八戒的「黑」，但這除了指他是個妖魔外，別無他意；「西遊記」中也提到他是個「黑胖漢」，但對他的「黑」並沒有特別著墨，在其個性方面的刻劃似乎亦不曾因而有所遺漏。「雜劇」中的八戒是在遭二郎神降服後，經唐僧說項，才加入取經團體的；「西遊記」中的八戒所以成爲取經團體的一員，則是觀音安排的結果。換句話說，「雜劇」不像「西遊記」那樣給八戒參加取經一事設下伏筆；則這又不能不說是前者在結構上的另一闕失。「雜劇」中的八戒既無參加取經以將功折罪的準備，其心理上的衝突當然就不如「西遊記」中的八戒那樣激烈。或許正是因此之故，前者在西天路上的表現，沒有後者那麼多彩多姿。

就其個性方面的刻劃來說，「雜劇」的成就實遠較「西遊記」遜色多多。「雜劇」中的八戒除了神通廣大而外，還好色貪淫。「西遊記」則不但把八戒的好色刻劃得十分傳神，還將他所生具的普遍猪性發揮得淋漓盡致。「雜劇」中的八戒佔有了裴海棠後，還四處拈花惹草；「西遊記」中的八戒雖對女色始終維持高度的興趣，但這似與他對「家」的觀念有密切的關聯。他落凡後，先是在福陵山被卵二姐招爲家長；卵二姐死後，他才到高家莊去當女婿。他對高翠蘭用情甚專，但高太公嫌他長得醜陋，屢次找來佛道騷擾，他只好將高女關在後宅，朝去昏來。即使如此，他並無移情別戀。他加入取經團體後，有時也會美色迷心，但只要有機會散伙，多半明言要返高家莊探親。可見他的好色跟懷念「家」的溫暖有關，而非全爲發洩淫慾而已。

對八戒來說，「家」除了可以滿足色慾外，還可以滿足食慾。在中國的農業社會裏，「家」是最基本的生產單位。八戒對高家，不僅取其所需，也努力生產。他除了勤於農事外，還掃地通溝、搬磚運瓦、築土打牆、蓋屋起倉。他在西天路上有時確是以躲懶和好睡來逃避挑戰，但也經常表現這種「勤謹」的精神。他平時挑擔、牽馬或做飯；悟空去化齋或去對敵，他就跟沙僧一道負起保護唐僧之責。他跟沙僧雖無多大本事，但他們畢竟還是天神臨凡，威氣未泄，有他們的護持，像屍魔之類的精怪還不敢冒然上前捉唐僧。他的食腸大，但他「得食力壯」，早先就曾替高家「幹了許多好事」，「掙了許多家貲」，後來又在西天路上以其天神的體力和農夫的釘鈀拱開八百里的荆棘嶺和稀柿衕。何況，他雖好吃，眼見隱霧山樵夫家中寒薄，也勸他「切莫費心大擺佈」（第八十六回）；可見他還是吃之以道。再說，他的吃法只求量多，並不求質精。給他人參果之類的絕世珍品吃，他就「拿過來，張開口，轂轆的囫圇吞嚥下肚」(第廿四回)，不知滋味。但若給他多量的食物，他倒也「隨鄉入鄉」。其實，「道因慧解而成，慧解因根而成，根因飲食而補」，連佛祖也須「受食」，才能「成道」(註四九)，更遑論取經五聖了。問題只是八戒吃得過多，吃得過於頻繁、吃得太不藝術、吃得不分好歹而已。

唐僧和悟空都罵過八戒是個「饢糠的夯貨」。「饢」指他那副饑不擇食的餓相；「糠」指粗賤的食物；而「夯貨」則指他是個蠢東西。「饢糠」二字用得十分貼切，但「夯貨」一詞則未必。八戒看似蠢頭蠢腦，實則有時也流露了些許智慧之光。他曾智激猴王(第卅一回)、打草驚蛇(第六十七回)、投石探水深(第四十七回)、鈀築試冰厚、橫杖履冰凌(第四十八回)；又曾在烏鷄國建議唐僧念咒以辨明眞僞(第卅九回)；在獅駝嶺提醒悟空棒搠象鼻以降怪(第七十六回)；而悟空被紅孩兒打敗後投澗暈死那次，若非他用按摩禪法沖開孔竅，要救活悟空，恐怕還得大費周章(第四十一回)。

夏志清說，八戒加入取經的行列後，就顯得不如從前跟悟空「自二更時分，直戰到東方發白」時那麼勇猛(註五〇)。其實，參加取經前的八戒並不見得有多勇猛；他在取經途中雖時有懦弱的表現，但這部分應歸因於他的躲懶和自私。何況，他還有過打死虎先鋒、大戰流沙河、單鬥銀角大王、鈀築紅孩兒、爭打老鼠精、力敗豹子精、打破玄英洞以及築倒九叉楊樹、玉面狸精和白面狐狸等英勇的表現。而他雖然自私、缺乏義氣，對同伴也並非全無感情；我們從他對唐僧和悟空的關切中，也多少可以看出他所流露的團隊精神。

八戒最受文評家責難的一點就是好攛掇。他雖「孽嘴孽舌」，但這是被悟空欺壓太甚的反抗與報復，而非僅出於「潛藏心底、根深蒂固的嫉妒」(註五一)。他的挑撥離間或許會叫人覺得可惡、可嫌而可恨，但八戒橫遭欺壓和愚弄，絕不該是他「應受的懲罰」(註五二)。何況，像「烏鷄國救主」一難中，若非他唆使唐僧念咒，悟空還不肯設法救治死皇帝。而從戲劇效果來說，只要八戒攛掇一次，劇情就會昇高一次；沒有他的攛掇，「西遊記」一書恐怕就要減色不少了。

八戒的確有許多弱點，但那些弱點則並非全是他的專利。他貪財多半是爲了滿足口慾。他背後罵人，是因他力不足以跟悟空發生正面衝突之故。他好攛掇，但沙僧在「黑松林失散」一難中，見八戒去化齋未回，就對唐僧說他會「喫飽了纔來」，這難道不是攛掇？他屢次抱怨西天路遠，但唐僧師徒有誰不曾如此抱怨過？他缺乏義氣，但取經前的悟空對獨角鬼王和七十二洞妖怪盡數被擒一事，絲毫不覺煩惱(第五回)，這難道是義氣？在取經路上，他曾多次爲了自己「出名」而叫八戒去打頭陣，這種做法難道也是義氣？我們聽八戒說悟空「常照顧我綑，照顧我吊，照顧我煑，照顧我蒸」(第八十八回)時，難道不會覺得悟空也相當缺少義氣？八戒好吃，而其實悟空也相當會吃，其間的差別只在於重量重質的問題而已。悟空在花果山時，平日有各類桃果可吃，又有果酒可飲。他在大鬧天宮的期間，曾先後盜食蟠桃、偷吃珍饈百味、痛飲玉液瓊漿，又把李老君的金丹「都喫了，如喫炒豆相似」。他返回花果山後，衆怪安排酒果接風，但他只喝了一口，就嫌味道不好。由此可見，他對仙家至寶的胃口極大，對凡間的食物則無甚興趣；西行路上吃的儘是人間煙火，當然引不起他的好感，尤其又碰到八戒的食腸特大，他的好吃也就自然不引人注目了。

儘管八戒有這麼多的缺點，但「西遊記」書中也透露了他的一些優點。首先，我們可以從兩樁事情中看出他的爲人相當直爽：悟空叫他下流沙河去引出當水怪的沙僧，他說去就去，毫不拖拉；在烏鷄國時，悟空叫他哭，他就哭，而且哭得十分「哀痛」。其次，他在「心猿遭害」，一難中被紅孩兒騙進妖洞時，不但未曾求饒，還以詈罵妖怪來發洩「悶氣」，表現了十足的硬漢精神。再次，他當年罪犯天條，依律當斬，多虧李長庚說項，才得全生；對於這位救命恩人，他可是知恩圖報。在西天路上，只要知道來者是他，總是「望空下拜」，不然就「撮土焚香，望空禮拜」。對於指點他參加取經以將功贖罪的觀世音，也是牢記在心，多番表示眞誠的敬意。復次，他的觀察力雖然特差，卻還知道藉揪起的猴尾巴看出變成九尾狐狸的悟空（第卅四回）；或許這正顯示他特別瞭解悟空的緣故吧。同時，他亦有相當的自知之明。我們且來看看他在寶林寺詠的打油詩，便可明白這點：

> 缺之不久又團圓，似我生來不十全。喫飯嫌我肚子大，拿碗又說有黏涎。他都伶俐修來福，我自痴愚積下緣。我說你取經還滿三塗業，擺尾搖頭直上天！（第卅六回）

他是「西遊記」書中的「丑角」（註五三），也是取經諸聖中最具幽默感的一位。他會去摸獅猁王的私處，嘲笑他「枉擔其名」（第卅九回），也嘗爲自己長得醜陋而自我解嘲，說：「我醜便醜，奈看，再停一時就俊了」（第七十四回）；又說他「醜自醜，還有些風味。自古道：『皮肉粗糙，骨骼堅強，各有一得可取』」（第九十三回）。他知道自己的本事不濟，因此當悟空要去請靈吉菩薩來降妖而叫他藏在樹林深處「莫要出頭」時，他就說：「曉得！曉得！你只管快快前去！老猪學得個烏龜法，得縮頭時且縮頭」（第廿一回）。有時，他的幽默以善用諸語表現出來；他跟福祿壽三星「打諢亂纏」那幕便是一例（第廿六回）。他的猪性尤其給全書帶來了無數可笑的場面，沖淡了緊張，也增加了興味，在調和全書的氣氛方面，他還是個不可或缺的人物。最後，他雖蠢夯而粗鹵，卻還不是頑冥不靈；經唐僧、悟空和沙僧的頻頻敎誨與勸誡，也漸能「明理知律」。他曾多次遭擒，又曾在花果山打死過假八戒；從神話學的觀點來看，他也象徵性地經歷了幾度由生入死、由死復生的過程。然而，由於他凡心過重、慾壑難塡，故始終未能像悟空那樣經蹶長智，獲得決定性的啓悟。不過，他跟悟空等人相處日久，也能愈來愈合作、愈來愈和諧。等到「道果完成」，他變得「食弱」而「不嚷茶飯」；他終因挑擔有功而受封爲淨壇使者，以享用四大部洲的供奉，則「吃」依舊是他個性上的標籤。

由此看來，八戒確有不少可愛之處，而絕非一無可取或一無是處。他的表現容或瑜不掩瑕，但像「行者的性格有多少種優點，那八戒的就有多少種劣點」（註五四）之類的論調，實爲偏頗之見。許多文評家不知細察其行，而僅知人云亦云、以訛傳訛，也就難怪會把八戒視爲面目可憎、怙惡不悛之徒了。

附註

註一：現存吳昌齡「唐三藏西天取經」中只有『女國』一折跟八戒有關；見葉堂訂譜，「納書楹曲譜」，補遺卷一。按『女國』中的「俺女兵豈用猴為將？俺女王也不用豬為相」一語適與「西游記」雜劇第五本第十七齣「女王逼婚」中「俺女兵不用猴為將，女王豈用豬為相」（『幺』），頁六七七）相類。又：吳昌齡有「二郎收豬八戒」一劇，跟楊景賢「西游記」雜劇第四本第十三齣——第十六齣除文字略異外，其餘全然相同。

註二：「朴通事諺解」的正文只提及「唐僧師徒二人」，八戒、沙僧和龍馬均未見，但該書的評解者崔世珍（西元第十五——第十六世紀）曾在註文中提到「黑豬精朱八戒……證果香華會上淨壇使者」等語；見該書，卷下，頁十七。

註三：八戒之名出現在「銷釋真空寶卷」第卅四行（「寶卷」中作「豬八界」）。又：「朴通事諺解」的註文先提到沙和尚，後提到「朱八戒」；而「寶卷」中則是「豬八界」居前，沙和尚在後。見胡適，『跋銷釋真空寶卷』，頁十四。

註四：「清源妙道顯聖真君二郎寶卷」，同前引書，頁八。

註五：「玄奘三藏渡天由來緣起」為一日譯「西遊記」，現藏於日本龍谷大學圖書館中，全書共九十八頁，約十萬字，分為五十一段，其中第十五段——第十六段為「收豬八戒」；參見太田辰夫，『玄奘三藏渡天由來緣起と西遊記の一古本』，「神戸外大論叢」，十八卷一期（一九六七），頁九；Dudbridge, *The Hsi-yu chi*, pp. 99–100.

註六：見陳炳良，『中國的水神傳說和西遊記』，頁四。

註七：同前引書，頁五。鄭明娳依陳氏所示，在「大正大藏經」卷廿一『佛說大摩里支菩薩經』中查出八戒原係「金色豬」；見所著「西遊記探源」（上），頁二二四。又參見黃永武，『豬八戒的由來』，「中國時報」，民國七十年十一月十五日，第八版（人間版）。

註八：陳寅恪，『西遊記玄奘弟子故事之演變』，「陳寅恪先生論文集」（臺北：三人行出版社，民國六十三年）

，下册，頁四一三—四一四。

註 九：見曹仕邦，『西遊記若干情節的本源三探』，「幼獅學誌」，十六卷二期（民國六十九年十二月），頁一九七—一九九。

註一〇：吳自牧「夢梁錄」和「鎖白猿」中都提到「天蓬」；說見陳炳良，頁四。又參見鄭明娳，「西遊記探源」，頁二二七—二三〇。按佛祖殄滅妖猴正待回轉極樂世界時，天蓬和天佑急出靈霄寶殿，道：「請如來少待，我主大駕來也」（第七回，頁七十四）；此天蓬或係轉世前的八戒，故此知道悟空的名頭（第十八回，頁二一一）。

註一一：見磯部彰，『西遊記にをける猪八戒像の形成』，「日本中國學會報」，第卅一集。按：八戒在寶象國時曾賣弄變化，捻訣躬腰，長有八、九丈，「却似個開路神一般」（第廿九回，頁三三三）；後來，在隱霧山前，悟空叫他做個「開路將軍」（第八十五回，頁九七一；又見第八十六回，頁九七六）。

註一二：見「雜劇」，頁六七七、六七九、六九〇、六九一、六九二。

註一三：方瑜，『論西遊記——一個智慧的喜劇』（下），「中外文學」，六卷七期（民國六十六年十二月），頁六十八。

註一四：見孟瑤，「中國小說史」，第三册，頁四二八；蔡義忠，「從施耐庵到徐志摩」（臺北：清流出版社，民國六十二年），頁廿五。

註一五：Hsia, *The Classical Chinese Novel*, p. 149.

註一六：趙聰，「中國四大小說之研究」，頁二〇〇。

註一七：同前引書，頁一九八。

註一八：李辰冬，「三國水滸與西遊」，頁一三〇；張默生，『西遊記研究』，「四川大學學報」，第一期（一九五七年），頁六十五。

註一九：趙景深，「中國文學小史」（臺北：中新書局，民國六十六年），頁一五五。

註二〇：趙滋蕃，『笑談猪八戒』，在「西遊記」（河洛本），頁一三四四。

註二一：方瑜，『論西遊記——一個智慧的喜劇』（下），頁七〇。

註二二：劉大杰，「中國文學發展史」，頁九五七。

註二三：吳雙翼，「說西遊記」（香港：上海書局，一九七五年），頁六十七；又參見郭箴一，「中國小說史」（臺北：商務印書館，民國六十年），頁二九〇。

註二四：張默生，『西遊記研究』，頁七十二。

註二五：潘壽康，「話本與小說」（臺北：黎明出版事業有限公司，民國六十二年），頁七十一。

註二六：李辰冬，「三國水滸與西遊」，頁一二五。

註二七：趙滋蕃，『笑談西遊記』，頁一三四五。

註二八：徐旭生，『西遊記作者的思想』，頁十二、十四。

註二九：方瑜，『論西遊記——一個智慧的喜劇』（上），「中外文學」，六卷五期（民國六十六年十月），頁廿。

註三〇：傅述先，『西遊記中五聖的關係』，頁十一。

註三一：Hsia, *The Classical Chinese Novel*, p. 149.

註三二：陳元之，『刊西遊記序』，頁一；又參見張錬伯，『西遊記的寓意』，頁十三。

註三三：楊悌，『洞天玄記前序』，頁二三五六。

註三四：謝肇淛，「五雜俎」，卷十五，頁卌五；「銷釋真空寶卷」上亦作「猪八界」，見胡適，『跋銷釋真空寶卷』，頁十四。

註三五：「清源妙道顯聖真君二郎寶卷」，引見胡適，『跋銷釋真空寶卷』，頁八。

註三六：見吳雙翼，「說西遊記」，頁一。

註三七：見李辰冬，『西遊記的人物分析』，頁廿四；又見所著『西遊記的價值』，頁十。按佛家八戒指的是：㊀殺生；㊁不與取；㊂非梵行；㊃虛誑語；㊄飲諸酒；㊅塗飾鬘舞歌觀聽；㊆眠坐高廣嚴麗床上；㊇食非食時。但八戒之名係因他戒了五葷三厭而得（見「西遊記」，頁二一八）。五葷即五辛，指大蒜、小蒜、興渠、慈葱、茖葱；三厭指雁、狗和烏魚。許多評家以八戒之名取自佛家八戒，實為誤解。

註三八：孫旗，『西遊記的研究』，頁六。

註三九：見蔡義忠，「從施耐庵到徐志摩」，頁廿五—廿六。

註四〇：以下關於八戒的自述，係據「西遊記」，頁八十五、二一二—二一三、二一五、九六九—九七〇、一〇六一等所載。

註四一：劉一明，『西遊原旨讀法』，卷上，頁九。

註四二：參見 Anthony C.Yü, Introduction to the translation of *The Journey to the West*, I, 46–48.

註四三：參見錢鍾書，「管錐篇」（香港：太平圖書公司，一九七八年），頁廿七—廿八；Angelo de Gubernatis, *Zoological Mythology*, II, 6, 11; Sven Tito Achen, *Symbols Around Us* (New York: Van Nostrand Reinhold Company, 1978), pp. 58–60; Ad de Vries, *Dictionary of Symbols and Imagery*, 2nd ed. (Amsterdam: North-Holland Publishing Company, 1974), pp. 365–366.

註四四：有關沙僧勸說八戒的話，詳見本書第四章，頁一八五—一八六。

註四五：Hsia, *The Classical Chinese Novel*, p. 149.

註四六：詳見本書第四章，頁一八六。

註四七：參見薩孟武，「西遊記與中國古代政治」，頁一一五。

註四八：陳士斌詮解，「西遊記」，頁九十二。

註四九：『佛祖統紀』，「大正大藏經」，第四十九冊（史傳部㈠），頁一四五中；又見呂祖謙註解，「金剛經」（出版地點不詳，民國六十六年），頁一一九。

註五〇：見 Hsia, *The Classical Chinese Novel*, p. 150.

註五一：方瑜，『論西遊記——一個智慧的喜劇』（下），頁六十七。

註五二：趙聰，「中國四大小說之研究」，頁一九七。

註五三：見傅述先，『「西遊記」中五聖的關係』，頁十四。

註五四：李辰冬，「三國水滸與西遊」，頁一二五。

第四章 沙僧

「西遊記」書中的人物向來以沙僧最不受注目，也向來以沙僧最常遭到偏頗的論斷。一般文學史與小說史囿於篇幅，對於沙僧，大抵提其名而不論其事，而文評家則多將重點放在三藏、悟空與八戒身上。然則，沙僧眞的是在取經的偉業中扮滿了一個毫無重要性的角色嗎？對於這個問題，本文擬分成兩部分來加以探索：第一部分擬從歷史的觀點，就有關西遊故事方面的資料來察測沙僧的身分；其次，由於西遊故事中的人物到百回本始告定型，故第二部分擬就該書本身討論沙僧的地位。

壹、百囘本「西遊記」前的沙僧

「西遊記」是我國神話文學的代表。從「西域記」起到「西遊記」爲止，其間將近一千年當中，取經的故事已由史實逐漸演化成家喻戶曉的民間傳說。有關取經的史實記載，除了「西域記」外，還可見於慧立「慈恩傳」、道宣『唐京師大慈恩寺釋玄奘傳』、冥祥『大唐故三藏玄奘法師傳』以及劉昫「舊唐書」方伎列傳『玄奘本傳』等。自從唐代以降，運用想像力去演述佛旨，以描繪取經故事的口傳、筆錄以及各種類型的文學作品相繼出現。較早的如李亢「獨異志」，已將史實添飾了不少；唐代變文『唐太宗入冥記』、「太平廣記」中『袁天綱』（卷七十六）與『陳義郎』（卷一二二）等的記載，都跟西遊故事有關。歐陽修『于役志』中曾提州壽寧寺及揚經藏院的玄奘取經壁畫；劉克莊『釋老六言』第四首中有「取經煩猴行者」一語（註一），都顯示取經故事已經相當傳誦。而流行於南宋的「大唐三藏取經詩話」則更將西遊故事鋪寫得極富浪漫與神怪的色彩。此外，鍾嗣成「錄鬼簿」上載有吳昌齡「唐三藏西天取經」雜劇；陶宗儀「輟耕錄」金人院本「和尚家門」條下有『唐三藏』的名目；「永樂大典」上有『魏徵夢斬涇河龍』（卷一三九），引書標題作「西遊記」；而韓國人在朝鮮王朝世宗五年所印行的「朴通事諺解」中也保存了一些古本「西遊記」的資料。明初楊景賢則將西遊故事披述成廿四齣本的「西游記」雜劇。

上面略舉的這些作品，不管是存是佚，我們似都可從名目上推測其描述的重點，泰半落在三藏與悟空身上，沙僧若被提及，至多也僅擔任次要的角色而已。儘管如此，我們似乎還可從這些史料和文學作品中，找到沙僧的前身。我們曾在本書「緒論」部分（壹）據引「慈恩傳」上的記載，說：玄奘曾在途經長達八百餘里的沙河時，因失水而幾將殞絕；其後在睡夢中見一大神，身長數丈，手執戟麾，催促他鼓勇前進，才得保全了身命。經過一番演化的過程之後，這長達八百里的沙河終成「西遊記」中「鵝毛飄不起」的流沙河，而高達數丈的大神，則似一變而成「詩話」第八節中的深沙神（註二）。不過，「詩話」中的深沙神不但不再祐護法師，還曾兩度加以呑食；這次法師三度前來，仍見他擺出一副食人妖的惡相。我們且看他跟法師對話以及終於歸順的情形：

深沙云：『項下是和尚兩度被我喫你，袋得枯骨在此。』和尚曰：『你最无知。此回若不改過，教你一門滅絕！』深沙合掌謝恩，伏蒙慈照。深沙當時哮吼，教和尚莫敬。只見紅塵隱隱，白雪紛紛，良久，一時三五道火裂，深沙哀哀，雷聲喊喊，遙望一道金橋，兩邊銀線，盡是深沙神，身長三丈，將兩手托定；師行七人，便從金橋上過過了。

深沙神合掌相送。法師曰：『謝汝心力。我迴東土，奉答前恩。從今去更莫作罪。』兩岸骨肉，合掌頂禮，唱喏連聲。深沙神前來解吟詩曰：「一墜深沙五百春，渾家眷屬受災殃。金橋手托從師過，乞薦幽神化刼身。」

法師詩曰：「兩度曾遭汝喫來，更將枯骨問元才。而今赦汝殘生去，東土專心次第排。」

猴行者詩曰：「謝汝回心意不偏，金橋銀線步平安。回歸東土修功德，薦拔深沙向佛前。」（第八節）

「詩話」中對於深沙神的描述僅見於此；可惜的是，該章缺題缺頁，敍述欠完，情節也不全。不過，從這簡略的敍述中，我們不但看到了沙僧殘破的影子，而且還可以有幾點發現。首先，深沙神係以其甚高的法力拖定金橋，讓取經人通過深沙；其次，取經人共有七個（「師行七人」），深沙神並非班底之一；最後，經過兩世的衝突之後，深沙神終於聽從法師的勸告，不再作惡。

到了「雜劇」，沙僧的面貌就益形淸晰了。該劇中的沙和尙原是玉皇殿前捲簾大將，只因「帶酒思凡」，而被罰在流沙河，「推沙受罪」。他在流沙河爲怪傷人，自稱是個不服天地管轄的水妖，曾經九度吃過唐僧，骷髏還掛在脖項上。他在該劇第三本第十一齣中首次露面時，道：

> 恒河沙上不通船，獨霸篙師八萬年。血人為飲肝人食，不怕神明不怕天。小聖生為水怪，長為河神，不奉玉皇詔旨，不依釋老禪規。怒則風生，愁則雨到，喜則駕霧騰雲，閑則搬沙弄水。人骨若高山，人血如河水，人命若流沙，人魂若餓鬼。

在「雜劇」裏，八戒首次出現於第十二齣「妖猪幻惑」中，而沙和尙則早在第十一齣中被行者降服後，就加入了取經的行列，並在黃風山跟悟空鬪殺了銀額將軍（第十一齣）。此後，他也跟八戒同樣由絢爛歸於平淡，除了在第十二齣與第廿二齣各開過一次口而外，簡直就是擔任了一個沉默無言的角色。

貳、百回本「西遊記」中的沙僧

到了「西遊記」，沙僧的全豹便顯露無遺了。該書不但對於他的出身與形貌有相當淸晰的刻繪，對於他的地位與功能尤特爲發揮。以下且就這幾方面來加以討論。

甲、沙僧的出身與形貌

據沙僧自稱，他本係凡夫，生來神氣壯旺，曾經遊蕩乾坤，浪跡天涯，來去九州四海之間。由於對輪廻的恐懼，遂衣鉢隨身、鍊心守神，經過一番尋師訪道的過程後，終以一片虔誠，逢遇眞人，「養就孩兒，配緣姹女。工滿三千，合和四相。超天界，拜玄穹」，而修成了不壞之身。玉帝便親封他爲捲簾大將，在靈霄殿下侍御鳳輦龍車。他被驅落塵世，並非因「帶酒思凡」，而是因在王母的瑤池蟠桃會上，失手打碎了玻璃盞之故。當時，與會的天神天將見狀，個個魂飛魄喪；玉帝則因而大怒，欲將他斬殺。多虧赤腳大仙保奏，才得全命，免去一死，只是遭打了八百，貶到下界，又得七日一次，忍受飛劍穿脇之苦。由於饑寒難忍，遂在流沙河東岸當起水怪。飽時困臥河中；餓則翻波覓食。他吃人無數，除了吞噬過許多樵夫和漁翁外，還跟「雜劇」中的沙和尚同樣叫九個取經人喪生，九個骷髏也同樣掛在頸項下面（註三）。

有些文評家認爲打碎玻璃盞是「小錯」，卻遭如許重罰，實在「太嚴厲」，太「不公平」（註四），簡直是「刑賞無章」（註五）。但陳士斌謂：沙僧既爲捲簾大將，

> 簾者，所以隔別內外、防閑廉恥；彼能捲之而無嫌忌，蟠桃會所以合歡心也。玻璃盞千年之水化成，西方至寶，所賴以合歡者惟此。彼用意不誠，而失手打碎，各失歡心，褻寶溺職，其罪滋大。（註六）

果眞如此，則沙僧所受的處罰，應是適得其份。也由於他褻寶溺職，痛失天恩，才需歷經百折千磨，迢迢千里，保護唐僧取經，以將功折罪，並求得正果。

沙僧在加入取經的行列之前，曾有過兩次非常突出的表現。一次是在觀音和惠岸奉旨東來，途經流沙河界時，他趁着他們觀看那洋浩漠茫的弱水，驟然從濶浪狂瀾中跳出，狀極兇猛而醜惡：

青不青，黑不黑，晦氣色臉；長不長，短不短，赤脚筋軀。眼光閃爍，好似竈底雙燈；口角丫叉，就如屠家火鉢。獠牙撑劍刃，紅髮亂蓬鬆。一聲叱咤如雷吼，兩脚奔波似滾風。（第八回）

他一上岸，就搶觀音，卻被惠岸擋住，經過一番廝殺後，聽說來者是觀音，便表示情願皈依善果，拜佛求經，並答應「洗心滌慮，再不傷生」。但等到唐僧等來到流沙河畔時，他卻依然跟「詩話」中的深沙神與「雜劇」中的沙和尙同樣以食人妖的姿態出現。但見他

一頭紅燄髮蓬鬆，兩隻圓睛亮似燈。不黑不青藍靛臉，如雷如鼓老龍聲。身披一領鵝黃氅，腰束雙攢露白藤。項下骷髏懸九個，手持寶杖甚崢嶸。（第廿二回）

也是旋風般，逕搶唐僧。

「西遊記」書中對於沙僧外形的刻繪，除了上面這兩段引文外，還說他「莽壯」、「醜陋」、「嘴臉兇頑」、「妖頭怪腦」、「形容獰惡、相貌如精」、「身長二丈、膊濶三停、臉如藍靛、口似血盆、眼光閃灼、牙齒排釘」，又說他像「夜叉」、「竈君」，是「一條黑

漢子」。他雖遭貶降世，但「威氣未泄」，因此當他爾後護持着唐僧時，像屍魔之類的邪物還不敢攏身（第廿七回）。他的武藝與惠岸旗鼓相當，跟八戒也不相上下，但不及悟空多多，受到悟空與八戒的合攻時，便不免三戰三退，隱入波中、潛跡匿影。他的武器是一條重達五千零四十八斤的降妖寶杖：

寶杖原來名譽大，本是月裏梭羅派。吳剛伐下一枝來，魯班製造工夫蓋。裏邊一條金趁心，外邊萬道珠絲玠。名稱寶杖善降妖，永鎮靈霄能伏怪。只因官拜大將軍，玉皇賜我隨身帶。或長或短任吾心，要細要粗憑意態。也曾護駕宴蟠桃，也曾隨朝居上界。值殿曾經衆聖參，捲簾曾見諸仙拜。養成靈性一神兵，不是人間凡器械。自從遭貶下天門，任意縱橫遊海外。不當大膽自稱誇，天下鎗刀難比賽。（第廿二回）

這條寶杖既非凡品，故「撚一撚，豔豔光生，紛紛霞亮」。他跟悟空、八戒曾在玉華縣收徒授藝時，掄起寶杖，騰空演技，頓時漫天「銳氣氤氳，金光縹緲」，但見他「丟一個丹鳳朝陽，餓虎撲食，緊迎慢擋，捷轉忙攛」，在空中大展神通，耀武揚威（第八十八回）。這條寶杖跟悟空的金箍棒、八戒的九齒釘鈀，可說都是其個性的延伸：金箍棒配合悟空的猴性；九齒釘鈀表現了八戒的豬性。然則，降妖杖跟沙僧的個性有什麼關連呢？值得我們注意的是，取經諸聖中，形貌爲人的只有三藏和悟淨；他們被呼爲「僧」，也各持一「杖」。唐僧憑其九環錫杖，就能免遭毒害；不過，這條錫杖在西行途中，並不曾發揮什麼作用。而沙僧的降妖寶杖則除了防身之外，還用以「護法降魔」。無論如何，唐僧和沙僧最不好動，也最不善變化；他們持杖取經的模樣，表現了十足的和尚家風，而沙僧自從由三藏剃去蓬亂的「紅髮」後，更進而擺出了一副苦行僧的姿態，跟從前的沙僧直是判若兩人。關於這點，下文將再詳加敍述。

乙、沙僧的地位與功能

沙僧原本是吃人度日的流沙精，自從蒙觀音勸化後，取了法名沙悟淨。等到他剃頭拜師以後，三藏見他行禮，頗有和尚家風，故又叫他「沙和尚」。「沙」指其居處；流沙是沒有定性的「土」。「和尚」二字分開來說，「和」字有調節、不爭、諧應等義；「尚」字則可解爲掌理、超越。合起來說，「沙和尚」意指發揮「土」掌理和諧，或以和爲尚的功能。「西遊記」第八十三回曾提及佛祖以和爲尚，特賜一座黃金寶塔去化解李天王和哪吒之間的怨仇。唐僧師徒當然都是和尚，卻只有沙僧一人取了「和尚」之名，可見他明明是被委以「和事佬」的任務，去排解取經人之間的糾紛。再者，我們若從五行生尅的觀點來看，就更能明瞭這點。在取經人當中，唐僧配「水」，悟空配「金」配「火」，八戒配「木」，而沙僧配「土」。三藏離京後，在兩界山遇悟空，接着便在高家莊收伏八戒，最後才在流沙河降服沙僧；五行依相尅的順序結合，以「水」爲首，以「土」殿末，其中的含義，除了藉相尅來製造衝突，以活躍情節而外，還欲以「土」來諧適五行間的關係，尤其是攙和「水」「火」的衝突（註七）。換句話說，「土」乃五行之母，「水金木火，無此不能和合，其功莫尚，故又名沙和尚」(註八)。關於「土」的功能，我們且再看看陳士斌的說明：

> 攢簇五行之妙，全在戊己二土。土為五行之中央，主於四季，各十八日，分而布之，運四時而生成萬物；合而主之，統九宮而妙會一元。故金水得土而凝聚，木火得土而調和。戊為陽土，己為陰土；金木水火，各有戊己，位於中宮，則五行攢簇，而還為太極。太極者，強設之名也。土雖五行之一，實五行之極。……沙僧，真土也。……金木水火……不能離土，得此土而正位中宮。……(註九)

陳氏又說：

> 土無定位，而分配四季，寄體中宮。火藉之而不焰，水藉之而不泛，金藉之而長存，木藉之而不凋；故悟真曰：「五行四象全藉土。」(註一〇)

按照五行家的說法，五行生尅也和五臟有關。「西遊記」書中，就常以「肝木」配八戒，以「心火」配悟空，以「腎水」配三藏，以「脾土」配沙僧。此外，沙僧還多次被指爲「刀圭」和「黃婆」(註一一)。刀圭狀若剃刀，上有一圈，如圭璧之形，服食家舉刀取藥時，用以稱度。黃婆卽脾中涎，可以媒合「姹女」與「坎男」，使之交會；「黃，乃土之色，位於坤，因取名焉」(註一二)。總之，不管是「刀圭」或是「黃婆」，都有調和的涵義。

從「西遊記」書中的描述，我們發現沙僧確實經常擔起調和與凝聚的任務。沙僧的調和通常是表現在止爭與順從兩方面。譬如，在該書第卅七回，三藏從夢魘中驚醒，記得鬼王曾留下寶貝爲記，但八戒認爲那是無稽之談；沙僧爲了避免不必要的爭鬧起見，主張生火開門查看。在「號山逢怪」一難裏，他曾勸三藏勿念起緊箍兒咒（第四十回）；這是他調和水火的一個顯例。另一次，唐僧師徒來到盤絲洞附近時，悟空和八戒欲代師尋食，以服弟子之勞；但三藏堅欲親自求施，還是沙僧在旁笑勸師兄「不必違拗」（第七十二回）。還有一次，三藏在鎭海寺被無底洞女怪擄去，悟空怒氣塡膺，就要打殺兩個師弟；結果，沙僧「軟款溫柔」，苦苦哀告，訴說「單絲不線，孤掌難鳴」的道理，才叫悟空回心轉意，三衆也才合力去找尋三藏（第八十一回）。這些事例都顯示沙僧確是時時在負起調和的職責。

其次，爲了調和生尅，使師徒四衆能够同心同德，以完成任務起見，沙僧經常抱着「以和爲尙」的原則去順從別人的意見。比方說，四衆離開盤絲洞後，悟空望見遠處有一觀宇，三藏遂加鞭促馬，來到觀前；這時，八戒主張進去看看，沙僧亦以爲然，認爲「一則進去看看景致，二來也當撒貨頭口。看方便處，安排些齋飯，與師父喫」（第七十三回）。他們來到比丘國時，三藏表示要進城查問消息，沙僧當卽贊同。師徒在滅法國時，悟空主張五更出城，沙僧馬上答道：「師兄處的最當，且依他行」（第八十四回）。在「隱霧山遇魔」一難裏，蒼狼怪謊稱三藏已死；這時，悟空與八戒同仇敵愾，決意爲師報仇，沙僧便答應在原處看守（第八十六回）。他們在鳳仙郡時，悟空想去奏天求雨，沙僧當卽促他快去。最後，四衆在雷音寺取經時，阿難和伽葉欲索取人事，悟空見他們存心刁難，不免叫噪起來，而沙僧則跟八戒耐著性子，勸住悟空（第九十八回）。在取經的過程裏，沙僧這種順從的態度，的確化解了許多不必要的爭執，對於取經人之間的感情，則大有增益。

在凝聚方面，沙僧更發揮了無比的功能。在邁向西天的路途上，取經人都曾興過猶疑或退卻之意。三藏會偶因旅途困頓、妖魔縱橫而不覺駭疑畏阻、懷家念國。有時，在途經深山、觀賞景致之際，會心焦念罣、思念回朝；見明月當空，清光皎潔，也會心懷故里。有時，甚至還會百感交集，思鄉難息。他在鎮海寺裏病了三天，自覺病體沉痾，就想修書，叫悟空送到長安去「啓奏當今別遣人」。悟空則因三藏嘮叨不迭、不信其言，而多次表示不願西行求經；他曾爲打殺六賊一事遭三藏責怪而氣極出走；又曾在「號山逢怪」一難裏發言散夥，在「陡澗換馬」與「難辨獼猴」兩難過後，懇求觀音替他解開緊箍兒；並在「難辨獼猴」與「請佛收魔」諸難中，訴請佛祖退去禁制，放他還俗。老實說，若非受制於緊箍兒，悟空恐怕早就已去當天地不羈的自然人了。取經人當中最常提議散夥的是八戒。他在臨別高家莊時，囑其岳父善待其妻，以備取經不成，回來「還俗」，照舊當高家的女婿。這一「還俗」的念頭，盤據在他的腦海裏，在西行途中反覆萌現。只要偶遇艱險，他便心生退意；只要取經人稍有差池，他便提議散夥。他在「金鑾殿變虎」、「平頂山逢魔」、「難辨獼猴」、「怪分三色」、「僧房臥病」以及「無底洞遭困」諸難的當間或前後，都是這樣，若非倡議「各尋道路」，就是彈起回高家莊看「渾家」的老調。

沙僧的態度就迥然不同了。除了「路阻獅駝」一難中，因聽信八戒之言而欲分行李之外，他在十萬八千里的旅程上，十四個寒暑當中，從來就不曾打過折返流沙河去當水怪的主意，也從來就不曾抱怨過路遙難行，可說是個道地的苦行僧，有十足的龍馬精神，其意志之堅強，遠勝於三藏。他知道取經之事是爲了將功折罪、求取正果，因此不但毫無退悔，還曾三度勸說八戒。一次是在師徒離開火雲洞以後一個多月，三藏思鄉難息，八戒深恐魔障凶高、靈山難達，他就勉勵八戒「且只捱肩磨擔，終須有日成功也」（第四十三回）；另一次是在四衆離開比丘國之後，三藏又與家園之念，八戒亦覺路遠難到，沙僧便勸八戒「只把工夫捱他，終須有個到之之日」（第八十回）；最後一次是當諸聖取得眞經，來到通天河西岸，八戒覺得進退兩難，沙僧又勸他「休報怨」（第九十九回）。每逢災難臨頭時，他絕不像八戒那樣倡言散夥，倒是經常以至誠感動同伴，力勸師兄同心合意解救師父。關於這點，「號山逢怪」一難便是最好的例子。當時，悟空因唐僧被妖怪攝走，氣極而發言散夥，八戒立時表示贊同，但

沙僧聞言，打了一個失驚，渾身麻木道：『師兄，你都說的是那裏的話，我等因為前生有罪，感蒙觀世音菩薩勸化，與我們摩頂受戒，改換法名，皈依佛果，情願保護唐僧上西方拜佛求經，將功折罪。今日到此，一旦俱休，說出這等各尋頭路的話來，可不違了菩薩的善果，壞了自己的德行，惹人恥笑，說我們有始無終也！』（第四十回）

沙僧的誠意終叫悟空與八戒回心轉意，同去搭救三藏。

這種「凝聚」的衝動（註一三），有時會促使沙僧獻計設謀，籌劃應敵之方。「西遊記」書中的某些情節便是因沙僧爲了取經人的安危而製造出來的。譬如，在第四十一回中，悟空大戰紅孩兒，儘管手段和槍法都遠勝，卻輸在煙火厲害；這時，沙僧便建議以「相生相尅」取勝，悟空遂往東洋大海求借龍兵，冀能以水滅火。但凡水滅不了三昧眞火；沙僧又建議悟空

求助於觀音，這才降服了紅孩兒。有時這種衝動又進而表現在直接的參與。沙僧自知神勇不如二位師兄，因此在這西行取經的偉業裏，情願默默地挑擔、牽馬以及護持唐僧，偶爾也還得安排茶飯、整治菜餚。每逢悟空與八戒對敵妖魔時，他就負起保護三藏的任務；必要時，他也會奮不顧身，加入戰鬥。儘管他曾多次被縛（註一四），卻也曾大戰銀角大王，獨鬥黑河妖孽，與八戒合力水戰靈感大王，又跟二位師兄大戰黃眉老佛、無底洞女妖、隱霧山狼怪、豹頭山獅精以及青龍山犀牛怪等，建立了不少汗馬功勞。而「喫水遭毒」一難中，悟空若非他的協助，恐怕還不易取得落胎泉的泉水。

由於這種深摯的關切，沙僧在面臨伙伴落難時，常流露出同情與悲憫。只要取經人遇難，或有所傷損，都會叫他杌惶不安、衷心憂傷。最常讓他關心、也最常得到他安慰的，當然是唐僧。唐僧被鎮元仙捉回五莊觀中，被綁得渾身發疼，沙僧就提醒他說：「師父，還有陪綁的在這裏哩」（第廿五回）。在「金鑾殿變虎」一難裏，悟空智降妖怪後，見三藏被變成猛虎，只顧在旁掘短，沙僧深覺不忍，遂近前跪求，悟空這才解了三藏的虎氣。三藏時常或因大河阻道而哽咽失聲，或因路途難行而惶急驚恐，沙僧便趕緊給予安慰；通天河畔和荆棘嶺前的情形，便是顯例。而像悟空二度被逐那次，三藏覺得饑渴難忍，八戒又不見蹤影，他便急駕雲光去找取。在比丘國時，唐僧聽說昏君欲食小兒心肝，不覺滴淚傷悲，沙僧當即勸他「且莫傷悲」。第五十六回裏，唐僧見悟空提著人頭走來，驚倒在地，是沙僧把他扶起；第七十八回中，唐僧聞說比丘國昏君欲取其心肝煎湯，唬倒在地，也是沙僧將他喚醒。「黑河沉沒」

一難裏，沙僧知道悟空請來觀音降了妖孽，第一個反應就是「救師父去也」；而「請佛收魔」後，打開鐵籠，救出唐僧的，也是沙僧。由於極度關切唐僧的安危，因此像隱霧山的魔難解除後，沙僧一見三藏，就連忙跪在跟前，道：「師父，你受了多少苦啊！」（第八十六回）

沙僧對悟空的關懷也不稍遜。他常常囑咐悟空要「仔細」，對悟空的安危也同樣在意。譬如，在第四十一回裏，悟空被紅孩兒的烟火所敗，暴躁難禁而逕投澗中，誰知被冷水一逼，竟致火氣攻心，暈死在急流中，順水漂下；沙僧見狀，急忙和衣下水，拖他上岸，卻發現悟空渾身冰冷，不禁悲極垂淚。諸如此類的事例，充分表現了兄弟之愛，委實令人感動。我們發現，在取經人當中，以悟空和沙僧之間的關係最好。悟空雖有黠慧的本性，卻從不捉弄沙僧，待他也極爲寬厚。而取經人當中，最叫沙僧佩服的，也正是智勇雙全的悟空。「金鑾殿變虎」一難裏，沙僧聽說悟空回來，頓時喜逐顏開，似覺「醍醐灌頂，甘露滋心」，直如「拾着一方金玉一般」（第卅一回）。在車遲國「大賭輸贏」時，他知道悟空有「一肚子筋節」，足以應付任何挑戰（第四十五回）。他對祭賽國國王說：悟空的神通廣大，「曾大鬧天宮，使一條金箍棒，十萬天兵，無一個對手。只鬧得太上老君害怕，玉皇大帝心驚」（第六十三回）；說得神采飛揚。此外，沙僧在獅駝洞逢魔、鳳仙郡勸善以及地靈縣遇盜等插曲裏，都曾對悟空的法力讚佩不已。由於他這般信服悟空，也就難怪他凡事唯悟空馬首是瞻；同時，也由於他們之間的關係和諧，唐僧才會在「再貶心猿」一難中，叫他到花果山去討回行李。

然而，對於八戒，沙僧的態度就截然相異了。他曾多次嫌八戒「嘴臉」不好，說他「村野」，勸他「斯文」。他知道八戒好色愛財、貪吃懶做，又藏有私房。在「四聖顯化」裏，八戒迷於財色，被黎山老姆懲罰後，又遭悟空搶白一番，正咬牙忍痛之際，沙僧乘機消遣他說：「二哥有這般好處哩，感得四位菩薩來與你做親！」（第廿三回）後來，三藏和八戒「喫水遭毒」正覺難過之時，沙僧又揶揄八戒道：「二哥，莫扭，莫扭！只怕錯了養兒腸，弄做個胎前病」，惹得八戒眼中噙淚，而沙僧卻又笑道：「二哥，既知摧陣疼，不要扭動，只恐擠破漿泡耳」（第五十三回）。在寇員外家中時，八戒挨三藏責罵，說是「夯貨」、「好吃」、「畜生」、「嗔痴」，又被悟空狠狠揍了一頓，結果沙僧不但不曾相勸，還在一旁笑道：「打得好！打得好！只這等不說話，還惹人嫌，且又插嘴！」（第九十六回）不過，沙僧也曾多次與八戒合作，像奮戰黃袍怪、合攻靈感大王等便是顯例。何況，他對於八戒的取笑，也多半無傷大雅：他在揶揄八戒的親事之前，已先將他從樹上解了繩索救下；在消遣八戒陣痛之後，也跟悟空合力去取回落胎泉水。

大抵說來，沙僧並不能說是一個積極而成功的調和者與凝聚者。取經人發生異議時，他經常保持緘默。對於八戒挨打挨罵時如此，碰到唐僧和悟空有了摩擦時，也往往這樣。他除了在「號山逢怪」一難裏勸過三藏不要念動緊箍兒咒外，在「屍魔戲禪」、「鬼王夜謁」以及「狂誅草寇」等插曲裏，都未曾挺身替悟空說項，而讓八戒在一旁攛掇，難怪悟空數責他說：「你這沙尼，師父念緊箍兒咒，可肯替我方便一聲？都弄嘴施展！」（第卅一回）不過，衝突是小說的生命；沒有衝突，就沒有小說。因此，如果沙僧每次都能積極而成功地達成使命的話，則「西遊記」一書的戲劇性勢必大為減低；全書一旦減低了戲劇性的衝突，則亦將減低其蓬勃的生命。我們只要知道文學作品中，擔任調解之職的都屈居為次要角色，就不難明白沙僧所以會表現得不盡如人意了。

進一步說，沙僧也並非一味依順附和、了無個性，有時他也會適度地批判是非、表示意見。除了上文提過他曾主張以水尅火的事而外，他還在寶林寺論月之晦望時，指出弦前弦後與五行相攙的道理；又在第五十八回中，建議三藏念動咒語來辨明眞假行者。此外，他不像八戒那樣喜歡胡言亂語，也不像兩位師兄那麼好開殺戒；在整個西遊的過程中，他只在第五十七回中，殺過假沙僧；在第八十九回中，燒過豹頭山虎口洞；在第九十二回中，跟八戒同焚青龍山玄英洞。唐僧師徒都曾或剪斷二心，或脫去假體：悟空打殺了跟他形貌、武藝相仿的六耳獼猴（第五十八回），唐僧在凌波渡中棄絕了塵軀（第九十八回）；八戒在花果山鈀死了假八戒（第五十八回），而沙僧也在花果山杖斃了假沙僧（第五十七回），使得他原有的「誠」，更趨眞實。在整個取經途中，最常發怒的是悟空，最貪吃躲懶的是八戒，最常肚餓的是三藏；沙僧就沒有這些毛病。他處處表現合作的態度，也時時自謙；比如說，他對祭賽國國王誇稱二位師兄的神通，卻說：「惟弟子無法力。」他不如悟空那麼靈慧，卻也不像唐僧和八戒那麼魯鈍，所以見了五莊觀景致鮮明，知道「必有好人居止」；見波月洞，就知道是個「妖精洞府」；見半空中的兩盞燈光，也知道不是燈籠，而是「妖精的兩隻眼亮」。他頗能通達人情事故，因此勸悟空不必去跟紅孩兒「攀親託熟」。對於事情的考慮也甚為詳密，所以會勸唐僧不要急著過通天河，且「待天晴化凍，辦船而過」，以免「忙中有錯」；而當悟空折回找他當幫手去取落胎泉水時，他便帶了兩條繩索，「恐一時井深要用」。從兩樁事情上看來，我們還可發現他確是個頗講義氣的漢子：一件是在第卅回中，黃袍怪疑心百花羞寄書求援而將她摜倒時，沙僧心想自己既已被縛，索性以命相報，遂對妖怪謊稱她是寃枉的，因而救了她一命；另一件是在第九十回中，唐僧師徒全被九靈元聖活擒，卻只有悟空一人挨打，「沙僧見打多了，甚不過意」，情願替他挨打百下。這等行徑絕非自私自利的八戒所能表現出來。

當然，沙僧也有許多弱點。他在第廿四回中，不但沒有勸止悟空不要偷摘人參果，反倒洩露了貪慾，也想嚐一嚐；在第五十回中，不聽三藏的勸告，因偷穿了納錦背心而遭金兜洞妖魔所逮。他曾有兩次缺乏主見的行動：一次是在「路阻獅駝」時，聽信八戒之言，準備散夥，這在上文已經提過；另一次也是聽信八戒之言，踏出了悟空所劃的棒圈之外，以致有「金兜山遇怪」之難。

結語

從取經故事的演化中，我們可以發現沙僧向來鮮獲撰者的刻意著筆，難怪譯者忽略、論者少提。他在史實上，似有蛛絲馬跡可尋；在文學作品裏，則由絢爛的深沙神，變成了沈默的苦行僧。他在「西遊記」中，相貌相當清晰，地位相當重要，而個性也相當分明（註一五）。

他自從加入取經的行列以後，便默默耕耘，發揮了「土」居中調和生尅、凝聚五行的功能。他的順從是「以和爲尙」的具體表現；他的悲憫絕非童騃式的，而是關切之情的自然流露。就取經的隊伍來說，三藏是指標，悟空是一股前衝力，八戒是一股離心力，而沙僧則爲一股向心力，表現了高度的團隊精神。沒有三藏，就無取經之事；但三藏只是名義上的隊長，悟空才是實質上的領袖，因此沙僧對他們當然就表示了關懷與服膺，但對於慾壑難塡的八戒，則經常給予揶揄和譏諷。從五行生尅的觀點來看，沙僧跟悟空相處甚洽，是因爲他們彼此處於相生之序（「土」生「金」；「火」生「土」）；他經常揶揄八戒，有時也遭八戒怪罪，則又是因他們處於相尅的地位（「木」尅「土」）之故；他雖不曾當面取笑三藏（「土」尅「水」），但有時在揶揄八戒時，也間接這麼做了。

沙僧在取經途中處處表現了合作、順從與隨和的態度，因此能够跟別人相處得頗爲融洽，但別人對他的評價並不相同。唐三藏曾經罵悟空兇惡，罵八戒痴呆，卻不曾罵過沙僧甚麼。悟空曾說沙僧是「好人」；而八戒則在背後譏他「面弱」。文評家對於沙僧的批評也大致可分爲三型：三藏型的對他無所置評；悟空型的說他和順、忠厚；而八戒型的則指他柔懦、沒有個性，最沒有用，是個尸位素餐之輩。

百回本「西遊記」之後，演述取經故事的作品諸如陽至和「西遊記」、朱鼎臣「唐三藏西遊釋厄傳」，以及最近改寫成通俗說唱形式的「說唱西遊記」等，也多少敍及沙僧。其他像董說「西遊補」，旨在借悟空夢境，痛詆時政，對於沙僧當然未嘗著墨；只有「後西遊記」中的沙致和才仍然存留著一點沙僧的背影。

附註

註一：劉克莊，「後村先生大全集」（四部叢刊本），卷四十三，頁九：「釋老六言」中的其他九首還提到惠能（第一首）、金毛獅子（第六首）、青牛、白馬寺（第七首）以及如來（第十首），似皆與取經故事有關。

註二：參見本書第六章第二四〇頁的討論。

註三：沙僧的生平曾在「西遊記」第廿二回及第九十四回中提及。

註四：見 Hsia, *The Classical Chinese Novel*, p.147.

註五：見薩孟武，「西遊記與中國政治」，頁五十五。

註六：見陳士斌，「西遊記」，頁九十一。

註七：木叉奉法去收降沙僧時，詩曰：「二土全功成寂寞，調和水火沒纖塵」；其後，三藏師徒在寶林寺時，沙僧曾指出「水火相攙各有緣，全憑土母配如然」，這些都道出了「土」的功能。

註八：陳士斌，「西遊記」，頁九十一。

註九：同前引書，頁二二九。

註一〇：同前引書，頁三六〇。

註一一：「刀圭」一詞見於「西遊記」，頁二五一、一〇〇三；又本章註九引文中的「二土」，亦即「圭」字的分寫。「黃婆」一詞除見於該書第五十三回回目外，還出現在頁二五六、三四三、四六四、七〇三、七四四。

註一二：蕭廷之，「修真十書金丹大成集」，在「正統道藏」（臺北：藝文書局，民國五十一年），第廿八冊（洞真部），卷十，頁四及卷十三，頁七。

註一三：「土」有「依戀」的特質，這可從「西遊記」書中的兩個例子看出：第十二回中，太宗送三藏離京時，以御指拾一撮塵土彈入酒中，對三藏說：「寧戀本鄉一捻土，莫愛他鄉萬兩金」（頁一四一）；第廿五回中，鎮元仙著人抬行者不動，衆仙道：「這猴子戀土難移，小自小，倒也結實」（頁二九二）。這種「依戀」的特質應是促進凝聚的另一個因素。

註一四：取經人當中被捉次數最多的是唐僧，其次便是沙僧和八戒。沙僧曾被鎮元仙、黃袍怪、銀角大王、獨角兕大王、黃眉老佛、大鵬金翅鵰等仙怪所俘；此外還中過百眼魔君的毒。

註一五：Cf. Arthur Waley, Preface to *Monkey: Folk Novel of China by Wu Ch'êng-ên* (New York: Grove Press Inc., 1943), p. 8.

第五章 龍 馬

「西遊記」一書以「靈根育孕」始，而以「五聖成眞」終。五聖之中，最沈默、最不惹目，卻又不可或缺的是龍馬。在史實裏，馬確曾在唐僧取經的途中露面，也曾有過相當重要的貢獻；不過，其形象與功能要到爾後的西遊故事裏，才漸趨確定。西遊故事中的沙僧因沈默寡言，鮮有特出的表現，以致不受文評家的注意。龍馬的情形更是如此。他在整個取經過程中，除了去時當唐僧的脚力，返時馱運經卷外，其沈默的程度更甚於沙僧，而其表現也大大劣於沙僧。正因如此，一般文評家多以他爲可論可不論的角色：論之無味，不論又覺有憾（註一）。其實，龍馬在西遊故事裏，自有其相當重要的地位，不容加以全然漠視。本章卽擬就整個西遊故事的發展與演變，來考察其形象與功能，期能對他有一番公允的論斷。以下的討論將分兩部分進行。首部分擬探討「西遊記」前的馬和龍馬，其中將包括史實上的、傳說中的以及文學作品裏的；次部分則擬專論「西遊記」中有關龍馬的形象、地位及其譬喻意味。

壹、百回本「西遊記」前的馬與龍馬

「西遊記」中的龍馬，其前身主要可以回溯到慧立「慈恩傳」、「雜劇」兩書。其他像

「詩話」、「銷釋眞空寶卷」（以下簡稱「眞空寶卷」）、「清源妙道顯聖眞君二郎寶卷」（以下簡稱「二郎寶卷」）等，亦略有提及。

甲、「大唐大慈恩寺三藏法師傳」等中的馱馬

據「慈恩傳」上說，玄奘於貞觀三年（西元六二九年）西行到涼州時，曾在當地開講「涅槃」、「攝論」及「般若經」；散會之日，他除了獲贈金錢和銀錢外，還得到「口馬無數」（卷一，頁九）。他行抵瓜州時，乘坐的馬死去；後來經一胡僧的介紹，才獲得一匹瘦老赤馬。「慈恩傳」上說：

……彼胡更與一胡老翁乘一瘦老赤馬，相遂而至。法師心不懌。……胡翁曰：「師必去，可乘我馬；此馬往返伊吾，已有十五度，健而知道」。……（卷一，頁十—十一）

玄奘雖因那匹馬模樣老瘦而頗覺不悅，但他回心一想，記得當初從長安出發前，曾有術人何弘達替他占事時說過，他這趟西行，「去狀似乘一赤老瘦馬，漆鞍橋前有鐵」（卷一，頁十一）；胡翁的馬，正如所言，遂即換馬。玄奘在玉門關外第四烽獲王伯隴送馬麥，隨後行百餘里，迷失路徑，又在下馬飲水時，打破水囊，以致滴水俱無，乾燋得幾乎殞絕，只得臥在沙中默念觀音。這種進退維谷的情況持續到第五個夜半，忽有涼風襲來，冷快冰寒，遂得目明，馬亦能起。他正自稍事睡息，忽夢見一位大神，催促他強行上路。而他一經驚寤，便騎着赤馬前進，

行可十里，馬忽異路，制之不迴。經數里，忽見青草數畝，下馬恣食；去草十步欲迴轉，又到一池水，甘澄鏡徹，下而就飲，身命重全，人馬俱得穌息。（卷一，頁十四—十五）

若非那匹識途「老馬」的帶引，玄奘恐怕早已葬身沙河了。其後，高昌王麴文泰送來「上馬數十疋」；而玄奘前往高昌途中，又「數換良馬」，那匹一度跟他相依為命的瘦老赤馬留使後發，以後就不知所終了。

除了這匹赤馬外，「慈恩傳」也還多處提到馬。玄奘臨別高昌時，國王贈馬三十匹；屈支國國王也送他「手力駝馬」。後來，他度過凌山時，所屬的牛馬殍凍死去多隻；越過雪山時，先是乘馬登嶺，但因山頂疊嶂，危峯參差，登陟艱辛，只好「策杖而前」。那時，他擁有的馱獸中，光是馬就有四匹之多。「西域記」裏亦有不少跟馬有關的記載，像颯秣建國、迦畢試國、波剌斯國、伐剌拏國與達摩悉鐵帝國等，都以產善馬聞名；其中，伐剌拏國的善馬，「其形殊大，諸國希種，鄰境所寶」；而達摩悉鐵帝國的善馬則「形雖小而耐馳涉」（註二）。不過，這些都跟取經的偉舉無關。玄奘返國時，經卷本來是用象馱，而非用馬載。不幸的是，他由朅盤陀國東北行經五日後，遇到羣賊，結果馱象被逐溺死。由於大象溺死，經本沒有馱獸搬運，只得在于闐稍停。離開于闐時，有「駝馬」相送；進入唐土則有太宗所遣的「鞍乘」接引。貞觀十九年（西元六四五年）春正月，玄奘返抵長安時，攜回的舍利、佛像以及五百二十夾六百五十七部經卷，係以二十疋馬載負而至。

「慈恩傳」和「西域記」中對於馬的記載，就是以上這些。「西域記」中不曾提到玄奘騎馬的事，而「慈恩傳」裏提到的也是如此而已。但這並不是說，沒有提到的部分，玄奘就不乘馬或不利用其他馱獸趕路。西域和印度的國家甚多；「西域記」中所載的就有一百三十八個，而玄奘經過的也有一百一十國。這些國與國之間的距離，少則百里，多則將近三千里；想光憑兩脚走完全程五萬餘里的路，恐非易事。因此，我們依常理和「慈恩傳」中所載的來判斷，當然就不該以爲玄奘所騎的馬或其他馱獸，就僅書中所提到的而已。

馬對西行取經的玄奘來說既屬如許重要，則其隨着西遊故事的流傳而流傳，也就不足爲奇了。儘管「舊唐書」『方伎傳』、彥悰『大唐大慈恩寺三藏法師傳序』、冥祥『大唐故三藏玄奘法師行狀』、道宣『唐京師大慈恩寺釋玄奘傳』以及歐陽修『于役志』等典籍對於馬的記載，或全無或簡略（註三），但我們仍可在許多跟西遊故事有關的資料中，找到馬的踪跡。「詩話」中的法師雖係步行西去，但他在女人國時，曾獲女王贈送「白馬一疋」；返國途中，經卷則是「牽馬負載」而行的（註四）。不過，書中對於前後二馬是否相同，並未說明。「詩話」中的白馬跟「慈恩傳」裏的赤馬出入較大，而與福建泉州開元寺西塔（建於南宋嘉熙元年，即西元一二三七年）浮雕上的火龍馬，則似較接近。按浮雕上的形象爲一戴冠的守護神，左持球，右執矛；矛端懸有一個葫蘆，葫蘆的口上生雲，雲上有一馬，其鞍上有一蓮花，顯見於浮雕的右上角；浮雕的左上角有「東海火龍太子」五字（註五）。由此可見，流行於南宋的西遊故事中，已有火龍變馬參加取經的說法了。

乙、「西游記」雜劇等中的白馬

到了「雜劇」，馬的形象就愈趨淸晰了。「雜劇」中的馬，指的當然是龍君化成的白馬。龍君原係南海沙劫駝老龍第三子，只因「行雨差遲」，依「法當斬」，倖經觀音求情，才得化爲白馬，準備給唐僧代步馱經，好待功成罪贖之日，重回南海爲龍。當時，唐僧已離長安半載，正好到一牛站，想買一匹長行馬。而木叉則奉觀音法旨，變成賣馬的客商，要把火龍化成的白馬送給唐僧。火龍在變成白馬前的本相與本事是：

〔鬪蝦蟆〕金甲白袍燦，銀裝寶劍橫，顯惡姹的儀容。冲天入地勢雄，撼嶺拔山威重。離岩出洞霧濛，攪海翻江風送。變大塞破太空，變小藏入山縫。雲氣籠雨氣從，溪源潭洞，江河淮孟，顯耀神通。（第七齣）

變成白馬後，其形象與特色是：

〔牧羊關〕這馬你看一丈長頭至尾，八尺高蹄至鬃。但一嘶凡馬皆空，比豹月烏別樣精神，比忽雷駁爭些徒勇。又不是五色毛斑點，渾則是一片玉玲瓏。影見在白雲底，聲傳在明月中。（第七齣）

木叉介紹他的性子時，道：

〔隔尾〕白日莫摘青絲鞚，黑夜何須水草籠。料糟煎刷不須用。他要行呵緊促，要歇時放鬆。又不比十二天閑耍簇捧。（第七齣）

而他的耐力尤適合於登山越嶺、長力遠行。關於這點，木叉對唐僧說道：

〔牧羊關〕他曾到三足金烏窟，四蹄玉兎宮。他有吃天河水草神通。晉支遁性命也似看承，周姬滿心肝一般敬重。（第七齣）

最後，木叉又將龍君的來歷向唐僧解釋一番，並告以免費相贈的原委。

「雜劇」對於白馬在西行途中的表現，有不少的描述。白馬的職責，主要當然是充做唐僧的脚力。但唐僧有時會把他當做說話的對象。比方說，悟空、八戒和沙僧加入取經團體之前，唐僧和他單人匹馬來到花果山，對他說：「龍君，我和你行經數月，前面一座大山，一箇金甲將軍在彼，我去問他」（第十齣）；後來，他們到了流沙河岸時，悟空先去尋妖，唐僧又對他說：「龍君，我和你也去來」（第十齣）。白馬既爲唐僧談話的對象，則必也在取經路上給唐僧消解了不少寂寞和孤單。有時，像通天大聖去拏豬精，他就跟沙和尚「同師父」在裴家莊上住：一則是作陪，二則也是要隨身保護。由於他隨時都跟唐僧同在，因此唐僧被豬精攝走時，他才得以立卽去向通天大聖報告。有時，他更進而積極參加行動，爲掃除天路歷程上的障礙而努力。他在整個取經途中，曾有兩次這種積極的行動表現。一次是跟通天大聖和沙和尚一齊合力殲滅了黃風山白罝坡三絕洞銀額將軍（第十一齣）；另一次則是唐僧被紅孩兒擒走，他跟通天大聖和沙和尚偕往南海向觀音求救（第十二齣）。及至經卷取到後，通天大聖、豬八戒和沙和尚因「非人類」，不便同返東土，唯獨龍君馱經回去。由此說來，龍君最先加入取經行列，卻最後離開；而他雖非人類，卻又最能爲人類所接受，是則他似較通天大聖等更能親近人類。

除了「慈恩傳」、「雜劇」外，「西遊記」前仍不乏跟白馬或火龍有關的資料。像「眞空寶卷」中有「極樂國，火龍駒，白馬駝經」及「這聲佛，白馬寶，駝定眞經」（註六）等語；「二郎寶卷」中的唐僧徒步登程，在收了悟空和八戒後，才在「兩家山，遇白龍」；整個取經團體要到沙僧加入，才是連人帶馬「五衆僧」（註七）。不過，這些資料所顯示的都屬骨架，而無血肉，因此也就難以讓我們看出白馬或火龍的表現了。

貳、百回本「西遊記」中的龍馬

「西遊記」是取經故事的大結集，書中不但對於唐僧、悟空、八戒和沙僧都有一番刻意的描述，就連龍馬也給予相當生動的處理。而經過這番處理後，龍馬終於獲得了清晰的面貌，並進而關乎全書的架構。下文擬就這兩方面進行探討。

甲、龍馬的形貌和功能

「西遊記」中的龍馬本是西海龍王敖閏的第三子，只因縱火燒了殿上明珠，「我父王表奏天庭，告了忤逆」，以致被玉帝判處死刑，先吊在空中，打了三百，即將遭誅。所幸適逢觀音奉旨東來，而得替他討赦，使他逃過一死。觀音隨即將他送到深澗之中，準備給唐僧當腳力，同赴西天取經，以將功折罪。

唐僧臨別長安時，太宗除了爲他備妥通關文牒、紫金鉢盂和兩名長行從者外，還欽賜白馬一匹，以爲「遠行腳力」。他在雙叉嶺失去了兩名折從，脫難之後，只得獨自牽馬前進。而當時危機四伏，以致人馬皆恐：「那老長，戰兢兢心不寧；這馬兒，力怯怯蹄難進」。隨後接近兩界山時，又見前後左右的虎狼蛇蟲咆哮盤繞。面對這種險況，唐僧已然無暇自顧，而「那馬腰軟蹄彎，卽便跪下，伏倒在地，打又打不起，牽又牽不動」（第十三回），益使他束手無策，進退維谷。可見凡馬畢竟還是凡馬，不能背負重任，難怪觀音會說：「萬水千山，需有龍馬，才能去那靈山佛地」（第十五回）。

這匹馬隨著唐僧越過兩界山、進入神話世界後，所受到的驚恐愈甚。而首先叫他害怕的就是五百年前當過弼馬溫的悟空。悟空曾在天庭看養龍馬，知道「法則」；因此，他一去「扣背馬匹」，那匹凡馬見了，就「腰軟蹄矬，戰兢兢的立站不住」（第十四回）。儘管他是如此不堪重任，但他畢竟還是唐僧由現實世界帶來的唯一連繫；等到他在蛇盤山鷹愁澗橫遭玉龍「連鞍轡一口吞下肚去」以後，唐僧這才終於跟現實世界暫時完全斷絕了關係（註八）。

當時，玉龍趁著唐僧和悟空正在觀看陡澗的當間，驟然推波掀浪，攛出崖山，想偷襲唐僧，所幸悟空眼明手快，不予所乘。玉龍活吞白馬後，依然伏水潛踪。悟空來找他要馬，雙方便發生了一場激烈的賭鬥，但見：

龍舒利爪，猴擧金箍。那個鬚垂白玉線，這個眼幌赤金燈。那個鬚下明珠噴綵霧，這個手中鐵棒舞狂風。那個是迷爺娘的業子，這個是欺天將的妖精。他兩個都因有難遭

磨折，今要成功各顯能。（第十五回）

悟空在花果山稱王爲聖的期間，曾經倚恃神通迫使東海龍「舒身下拜」；「南海龍戰戰兢兢；西海龍悽悽慘慘；北海龍縮首歸降」（第三回）。玉龍雖然驍雄，當然絕非他的敵手。雙方爭戰多時，玉龍但覺力軟筋麻，無法抵擋，遂轉身潛水，藏於澗底，再不出頭。悟空見他潛蹤匿跡，不肯出戰，便使出翻江攪海的神通，而他既無法寧坐安臥，惱怒之餘，只好又出來苦鬥數合。無奈悟空的棒重，叫他遮架不住。最後，他乾脆變成水蛇，鑽入草中，任憑悟空叫罵，只是閉藏不出，反正澗裏的孔竅相通，只要不露出形跡，悟空終究莫奈他何。

悟空正在束手無策之際，喚來土地山神，才知道玉龍的來由，然後由金頭揭諦前往南海請來觀音，玉龍才變成人像，踏著雲頭，到空中對觀音禮拜。悟空、八戒和沙僧加入取經團體時，都接受過「摩頂受戒」的儀式，以爲踏上瑜伽門路的表示；對他們來說，這都是啓蒙儀式，都是希望他們能够因而以新面貌和新姿態成爲取經團體的一員。玉龍一經歸順，觀音也卽刻替他舉行了入門儀式，但其間卻有極大的差異：悟空、八戒和沙僧接受啓蒙儀式後，依舊保有原身；而觀音替玉龍「鋸角退鱗」、摘去項下明珠後，又用楊柳蘸出甘露，拂在身上，吹口仙氣，把他變成一匹白馬：

鬃分銀線，尾軃玉條。說甚麼八駿龍駒，賽過了驌驦款段。千金市骨，萬里追風。登山每與青雲合，嘯月渾如白雪勻。真是蛟龍離海島，人間喜有玉麒麟。（第八十四回）

觀音還吩咐他要「用心了還業障」，以待功成「超越凡龍」，獲得「金身正果」。他以口啣著橫骨，心心領喏。而由於他跟原來的白馬毛片俱同，只是「肥盛了些」，因此唐僧未能一眼看出差異（第十五回）；後來，他馱經歸唐時，太宗也以爲是原先欽賜的白馬（第一百回）。不過，這時的白馬還只是一匹「剗馬」，不便騎乘。而整個儀式也必須等到唐僧抵西番哈泌國界時，由落伽山山神土地奉觀音之命送來全副馬具，才算告一段落。這副馬具除了轡籠和挽手兒外，還有一副珍貴的鞍轡：

> 雕鞍彩晃束銀星，寶凳光飛金線明。襯屜幾層絨苫疊，牽韁三股紫絲繩。轡頭皮劄團花粲，雲扇描金舞獸形。環嚼叩成磨煉鐵，兩垂蘸水結毛纓。（第十五回）

至此，這條狂野的孽龍才正式接受教化，不再逞性衝撞，一變而成溫馴的馱馬。

玉龍雖因變成白馬而成五聖之中唯一受到不公平待遇的，但他並不以爲意。取經團體中，全爲人身的只有人以「僧」爲名的唐僧和沙僧。悟空爲猴，八戒爲豬，都不擁有「人」的形貌；但他們是唐僧的門徒，都以「人」的姿態出現，也都冀望享有「人」的身份和尊嚴。唐僧每逢言及自己的身份，總是說：「貧僧是大唐駕下欽差往西天拜佛求經的和尚」；沙僧自我介紹時說：「老沙原係凡夫」；連豬頭豬腦的八戒也能對別人說：「老豬先世爲人。」他們都或現爲「人」，或有過爲「人」的經驗。因此，對他們來說，擺出「人」的姿態是理所當然的事。但悟空的情況則完全不同。他至多只能說：「父天母地，石裂生我。」不管是五百年前大鬧天宮的時節或是五百年後參加取經的期間，他都非「人」類，而僅是屬於「似人相，不入人名；似蠃蟲，不居國界；似走獸，不伏麒麟管；似飛禽，不受鳳凰轄」

（第三回）的「猴」類。唐僧在觀音院時說熊和猩猩都屬「獸類」，他當然只好承認（第六回），或許正是此故，他爲「人」的興趣和衝動，在取經五聖之中，最爲強烈。八戒曾在「金峴山遇怪」（第五十回）與「取寶救僧」（第六十三回）兩難中說：「我自爲人……」而悟空則不光是如此說說而已。他幾乎是以整個生命去追求「人」的身份和「人」的尊嚴。當初，他爲了追求長生而毅然離家。來到南瞻部洲時，他曾嚇住一個在海邊討活的人，「剝了他衣裳，也學人穿在身上，搖搖擺擺，穿州過府，在市廛中，學人禮，學人話」（第一回）。自此以後，他搖身一變，似已取得「人」的形貌，也似已以「人」自居。從他笑話世人爲名韁利鎖所束縛這點看來，他似乎又進而跟「人」類認同了。他來到斜月三星洞前時，一名仙童開門來問道：「甚麼人在此騷擾？」他順口答稱「是個訪道學仙的弟子」；似乎儼然以「人」自居。他對須菩提祖師自我介紹時，說：「弟子東勝神洲傲來國花果山水簾洞人氏」（第一回）；隨後又學習灑掃、進退、應對的禮節，實已接受了「人」類文明的教養與薰陶。是則他在學得「仙」道之前，就早已知悉「人」道了。

他學得仙道之後，表現爲「人」的衝動愈趨積極而強烈。他時時以「人」自居，開口閉口亦都以「人」自稱。玉帝封他爲弼馬溫，他認爲玉帝「不會用人」；替玉帝養馬，則是「活活的羞殺人」。他想佔有天宮勝境，因爲他認爲靈霄寶座應與「人王」的帝位同樣依循「強者爲尊」的規矩。佛祖罵他是個「初世爲人的畜牲」，他不反駁，因爲佛祖的話意之中，實已承認他是「人」。由於他時時在意爲「人」，因此只要有人居然敢於侵犯他的「人」

性尊嚴，若不叫他暴跳如雷，就會使他萬分難過。唐僧罵他「潑猴」，他因受制於緊箍兒咒，當然只好陪笑；但若有妖魔如此呼他，必定會叫他暴怒，因爲這無疑是罵他不是「人」。另外，在「貶退心猿」（第廿七回）一難裏，悟空因三打白骨精而遭唐僧逐退。他惟恐唐僧「手下無人」，而唐僧則怒極答稱：「只有你是人，那悟能、悟淨，就不是人？」他「一聞得說，他兩個是人，止不住傷情悽慘」。他對當「人」的冀望就是這麼強烈而眞誠。

然則，「人」對他來說，到底有甚麼深重的含義呢？他屢次罵八戒是「孽畜」、「全無人氣」、「十分懈怠，甚不成人」；言下之意，不外是說：八戒是「獸」，他自己是「人」。這未免有抑人揚己之嫌，但其目的則正是要以「人」「獸」二者的強烈對比來造成前者的高和後者的卑。他二度打殺白骨精後，對唐僧說：

> 實不瞞師父說。老孫五百年前，居花果山水簾洞大展英雄之際，收降七十二洞邪魔，手下有四萬七千小怪，頭戴的是紫金冠，身穿的是赭黃袍，腰繫的是藍田帶，足踏的是步雲履，手執的是如意金箍棒：著實也曾為人。自從涅槃罪度，削髮秉正沙門，跟你做了徒弟，把這個「金箍兒」勒在我頭上，若回去，卻也難見故鄉人。師父果若不要我，把那個鬆箍兒咒念一念，退下這個箍子，交付與你，套在別人頭上，我就快活相應了。也是跟你一場。莫不成這些人意兒也沒有了？（第廿七回）

他曾在「請求靈吉」（第廿一回）、「難辨獼猴」（第五十七回）和「請佛收魔」（第七十七回）三難中跟八戒同樣用過「自爲人以來……」或「當年弟子爲人……」一語；又在「蓮花洞高懸」

（第卅四回）一難中見妖魔排香案來跪接他時暗喜道：「造化！輪到我為人了！」由此看來，在他的心目裏，只要是「人」，就有威風，就是神氣；隨著「人」而來的，則是高於獸類的身份和地位。「魚籃現身」（第四十九回）一難後，通天河老黿自願送唐僧師徒過河，唐僧還在遲疑，悟空就說：「凡諸衆生，會說人話，決不打誑語。」只會說人話，就能信實；既得人身，則更不在話下。「人」的可貴由是可見。而關於「人」的可貴這點，我們若再用觀音的話來做佐證，就會更為分明。悟空二度遭貶後，到南海哭訴唐僧「不察皂白」的緣由；但觀音對他說，「草寇雖是不良，到底是個人身，不該打死。比那妖禽怪獸、鬼魅精魔不同。那個打死，是你功績；這人身打死，還是你的不仁」（第五十七回）。然而，要以獸身修得人身並非易事。悟空說：「大抵世間之物，凡有九竅者，皆可以修行成仙」（第十七回）。駝羅莊紅鱗大蟒修行年資尚淺，「陰氣還重」，「還未歸人道」，「還不會說人話」（第七十八回）；而通天河老黿雖已整整修行了一千三百餘年，也只得「延壽身輕，會說人語」（第四十九回）而已，都未臻至「脫本殼」、得「人身」等修道的目的。後來，悟空搧息火焰山的火焰後，也正是看在羅刹女「得了人身」，才交還芭蕉扇，並饒她一命（第六十一回）。

我們若以「性壓抑而要求滿足的潛意識活動」為「豬八戒情結」（complex）的核心與驅力（註九）；則這種畢生追求為「人」的錯綜心態，當可稱為「孫悟空情結」。玉龍並沒有「孫悟空情結」這種心態的作祟。他在前往靈山的途中當唐僧的腳力，返回長安時當經卷的馱獸，都不曾爲非「人」而有過憂傷或煩惱。取經五聖當中，悟空和八戒以獸身人立而行；而龍馬則以獸身四足前進。唐僧純屬凡僧，不會變化；沙僧曾在車遲國變過靈寶道君（第四十四回）；八戒有天罡數三十六般變化之能；而悟空則熟諳地煞七十二般變化。玉龍擁有一般天龍的本事：能够「隱顯莫測」、「飛騰變化」、「翻雲使雨」、「噴雲曖霧，播土揚沙；有巴山捎嶺的手段，有翻江攪海的神通」（第廿三回）。他在「西遊記」書中除了化爲白馬外，還變過水蛇、人像和宮娥。在西遊故事的傳統裏，並不乏以非原身參加取經的事例；像「詩話」中的猴行者變成白衣秀才加入，就是明證。也就是說，玉龍既有變化之能，確很可以變成「人」形參加取經的行列，以享有「人」性尊嚴。但他並不如此。他寧可聽從觀音的安排，由一條叛逆的孽龍變成一匹溫馴的白馬，在十四個寒暑中，跋涉十萬八千里的途程，爲助成取經的偉業而奮鬥。

值得我們注意的一點是，取經雖屬偉業，卻非取經團體中每個成員的興趣所在。取經五聖的前生都犯有罪愆。其罪愆雖異，將功贖罪的心願則同。唐僧因不聽說法、輕慢大教，以致眞靈遭貶，轉生東土。儘管他表面上是志在取經以超亡度苦，並報答皇恩；實則，他是爲了贖罪才冒死西行的。他自出生以至正果，經歷了八十一難，每一難都給他的靈魂帶來震撼；每一震撼都提醒他要專心聽法、敬重大教。悟空犯過欺天誑上的大罪；他的罪乃因傲氣過重、火氣過旺所造成。故此，他得在塵世接受種種挑戰，從失敗與挫折中了悟「爭強使氣總是空」的道理，進而發覺自我、走出自我。八戒的前生曾因酒色亂性而轉世爲豬。爲此，他要在西行途中面對性的挑逗，從戒慾中學習約束自我、找回自我。沙僧曾在蟠桃會上打碎玻璃盞，以致蒙上怠忽職守之罪。爲了重獲天恩起見，他要在遠赴靈山的旅途上，表現負責盡職的精神，以贖去前愆。上文提過，龍馬是因縱火燒珠、違逆父命而遭罰。紅孩兒曾因「野心不定」、桀傲難馴，故須一步一拜，拜到落伽山，才能成正果。龍馬則因忤逆難敎而須馱著唐僧，一步一步的前往靈山；經過如此的磨練和試煉，他那忤逆的個性才能平順，也才能獲得救贖。由此說來，五聖雖是偕往西天，眞正念在取經的至多只有唐僧一人而已。八戒對取經之事最覺沒趣；悟空曾經爲了向九尾狐狸磕頭而感嘆的說：「一卷經能値幾何？」(第卅四回) 沙僧和龍馬則亦都曾表明其藉取經以將功折罪的意圖。

也正是爲了贖罪之故，龍馬在西行途中不但要隨唐僧遇厄，還要忍受不少非「人」的待遇。他知道自己當初蒙觀音解救時，正瀕臨斬首的邊緣。他似乎也知道，在鷹愁澗爲妖，終究只是一條業龍而已，絕對無法得道正果。唐僧來到澗邊時，他竄出崖山，就欲搶吃。如此一來，他遲早會跟黑水河小鼉龍的命運一般(第四十三回)。或許正是因爲他對這番道理甚爲明瞭，因此他從死亡邊緣拾回性命後，雖也「爲非作歹」、傷生造孽，但平時也不過是在饑時才「上岸來撲些烏鵲喫，或是捉些獐鹿食用」(第十五回)而已，主要還是在等候取經人到來。他以天龍變成地馬後，成爲取經團體的一員，但他只是唐僧的脚力，而非唐僧的徒弟。關於這點，我們只要細讀「西遊記」，就能明白。書中只要是提到取經團體，若非說「唐僧四衆」、「四個聖僧」或「唐長老師徒四人」等，就是說「四僧一馬」、「一行連馬口」或「長老四衆連馬五口」，從來就不曾用「唐僧師徒五口」之類的詞語。由於他是以四足行走的畜類，以致時時遭受畜類的待遇。而唐僧師徒中對他態度最惡劣的莫過於八戒。八戒曾在「四聖顯化」（第廿三回）一難前，動過叫他馱行李的念頭，又曾在朱紫國時用脚踢他，根本就不把他視爲「聖」。有時，八戒提議散伙，還主張把他賣了，好分錢分道、各尋頭路；則這分明又是把他當做可以脫手變賣的私有財產了。

然而，龍馬對這些歧視和惡待並不以爲意。他在西行途中默默前進，最耐勞，也最堅強。唐僧曾多次思鄉難息；悟空曾因凡僧難保而不願護法；八戒更是經常抱怨叫苦，時時倡言散伙。師徒當中，要以沙僧最耐苦、最堅忍，也最沉默；關於這點，前章已然敍過。但龍馬在這方面的表現與沙僧相較，實有過之，而絕無不及。他自始至終，不曾有過回鷹愁澗爲妖的打算，也不曾抱怨過路遙難行、魔障凶高。他不跟唐僧師徒人立而行，不跟他們同宿驛館，也不跟他們同享齋飯；而只是默默聽命前進，默默隨衆休息，也默默自食草料，一切行動皆依唐僧師徒的安排，全部念頭都指向求取正果。「說文解字」上說：馬，「武也」（註一〇）；『洪範五行傳』上說：「馬者，兵象」（註一一）；「唐書」『兵志』上也說：「馬者，兵之用也」（註一二）。然而，龍馬並無「武」、「兵象」或「兵之用」的意味。他發揮了健行不息、任重致遠的精神，負載著一位和平特使，要前往西天取經，以返回東土做爲超度寃魂、勸世向善之用。他知道唐僧是個「好人」，但經過多番厄難之後，他應已知道：騎在他背上的正是妖魔垂涎三尺的唐僧，隨時都會大禍臨頭。不過，他同時也知道：這趟西行冒險實爲孤注一擲，是他將功折罪的關鍵。爲了功果，當然也只好毅然面對厄難了。

龍馬雖是默默前進，但這並不是說他對外來的侵擾毫無反應或漠不關心。「西遊記」一書用力刻劃的泰半是悟空跟妖魔賭鬥的經過。可是我們偶而也能見到書中對龍馬的點滴描述。比方說，紅孩兒「風攝聖僧」（第四十回）後，書上寫道：「只見白龍馬，戰兢兢發喊聲嘶」；在「難辨獼猴」（第五十七回）一難中，唐僧被假行者砑暈在地，書上寫道：「白馬撒韁，在路旁長嘶跑跳」；而當木仙庵的木精攝走唐僧去參加「棘林吟咏」（第六十四回）時，書上又寫道：「白馬亦祇自驚吟。三兄弟連馬四口，恍恍忽忽。……」這些都是寥寥數字的描寫；但由這寥寥數字當中，已足以透露了白馬對外力侵擾的反應，而其內心的驚疑、惶恐與失措，可說都已流現無遺。

不過，這些都還只能算是消極的反應而已。龍馬在西行途中確也曾有過兩次積極的表現。一次是發生在取經團體暫止於朱紫國的期間。當時，悟空替國王治病，需要半盞馬尿合藥。龍馬起先不肯相與。因爲他知道：「我若過水撒尿，水中遊魚，食了成龍；過山撒尿，山中草頭得味，變作靈芝，仙僮採去長壽」，所以他「不肯在此塵俗之處輕拋却」。悟空則對他好言解釋說，他們所到之地是「西方國度」，而非塵俗；要給治病的是朱紫國國王，怎能說是「輕拋却」？何況，「衆毛攢裘」，要治癒御疾，正該大家合作；事成大家都有「光輝」，否則恐難善離。龍馬聽了這番話後，這才叫聲「等着」；但見他「往前撲了一撲，往後蹲了一蹲，咬得那滿口牙齒支支的響喨」，才勉強努出了「少半盞」來。由於他能辨利明害，發揮團隊精神，悟空才得順利完成了「拯救疲癃」（第六十九回）之舉。

另一次更爲積極而主動的表現，發生在「貶退心猿」（第廿七回）一難之後。當時，沙僧被黃袍怪所困，唐僧在「金鑾殿變虎」（第卅回），情況對取經團體極爲不利。玉龍聽說唐僧是「虎精」，已遭寶象國衆臣擒住，鎖在朝房裏面，頓覺「心如刀割」，苦惱萬分，惟恐唐僧性命有損，而八戒又不知下落，音信全無。他於是便捱到二更時分，趁著萬籟無聲之際，頓絕韁繩，抖鬆鞍轡，縱身顯化爲龍，想設法營救唐僧，卻巧瞥見妖魔正獨自坐在銀安殿內，一面飲酒，一面大吃人肉。他遂變成一名宮娥，假言把盞唱曲助興，然後騙來寶劍，乘著舞動時，偷隙劈向妖魔，可惜未中；而妖魔則順手舉起一根滿堂紅，架住寶刀，雙方便在雲端發生了一場賭鬥：

那一個是碗子山生成的怪物，這個是西洋海罰下的真龍。一個放毫光，如噴白電；一個生銳氣，如迸紅雲。一個好似白牙老象走人間，一個就如金爪狸貓飛下界。一個是擎天玉柱，一個是架海金梁。銀龍飛舞，黃鬼翻騰。左右寶刀無怠慢，往來不歇滿堂紅。（第卅回）

玉龍雖奮力抗戰，無奈妖魔神通廣大，對敵了八九回合，已是招架不住，遂飛起刀去，結果飛刀被接，他反遭滿堂紅打中後腿，只好急忙按落雲頭，鑽入御水河逃命。他在河底潛藏了三個時辰，等到四下一無聲息，這才咬牙忍痛回到館驛，依舊變成白馬，渾身是水，伏在槽下。到了半夜，他見八戒回來，便口吐人言，告以經過，並咬住八戒的直裰，滴淚相求，要八戒「千萬休生懶惰」，「莫說散火的話」，務必請回悟空解厄，因爲他知道悟空是個「有仁有義的猴王」，不會記念舊惡，只要知道唐僧遇難，必會趕回搭救。由此看來，這場厄難若非龍馬的積極參與、忠衷關懷以及設想解決之策，恐怕還得大費一番周折。

等到功成行滿後，龍馬終因「馱負聖僧來西」與「馱負聖經去東」有功，而加陞爲八部天龍；由揭諦引下靈山後崖，化龍池邊，將他推入池中，但見他

> 打個展身，卽退了毛皮，換了頭角，渾身上長起金鱗，腮頷下生出銀鬚，一身瑞氣，四爪祥雲，飛出化龍池，盤繞在山門裏，擎天華表柱上。(第一百回)

這眞是他畢生最光彩、最寶貴的一刻，而這一刻的來臨則是以他對取經事業的忠誠、關懷和奉獻而換得的。

乙、龍馬的象徵和喻意

從較高的層次來看，龍馬還有其象徵意味。這種意味乃因「猿」與「馬」合用而構成。「猿」「馬」之喻早已見諸玄奘於顯慶二年(西元六五七年)秋九月二十日上給唐高宗請准入少林寺以專心譯經的奏表中：

> 玄奘少來頗得專精教義，唯於四禪九定未暇安心。今願託慮禪門、澄心定水，制情猨之逸躁，摯意馬之奔馳。若不斂迹山中，不可成就。(「慈恩傳」，卷九，頁廿二)

「詩話」中的「猿」指猴行者，「馬」指唐僧在女人國獲贈的白馬；不過，這時的「猿」

「馬」根本無關全書的主題或結構。「雜劇」中以通天大聖爲「猿」，以龍君爲「馬」，而山神則在第十齣「收孫演咒」的『尾』唱道：

着胡孫將心猿緊緊牢拴繫，龍君跟著師父呵，把意馬頻頻急控馳。一個走如風疾，一個脚似雲飛。到西天取經回來，到大唐方是你。

此處已可見「心猿」和「意馬」互相對照應用，也可見二者已有譬喻的意味。同時，由於山神的唱詞出現於「馬」「猿」都已加入取經團體之後，因此又似與全劇的結構有關；可惜的是，劇情不曾依此線索發展下去，以致未使其譬喻的意味更趨明顯(註一三)。

此外，「西遊記」前還有一些跟西遊故事有關的資料裏也合用了「猿」「馬」這兩個意象。「眞空寶卷」上有「心猿意馬」和「意馬緊拴，心猿少顚」(註一四)之語；而「二郎寶卷」中，像「唐僧隨着意馬走，心猿就是孫悟空」(註一五)這類說法，更是將這兩個意象用得直接而明白。問題是，這兩處資料缺乏進一步的發揮，也就無從知道到底「猿」「馬」之喩的全貌了。

到了「西遊記」，「心猿」和「意馬」才眞正溶成全書的架構。我們若對照回目和正文，就可知第七、十四、卅、卅四、卅五、卅六、四十一、四十六、五十一、五十四、五十六、七十五、八十、八十一、八十三、八十五和八十八各回回目上的「心猿」一詞，都顯然是指悟空；而正文中，第三一九、四六八和九四二各頁上的對句，以及第二一七、二一九、三四九、六六一、七〇三、七二四、七四七各頁上的詩賦，其「心猿」一詞亦都指悟空。書中以「意馬」來指稱白馬的，在回目上只見於第十五和卅兩回，正文詩賦上亦僅見於第二一九和三四三兩頁。不過，值得在此一提的是：見於第卅回回目和兩處詩賦上的「意馬」一詞，都係與「心猿」合用。

由於「心猿」「意馬」在「西遊記」裏相當醒目，有些文評家因而早已加以注意了。楊悌撰『洞天玄記前序』一文時，首以譬喻的眼光看西遊故事，就曾說：「孫行者猿精，謂心也」；「白馬者，謂意白，即言其淸靜也」；又說：「人能先以眼力看破世情，繼能鎖心猿、拴意馬，又以智慧而制嗔怒、伏羣魔，即成道」（註一六）。陳元之『刊西遊記序』上說：「猻，猻也，以爲心之神；馬，馬也，以爲意之馳」（註一七）。汪象旭認爲「西遊記」「以心猿意馬畢其全旨」（註一八）。而近人顧實亦以爲該書係「藉譬喻以描寫人間性情之線路，不得避意馬心猿諸種魔障，託諸遊戲文字，而解釋玄妙之教理者」（註一九）。

然而，並非所有的文評家都願得以「猿」指心、以「馬」指意，也並非所有的文評家都認爲「心猿意馬」關乎「西遊記」的結構。譬如，謝肇淛「五雜俎」上以猿爲「心之神」，而以豬爲「意之馳」（註二〇），就是一例。而反對以「心猿意馬」來畢竟該書全旨的，亦多有所聞。劉一明就曾指汪象旭的看法不當，並認爲：

> 學者須要不着心猿意馬、幻身肉囊；當從無形無象處辨別出個眞實妙理來，纔不是枉費功夫。（註二一）

陳士斌對於「心猿意馬」之說，反對得更爲激烈。他說：

> 讀西遊者，錯看提綱，心何足，意未寧，而又解作心猿意馬，放心妄想，鉤取篇內半

句一言，牽合其說，總因未識金丹之道之大也。（註二二）

陳氏又說：

古今奉為指南者，以猿為心，以馬為意。若云馬是意，心者意之體，意者心之用，則齊天大鬧天宮、觔斗雲等，神奇不測，均應係白馬所為，何以專言在猿耶？此可悟白馬之非意矣。白馬者，金象龍馬也。乾為龍為馬，馬乃純乾之物。乾乾不息之義，言修道者，必乾乾不息，有大脚力、大負荷如龍馬者，方能至西方而取經耳。彼凡馬無力，不免為鷹愁澗所阻。若認馬為意，彼獨非馬乎？何以被龍馬所吞，而必須龍馬耶？（註二三）

另外，英人杜德橋考察了「心猿意馬」這一譬喻的淵源及歷史背景後，又從「西遊記」全書結構的觀點出發，表示了反對的意見。他說：

撰者對於這一譬喻的運用並非依據故事本身，而是承襲上述的傳統以及當時道家用來詮釋的種種象徵。

這些譬喻家的心中……把通俗的譬喻勉強加諸現成的小說角色身上。故事中，猿和馬的重要性不相匀稱，只是其中一個扭曲的例子而已。因此，我們若依據這些譬喻而想把「西遊記」當做一部深具意味的譬喻來念，就未免有所誤解。我們不管撰者在講故事時是否想到譬喻，都決不能把「猿馬」之喻視為書中一個緊要而自然表露的因素。對共通猿性的看法，才是連繫孫悟空和「心猿」的線索：二者在「西遊記」書中的遇合，來自不同的路線。（註二四）

以上是歷來文評家對「心猿意馬」之喻所表示的看法。贊成這一譬喻成立或關乎「西遊記」全書之旨的，未曾提出具體的說明，難以叫人信服；而反對者從不同角度出發，甚是振振有詞，實則其「詞」也難叫人信服。不過，誠如上文指出的，書中確有「心猿意馬」的實據。而我們首應注意的是，陳士斌的論點純然是基於「仙家大道」的詮釋(註二五)，而忽略了間雜於「西遊記」書中諸如佛家方面的術語。其實，書中固然不乏像「元神」、「丹頭」、「金公」、「木母」、「黃婆」等道家用語，卻也時時提到「佛即心兮心卽佛」之類的話。何況，我們別忘了：唐僧師徒都是和尚，而非道士；「悟空」、「悟能」、「悟淨」也都是法名，而非道號。是則光從道家的立場來解析全書，未免有失公允，以致成了一偏之論。再說，「心猿」「意馬」之喻雖用於仙學，但俞樾早已指出二者「未始不可傅會梵典」(註二六)；而杜德橋又進而證實它們的確是先見諸佛家典籍(註二七)。佛經上頻頻藉猿性善緣、跳擲、奔趣來喻人心躁擾不息、顛狂輕掉、多變而難制、浮動而恣放。「西遊記」書中的猴子「伸頭縮頸，抓耳撓腮，大聲叫喊」，並且經常「跳樹攀枝，摘葉尋果」(第一回)；悟空在車遲國「大賭輸贏」(第四十五回)時，亦說自己沒有坐性，「你就把我鎖在鐵柱子上，我也要上下爬踏，莫想坐得住」。這些描述雖不必呼應佛經，卻也不必取自仙學。重要的是，這些都符合普遍猴性；用悟空喻「心」的躁動難御，當然也就十分適切了。至於以馬喻「意」，據仙學的說法是取其奔馳驅逐，「長夜立而不臥，以其念念相續，無一刻之停留也」(註二八)。佛教典籍中鮮見「意」「馬」並提之例；不過，『佛說馬有三相經』中已見端倪(註二九)；而「瑜伽師地論」則提到「言慧轡者，縱意根馬於善行地而馳驟故」(註三〇)，語中的「意」和「馬」更爲接近。無論如何，上文已經提過，「猿」「馬」之喻，早就見於「慈恩傳」中。「西遊記」書中，像「仙道未成猿馬散，心神無主五行枯」(第六十五回)之類的話，顯然出自道家的口氣；但「猿」「馬」之喻絕非道家的專利，則亦是不可否認的事實。

再說，「西遊記」書中的「猿」「馬」是意象(image)，也是象徵(symbol)。意象僅指可賴感官察知之物本身，象徵則超越具體之物本身而另有所指。「猿」「馬」的情形正是如此。悟空於逃出八卦爐後，大鬧天宮。這時，詩曰：「猿猴道體配人心，心卽猿猴意思深」；又曰：「馬猿合作心和意，緊縛牢拴莫外尋」(第七回)。此處的「猿」「馬」已由意象擴大成象徵。詩中明明以「馬」喻「意」、以「猿」喻「心」，但陳士斌卻偏偏說「非謂猿猴卽人心」(註三一)。陳士斌不把「猿」「馬」視爲象徵，當然只好說鬧天宮、觔斗雲等「均應係白馬所爲」。但陳氏說過：「心者意之體，意者心之用」；我們若將「猿」「馬」當做象徵看待，則這不正是以「心」御「意」的具體表現？其情況正如同悟空運用如「意」金箍棒那樣，也是以「心」御「意」的絕佳例證。陳氏又提出疑問說：「若認馬爲意，彼(指凡馬)獨非馬乎？」凡馬當然是馬，問題是：凡馬無「大脚力、大負荷」的能耐，見了悟空又是全身軟癱，怎能與悟空並提？因此，要以凡馬爲「意」並不恰當；凡馬的功能只是做爲龍馬的接續與伏筆而已。用劉一明的話來說，這就是所謂的「劈假」「示眞」之法(註三二)。

我們若仔細察看「西遊記」一書的用字遣詞，當可發現「心」和「意」這兩字經常構成對句或成語。書中的「虛」、「無」、「悟」、「空」雖屬屢見的關鍵字，但「心」和一些心部的字則不僅是關鍵字，而且幾乎可在每頁看到。其中固然可見「心」和「膽」（如「心驚膽戰」等）、「力」（如「竭力虔心」等）、「體」（如「一心同體」等）、「言」（如「言和心順」等）、「腹」（如「剖腹剜心」等）之類的字眼合用，但跟「性」（如「見心明性」等）、「志」（如「心虔志誠」等）、「慮」（如「洗心滌慮」等）等字構成的成語則似更重要。「意」字大抵只跟「情」字合成成語（如「情投意合」、「虛情假意」等）。然而，由「心」和「意」合用的卻是非常之多。像「遂心滿意」、「回心轉意」、「意懶心灰」、「虔心敬意」、「意志心誠」、「同心合意」、「心合意合」、「有心有意」、「心歡意美」、「意惡心毒」、「眞心實意」、「着意留心」、「任意隨心」、「誠心誠意」、「心誠意懇」、「心意慚惶」、「清心了意」、「富貴動心，美色留意」、「嫉妒之意，貪戀之心」、「妄想之心，養家之意」、「慈悲之意，方便之心」、「有心赴會，無意傷人」、「借扇之意，豈得如心」、「無心貪美色，得意笑顏回」、「莫生懶惰意，休起怠荒心」、「表表生人意，權爲孝道心」、「全無愛憐之意，常懷嫉妒之心」、「大聖本是良心，沙僧卻有疑意」、「休誤了我誠心，擔擱了我來意」、「無心向善之輩，有意作惡之人」、「他母子們合意，你師徒們同心」、「官封弼馬心何足，名注齊天意未寧」、「堅心磨琢尋龍穴，着意修持上鷲峯」、「身居錦繡心無愛，足步瓊瑤意不迷」、「關心杳窵動鄉心，寒蛩聲朗知人意」、「拜懺喫葷生歹意，看經懷怒壞禪心」、「生前只爲求經意，死後還存念佛心」、「這個是如意金箍棒，那個是隨心鐵桿兵」、「孫大聖有不睦之心，八戒沙僧亦有嫉妒之意」、「那個有意思凡弄本事，這個專心拜佛取經章」、「女流尚且注意齋僧，男子豈不虔心向佛」、「那大聖見性明心歸佛教，這菩薩留情在意訪神僧」、「心行慈善，何須努力看經？意欲損人，空讀如來一藏」、「豬八戒，絮絮叨叨，心中報怨；沙和尚，囊囊突突，意下躊躇」等等都是。

這些詞語絕非都因撰者遣用的習慣而造成。其中或許有偶然、任意或做爲裝飾用的；但大抵說來，多是切合情節需要而做爲描述用的。就拿第四回回目上的「心何足，意未寧」來說，陳氏認爲那是斷章取義、牽強附會；而其實，回目提絜章旨，把該句解成「心猿意馬」，只是配合著正文上的象徵而已。再說，「心不足，意不寧」的結果是「亂蟠桃」、「反天宮」（第五回）；若是心足意寧則又會是如何呢？這點書中無例可舉，但我們可用相近的成語「心合意合」或「同心合意」來加以說明，亦能了然。如果妖怪都像獅駝洞三個魔頭那樣「同心合意」，則唐僧師徒必然遇難逢災（第七十六回）。唐僧師徒間若存有「不睦之心」和「嫉妒之意」，這便是「丹不熟」、「道難成」（第五十六回）的前奏；但他們若是「心合意合」，則可「蕩魔降妖」（第五十回）、「洗寃解怨」（第五十八回）；而他們「心合意合」的極致，就是「猿熟馬馴」、「功成行滿」（第九十七回），亦就說「魔滅盡」、「道歸根」（第九十九回），「五聖成眞」（第一百回）的時候。準此而言，我們只要將「猿」「馬」看成象徵，並把握其喻意，則由書中這麼多以「心」和「意」構成的語句推斷，當不至於認爲「心猿意馬」之說是「錯看提綱」的結果。

然則，「西遊記」裏的「心猿意馬」之喻，果眞如杜德橋所說，是「勉強加諸」角色身上的嗎？書中「猿」「馬」的重要性果眞不成比例，則這又是甚麼緣故呢？這些問題都牽涉到全書的架構；要加以解答，也自須從全書的架構方面去考察。我們首應注意的是，「西遊記」以悟空的生平冠於全書之首；書中第六十九回回目上的「心主」和第四六四頁上的「心君」都指悟空。「荀子」『解蔽篇』上說：「心者形之君，而神明之主也」(註三三)；「白虎通」『五祀』上也說：「心者，藏之尊者」(註三四)。這就是說，「心主」或「心君」都指「心」領袖五臟、百骸與形體。另外，悟空配「火」，而「火」居五行之首。由以上這些事實看來，悟空確爲全書的眞正主角、取經團體的實際領袖。再者，唐僧西行是先「心猿歸正」(第十四回)，而後緊接著「意馬收韁」(第十五回)，這顯然是告訴我們「心猿」和「意馬」有極緊密的關係。上文提過，龍馬不是唐僧的徒弟，也不與唐僧師徒所配的五行有何瓜葛，而是跟行李合而自成一個單位。依此而言，取經團體實際上可分爲以「心猿」爲首的唐僧師徒和以「意馬」爲主的龍馬、行李兩個部分。

這兩部分間的關係用音樂術語來加以解說，當能較爲明瞭。取經的過程有如一首西行進行曲。每個危難都有如一首完整的樂曲，都可依龍馬的行動分成「開端」、「中腰」和「尾部」。「開端」（antante）部分包括餵飽白馬、整頓鞍轡、上馬起行。而前進的速度則依唐僧的情緒而變異：唐僧的心情悠然，則穩坐雕鞍、緩促銀驄；精神振奮，則加鞭催馬、奔馳如風；精神萎靡，則在馬上搖樁打盹；精神疏怠，則馬步荒散。進行曲的節奏便隨著這些變異而或平順、或輕快、或鬆弛、或呆滯。「中腰」部分承續「開端」部分的末尾，起自唐僧聞說前有妖魔或突遭妖魔擒拿，中經悟空等與妖魔的種種賭鬥，而終於魔降妖除、西天大道暫時廓清；這段樂曲的節奏以快板（allegro）進行，顯得驟急、突兀而高昂。到了「尾部」，則拴馬歇擔；樂曲亦隨著由低抑、平緩而終止。這是「西遊記」中一般危難的模式，其間當然難免也會有變格或微差。

整首西行進行曲亦復如此。「開端」部分由唐僧離京起（第十二回），到「出城逢虎」（第十三回）止，節奏平順。「中腰」部分由「出城逢虎」起到「凌雲渡脫胎」（第九十八回）止，其抑揚頓挫，變化不一：若遇有「四聖顯化」（第廿三回）、寶林寺論月（第卅六回）、「棘林吟咏」（第六十四回）等挿曲，則節奏輕緩而悠遊；但若遇到「貶退心猿」（第廿七回）、「金鑾殿變虎」（第廿八回）、「平頂山逢魔」（第卅二回）、「心猿遭害」（第四十一回）、「金皘山遇怪」（第五十回）、「再貶心猿」（第五十六回）等厄難，整首進行曲的節奏便隨著情節的緊張而上揚，全書層遞到「請佛收魔」（第七十七回）而達高潮，節奏亦最高昂、最促急，隨後逐漸下抑，至「通天河落水」（第九十九回）又稍有起伏外，一切終歸於平靜。

不管是個別厄難或是整個取經過程，以「心猿」爲首的唐僧師徒構成了曲調的高音部分，以「意馬」爲主的則爲低音部分。高音部的節奏愈是平順悠緩，低音部的則愈呈明顯而堅毅的反覆；反過來說，高音部的節奏愈是高昂急促，低音部的也愈是隱晦不明，甚或暫時停頓。但這並不是說，低音部就此消失，不再重現。白馬的情形正是如此：悟空與妖魔的賭鬥愈是厲害，白馬便愈是退居背景。等到魔降妖除，取經團體再次團圓，白馬便又在前景出現。若像上文提過的「金鑾殿變虎」之難那種情況，白馬全然佔據了全景，則成低音部揚眉吐氣的局面，只是這種局面在整首西行進行曲當中，可說是絕無僅有的。

依此看來，「西遊記」書中的「心猿意馬」絕非拾「傳統」的牙慧的結果，而是關乎全書的架構問題。它絕非「把通俗的譬喻勉強加諸現成的小說角色身上」，而是由故事本身發展出來；故事中的「猿」「馬」的確「不相匀稱」，但這是故事的架構使然。這樣說來，我們無法不把「西遊記」當做「一部深具意味的譬喻來念」，也無法不把「猿」「馬」之喻視爲「一個緊要而自然表露的因素」。

結語

取經的史實記載和想像文學裏，都述及龍和馬。「慈恩傳」中提到馬，也提到龍；傳中的馬主要是玄奘騎往高昌國的那匹瘦老赤馬，而龍的記載則有數處（註三五）。「西域記」裏對於龍與馬的載述更多（註三六），其中還提到屈支國出產龍馬的傳說（註三七）。「詩話」中的馬僅略加提及，影像十分模糊；但龍則提到兩次：一次是猴行者大戰九龍池，降服九條馗頭鼉龍；另一次是三藏取經返國後，「九龍興霧」，帶著取經人「乘空上仙」而去。「雜劇」中除了龍君外，沒有其他的龍出現，但「西遊記」對於龍的描寫則是多彩多姿。「西域記」上說：「夫龍者，畜也，卑下惡類；然有大威，不可力競，乘雲馭風，蹈虛履水，非人力所制」（註三八）；「西遊記」中固然有黑水河小鼉龍和亂石山碧波潭萬聖龍王之類的妖龍，卻也不乏神龍。像洪江龍王救陳蕚以報恩（第九回）、井龍王保護烏鷄國王屍體（第卅八回）、天宮火部火龍和蕩魔天尊手下五大神龍幫助悟空對抗妖魔（第六十六回），都在書中佔有相當的份量。涇河老龍違天遭斬（第十回）成了西遊取經的一個肇因，而四海龍王則多番協助取經團體。他們曾應悟空之召，欲以水滅紅孩兒的三昧眞火（第四十一回）；東海龍王曾吐津唾成甘霖造無根水，助成「拯救疲癃」（第六十九回）之舉。西海龍王更是多次幫助悟空掃除魔障：他曾派摩昂太子擒回黑水河妖孽（第四十三回）、捉拿青龍山犀精（第九十二回）；又曾在「袪道興僧」（第四十六回）一難中親自化狂風將羊力大仙煉就的冷龍捉回大海，在「請佛收魔」（第七十七回）一難中化成冷風盤旋於鍋底以保護鐵籠中的唐僧、八戒和沙僧。

然而，他們的貢獻並不像龍馬那麼直接有效。「西遊記」中的凡馬是唐王御賜的，龍馬則是觀音安排的。龍馬在西行途中泰半默默面對厄難，默默接受歧視和惡待。他沒有爲「人」的衝動，只是以其耐苦而堅毅的個性去助成取經的偉業，期能將功折罪、求得正果。他不是取經團體的中堅份子，但在取經團體西行與東還渡過通天河時，他至少暫時扮演了形式上的中心角色（第四十九回、第九十九回）。他在西行途中沒有卓越的表現，卻也曾兩度發揮積極而高度的團隊精神。唐僧三徒的法名都有「悟」字；而「空」、「能」和「淨」字異義同。他們的法名正宣露了全書的主題（註三九）。白馬沒有法名，也不與「悟」字有任何瓜葛，則這是否說他沒有領悟塵世的虛無空幻呢？他接受過啓蒙儀式，又在取經路上連遭多番的厄難和震撼，表面上雖無法看出是否由各種事件中獲致啓迪；但他在馱經返回東土的途中，也能「會意」（第九十九回），功成之後，還因受封爲八部天龍而回復龍形，則這多少亦而顯示了西行取經對他所造成的影響。

從西遊故事中，我們可以約略看出龍馬演化的痕跡。「慈恩傳」中有一匹瘦老赤馬；「詩話」中則見一匹身份模糊的白馬。泉州開元寺西塔浮雕上的馬是東海火龍太子所化；「雜劇」中的龍君係南海沙劫駝老龍的第三子，「眞空寶卷」中的馬是白龍；而「西遊記」裏的龍馬則是西海龍王敖閏的第三子。開元寺裏的馬本是「火」龍；龍君曾「誤發燒空火」而受罰；玉龍則因「火」燒殿上明珠而獲罪。依此看來，龍馬由「慈恩傳」到「西遊記」這當間的演化，實以「白」和「赤」爲其特色，而這亦就是其演化的痕跡。

文評家往往因「西遊記」中的龍馬缺乏特出的表現而不知如何置評。表面上，他在取經途中以溫馴耐苦去遠行負重；但從較高的層次來看，他跟悟空合成「心猿意馬」之喻而關乎全書的架構。用音樂術語來說，「心猿」是高音部分，「意馬」是低音部分；二者的搭配，才奏出了西行進行曲的樂章。

「西遊記」中的龍馬終於爲馬塑造了一個典範，那就是自強不息、堅忍不拔而又能腳踏實地的龍馬精神。他的形象還見諸陽至和「西遊記」、朱鼎臣「唐三藏西遊傳」等書中。他的前身可以溯及「法師傳」中的瘦老赤馬，他的背影則見諸「後西遊記」裏的龍馬。而八部天龍在「目蓮救母變文」中亦有一番撼天動地的表現。

附註

註一：據筆者所知，對龍馬有所論評者，僅見於① Dudbridge, "Some Allegorical Devices," *The Hsi-yu chi*, pp.167-176；②傅述先，『「西遊記」中五聖的關係』，頁十七；③吳璧雍『西遊記研究』，頁八三九—八四〇。

註二：見「大唐西域記」，卷一，頁九、十五；卷十一，頁十七、十九；卷十二，頁五。又見卷一，頁四、八；卷二、頁六、八；卷三，頁十一、十六；卷四，頁十三；卷五，頁三；卷六，頁七、十；卷七，頁十四；卷八，頁五；卷十一，頁三、四、五；卷十二，頁八、十二、十四、十五、十七。

註三：這些典籍當中，除冥祥『大唐故三藏玄奘法師行狀』為「慈恩傳」的摘要不計外，彥悰『大唐大慈恩寺三藏法師傳序』上有「載馳千里」（「慈恩傳」，頁二）一語，道宣『唐京師大慈恩寺釋玄奘傳』與『唐京師大慈恩寺釋玄奘傳之餘』上則提及高昌王「給從騎六十人」；「鞍乘」、「馳馬」、「二十乘許」；諸國異物「以馬馱之」（「高僧傳」，二集四卷，頁九十；二集五卷，頁一一八、一一九）等語。其餘的對於馬皆隻字未提。

註四：「大唐三藏取經詩話」，頁廿三、卅二。

註五：見G. Ecke and P. Demiéville, *The Twin Pagodas of Zayton*, Harvard-Yinching Institute Monograph Series, 11 (Cambridge, Mass.: Harvard University, 1935), pp. 35-36；又參見 Dudbridge, *The Hsi-yu chi*, pp. 49-50.

註六：引自胡適，『跋銷釋真空寶卷』，頁十五（第四十六句）；頁廿三（第一八六句）。

註七：『清源妙道顯聖真君二郎寶卷』，同前引書，頁七—八。

註八：參見Athony C. Yü, Introduction to *The Journey to the West*, p.43.

註九：見趙滋蕃，『笑談豬八戒』，頁一三四八—一三五二。

註一〇：許慎，「說文解字」（四部叢刊初編經部），第十上，頁一。

註一一：引見長孫無忌，「隋書」（臺北：藝文印書館據清乾隆武英殿刊本景印，民國四十四年），卷廿三（『五行志』），頁廿五；按：今本「尚書大傳」卷三『洪範五行傳』（四部叢刊初編經部）裏不見此文。

註一二：歐陽修，『兵志』，「唐書」（臺北：藝文印書館據清乾隆武英殿刊本景印，民國四十四年），卷五十（志第四十），頁十五。

註一三：參見 Dudbridge, *The Hsi-yu chi*, p. 172.

註一四：引見胡適，『跋銷釋真空寶卷』，頁四十五。

註一五：同前引書，頁八。

註一六：楊悌，『洞天玄記前序』，頁三三五六—三三五七。

註一七：陳元之，『刊西遊記序』，頁二。

註一八：汪象旭語，引見劉一明，『西遊原旨序』，頁三。

註一九：顧實，「中國文學史大綱」（上海：商務印書館，民國十五年），頁二八六。

註二〇：謝肇淛，「五雜俎」，卷十五，頁卅六。

註二一：劉一明，『西遊原旨讀法』，卷上，頁二。

註二二：陳士斌，「西遊記」（商務本），頁四十三。

註二三：同前引書，頁九十二。

註二四：Dudbridge, *The Hsi-yu chi*, pp. 175–176. 原文為：

The novelist inherited both this and the symbols of Taoist derivation from an existing body of interpretations, not from the story itself.

In the minds of these allegorists the association… forcibly overlays a common figure of speech upon ready-made fictional characters. The disproportion in importance between monkey anh horse in the story is only one example of the strains involved. We shall therefore almost certainly be misled if, on the basis of these metaphor, we try to read the novel *Hsi-yu chi* as a significant allegory. Whatever may be concluded about allegorical elements more truly inherent in this anthor's telling of the story, the Monkey-Horse metaphor cannot be seen as an urgent or spontaneous force in his work. A similar conception of the monkey's nature is all that relates the traditional Sun Wu-k'unng to the Monkey of the Mind: it is by independent routes that they come to meet in the novel *Hsi-yu chi*.

註二五：見陳士斌，「西遊記」，頁一〇一五。

註二六：俞樾，『九九消夏錄』，在孔另境編，「中國小說史料」，頁五十二。

註二七：參見 Dudbridge, *The Hsi-yu chi*, p. 16；又參見陳敦甫，「西遊記釋義」，頁卅三。

註二八：戴源長編，「仙學辭典」（臺北：出版書局不詳，民國五十一年），頁一五九。

註二九：『佛說馬有三相經』，「大正大藏經」，第二册（阿含部下），頁五〇六下—五〇七上。

註三〇：「瑜伽師地論」，「大正大藏經」，第卅册（瑜伽部上），頁七六一中。

註三一：陳士斌，「西遊記」（商務本），頁七十八。

註三二：見劉一明，『西遊原旨序』，頁七。

註三三：『解蔽篇』，「荀子」（四部叢刊初編子部），卷十五，頁九。

註三四：班固纂集，『五祀』，「白虎通德論」（四部叢刊初編子部），卷二，頁二。

註三五：見「慈恩傳」，卷二，頁十三、十五、十六、十七、十九；卷三，頁六、八。

註三六：「西域記」中有關馬的記載已如文中所述；有關龍的記載，可見該書卷一，頁三、七、十七—十九；卷二，頁十；卷三，頁一、二、四、五、七、十、十一、十五；卷四，頁十四、十五；卷五，頁十三；卷六，頁十一十一、十七；卷七，頁三；卷八，頁九、十三、十九—廿二；卷九，頁十三；卷十二，頁七、十七、十八。

註三七：同前引書，卷二，頁五。

註三八：「西域記」，卷一，頁十八。

註三九：參見拙著『西遊記的結構與主題』，頁十三—十五。

第六章 觀音

「西遊記」中的人物以取經五聖爲主，而以其他神佛仙妖與凡人爲輔。光就「西遊記人物辭典」（註一）上所列的來說，這些居於輔位的角色就有三百廿四條之多。若將南北二神、四大天王、四大金剛、四值功曹、五岳四瀆、五方揭諦、六丁六甲、九曜惡星、瀛州九老、十二元辰、二十八宿、盤絲洞七佳人、勁節十八公以及玉華縣三王子分開計算，其數高達四百卅四條。再加上許多無名的天兵天將、山神土地、蝦蟹魚鼈、妖魔小醜與凡夫俗子，則總數當以百萬計。然而，這些角色在全書四十四個故事（參見附錄三）中出現兩次或兩次以上的，凡人裏僅有唐太宗；仙佛神妖方面除了擔任護法的天神外，只有佛祖、觀音、玉帝、哪吒、惠岸、李老君、李天王、太白星、二郎神、紅孩兒（後爲善財童子）、黑熊精（後爲落伽山守山大神）、牛魔王、金頂大仙、靈吉菩薩、文殊菩薩、普賢菩薩、黎山老姆、四海龍王、南極壽星、火燄山土地（原係兜率宮司火道人）。通天河老黿等寥寥幾個而已。就取經一事來說，佛祖是主謀，玉帝、李老君和太白星是贊助者；他們在「西遊記」書中都扮演了相當重要的角色。但跟取經五聖接觸最多、最表關切的，還得推擔任實際策動一切的觀音。

儘管觀音的地位如許重要，但歷來的學者泰半將其研究的焦點對準西遊五聖中的唐僧、悟空和八戒三人，而觀音則鮮獲應有的注意，故實有詳加探討的必要。觀音的出身見於釋典；欲瞭解「西遊記」中的觀音，遂不免要先就釋典察考一番。觀音本爲男身，但傳到中土後卻變爲女身；由於其變性的過程牽涉甚多，說法紛歧（註二），且非本文重點，故不擬妄測。不過，「香山寶卷」（註三）頗能融通釋典諸說，將採爲着眼的對象。準此，本文擬先從釋典及寶卷入手來對觀音略作一番身家調查的工夫，然後就五部與西遊故事直接有關的作品進行探討，期能剖明觀音與西遊故事之間的關係。其中，「西域記」和「慈恩傳」本應歸於釋典，但因係屬西遊故事的史料，故不擬併在首部討論。「詩話」和「雜劇」爲「西遊記」前與西遊故事直接有關的文學作品，擬並列討論；而由於「西遊記」是西遊故事的總結集，故擬最後討論，做爲本文的重點。

壹、釋典與寶卷中的觀音

觀音的全名阿嚩盧枳低濕伐羅（Avalokitesvara），通常意譯爲觀自在或觀世音；觀音爲其略稱（註四）。他是西方三聖之一，又是法華四大菩薩中的一位，於釋典中屢見，在佛門中的地位十分重要，其出身固然難免會多少蒙有神秘的色彩，照說也該跟釋迦牟尼同樣可稽才對。問題是：印度佛國以時間爲假法，不重史書，以致釋典對他的記敍，多有分歧。據『悲華經』上說，觀音的前生是刪提嵐轉輪聖王無諍念的太子，名叫不眴。當時，寶藏佛出現於世，轉輪聖王聽從大臣寶海的勸告，遂携不眴與衆子從佛出家修道。其後，轉輪聖王在安樂世界成佛，號無量壽。不眴則在修道期間對寶藏佛發大誓願，說：

> 我之所有一切善根盡回向無上菩提，願我行菩薩道時，若有衆生受諸苦惱、恐怖等事，退失正法，墮大闇處，憂愁孤窮，無有救護；若能念我、稱我名字，我天耳所聞，天眼所見，是衆生等。若不得免斯苦惱者，我終不成正覺。（註五）

寶藏佛遂替他取名爲「觀世音」，號「一切光明功德山王如來」。又據『觀世音大勢至菩薩授記經』上說，觀音是過去無數刼在極樂世界中由蓮花化生的童子，名叫寶意；他也曾對佛發下弘願，「不求聲聞緣覺，惟修無上菩提，於萬億劫廣度衆生，誓取清淨莊嚴世界」；後來，他在七寶菩提樹下成等正覺，號普光功德山王如來（註六）。此外，像『大悲陀羅尼經』上說，觀音在修道期間，千光王靜住如來曾以『大悲陀羅尼經』相授，他就發願說：「若我當來堪利益安樂一切衆生者，令我卽時身千手千眼具足。」他的誓願才一發畢，果然身生千手千眼；因此，他「亦名撚索，亦名千光眼」，佛號「正法明如來」（註七）。而『楞嚴經』上則說，觀音因佛的敎導，「從聞思修入三摩地」而得「與佛如來同一慈力」，「同一悲仰」；如來因他「善得圓通法門」，遂替他授記爲觀世音（註八）。

以上關於觀音的來歷容或有異，但其爲男身則無可置疑。自從佛敎於西漢年間東傳後，觀音亦隨着來到中土，然後展轉流佈，經過一段相當漫長的過渡時期，才由男變女。明胡應麟「少室山房筆叢」上說：

> 余考「法苑珠林」、「宣驗」、「冥祥」等記，觀世音顯迹六朝至衆，其相或菩薩，

或沙門，或道流，絕無一作婦人者；……唐世亦然，蓋誤起於宋無疑。（註九）

胡氏認爲這種「誤」實因元僧「譾陋無識」而造成；唐以前的塑像都不作婦人形態。他又說：

考宣和畫譜，唐宋名手寫觀音像極多；俱不云婦人服。李薦、董逌畫跋所載諸觀音像亦然，則婦人之像當自近代始。（註一〇）

其實，北齊武成皇帝在臥病期間所夢見的已是「亭亭而立」的「美婦人」了（註一一）；足見觀音早在唐世以前就有了女身。不過，觀音的前生爲妙善公主一說，要遲到北宋才經確定。儘管妙善公主的傳說自宋以來多有出入，但大抵說來，其事迹可以簡結如下：

昔有一國王，號曰妙莊王。三女：長，妙音；次，妙緣；又次，妙善。善卽菩薩也。王令其贅，不從。逐之後花園；居之白雀寺。尼僧苦以搬茶運水；鬼使代之。王怒，命焚寺；寺僧俱燬於燄，而菩薩無恙如初。命斬之，刀三折；命縊以白練帶，忽黑霧遮天，一白虎背之而去屍多林。青衣童子侍立，遂歷地府，過奈何橋，救諸苦難。還魂，再至屍多林。太白星君化一老人，指與香山修行。後莊王病惡，剜目斷臂救王。王往禮之。爾時道成，空中現千手千眼靈感觀世音菩薩奇妙之相，永爲香山顯迹云。

（註一二）

收在「卍續藏經」裏的「從容錄」（註一三）和「編年通論」（註一四）都曾敍及妙善公主的事迹，但把部分釋典的說法融貫一氣的則當推「香山寶卷」（原題「觀世音菩薩本行經」）。佛祖曾在該書結尾處對四衆講述觀音的出身時，說：

本山（指興林國惠州澄心縣香山）仙者，乃古佛正法明如來，於諸佛中慈悲第一，愍諸羣品，出現凡世，假入輪迴，化令同事，能捨一身，救接百萬，迷人歸於淨土，捨雙眼得千眼報，捨雙手得千手報。號曰千手千眼大慈大悲救苦救難無上士。天人師佛世尊，卽觀世音菩薩。汝等欲超三界，遵依奉行。（註一五）

觀音自己也在對諸賢談起往昔時，說：

吾於宿世，實（應作「寶」）藏佛時在無量淨王宮內曾作第一太子，出家行道。至今身心不倦，頭頭救拔，隨願化身。……天上人間，慈悲第一：愛惜諸羣生，如護眼睛珠；衆等入輪迴，如箭射入心腑。因此，一念出現於人間，降生南贍部洲，隱身東大海，山名普怛囉。時人不知踪，罕有識面者，以此現相，分身遍十方。往至興林國，托生妙莊宮。（註一六）

「香山寶卷」相傳是宋普明禪師所作，裏面提到禪師本人於崇寧三年（西元一一〇四年）八月十五日在武林上天竺國因一老僧告以觀世音菩薩行狀而編成該書。儘管寶卷約到元代才有（註一七）；但無論如何，觀音出身的種種說法透過這種演說佛書的作品而終趨調合。

觀音的住處也跟其性別同樣經過相當的變動。據『華嚴經』上說：南天竺海濱之南補怛洛迦山（Potalaka）（註一八），

其西南巖谷之中，泉流縈映，樹林蓊鬱，香草柔軟，右旋布地，觀自在菩薩於金剛寶石上結加趺坐，無量菩薩皆坐寶石，恭敬圍繞，而為宣說大慈悲法，令其攝受一切衆

生。(註一九)

釋教典籍裏提到的，亦都以此山爲觀音的住處(註二〇)。但妙善公主修道成佛的香山，卻是另一處天地。儘管香山到底確在何處說法不一(註二一)，卻絕對是個山景殊勝的仙山福地。我們且以「香山寶卷」上的描述爲例說明：

白雲鬧處名仙地，百花林內淨無塵。澗松千載鶴來宿，月中香桂鳳凰栖。那方萬姓能更善，並無半個不良人。金寶在地無人拾，太平晝夜不關門。無寒無暑常如此，有花有果永長春。八洞神仙為商賈，終朝音樂應天鳴。東近琉璃光師國，南連孔雀佛明宮；西通長安極樂國，北達娑婆佛國城。上至毘盧無憂國，下至香水海龍宮。中間華藏真淨界，旃檀紫竹翠羅城。左邊回龍山一座，淨瓶綠柳四時春；右邊伏虎懸崖石，頻伽鸚鵡探花迎。紅蓮白蓮開巖下，龍王龍女獻珠珍。前是獅象山拱奉，後坐擎天太隱峯。內有圓通磐石石，香積巖上恁安身。五彩祥雲常擁護，三光明朗永長春。碧天雲散家家月，天地春回處處花。(註二二)

然而，這個洞天福地到了唐代以後，又有了變遷。據元僧盛熙明的說法，補陀洛迦山是因「唐朝梵僧來覩神變」才傳名於世的。該山「盤礴於東越之境，窅芒乎巨浸之中」，「東控日本，北接登萊，南亘甌閩，西通吳會」(註二三)；這就是今浙江定海縣舟山羣島中的普陀山(卽梅岑山)：

周圍僅百里許，環繞大海，憑高望昌國諸山，隱隱如青螺。東極微茫無際。日月出沒，上下若鑑。微風時來，雷轟雪涌，奇極孤迥，非復塵世也。山茶樹高數丈，丹葩

滿枝，猶珊瑚林。水仙紫蒜，芳菲滿地；金沙玉礫，的落璀璨。（註二四）

該山的名勝甚多；其中，紫竹旃檀林潮音洞就是觀音示現之所。

觀音既經變性，則其法相當然亦有過一番轉變。上文提過，觀音曾在發願利益衆生時，身生千手千眼。他在『大佛頂首楞嚴經』中亦自稱能現衆多妙容：

其中或現一首、三首、五首、七首、九首、十一首，如是乃至一百八首、千首、萬首、八萬四千爍迦羅首。二臂、四臂、六臂、八臂、十臂、十二臂、十四、十六、十八、二十至二十四，如是乃至一百八目、千目、萬目、八萬四千清淨寶目；或慈或威，或定或慧。（註二五）

『佛說觀無量壽佛經』上也對他的形象有所描繪：

觀世音菩薩……身長八十萬億那由他由旬，身紫金色，頂有肉髻，……毗楞伽摩尼寶以為天冠；……面如閻浮檀金色，眉間毫相備七寶色；……臂如紅蓮華色，有八十億微妙光明以為纓珞。……手掌作五百億雜蓮華色，（用以）接引衆生。舉足時，足下有千輻輪相；……下足時，有金剛摩尼華布散一切，莫不彌滿。其餘身相，衆好具足。（註二六）

另外，『請觀世音菩薩消伏毒害咒經』上說，觀音手持的楊柳乃是毗舍離國惡病橫行期間，其民往求菩薩時授以救護衆生的（註二七）。

由於修得無上道而根本圓通，觀音不只首、臂、目多變，還能以種種形象遊諸娑婆世界。據『法華經』和『楞嚴經』上所載，觀音曾以佛身、獨覺、聲聞、梵王、帝釋、自在天、大自在天、天大將軍、四天王、天王太子、人王、長者、宰官、居士、婆羅門、比丘、比丘尼、優婆塞、優婆夷、女主、國夫人、命婦大家、童男、童女、天龍、葯叉、乾闥婆、阿修羅、緊那羅、摩呼羅伽以及人非人等三十二應示現(註二八)。而其實，觀音的法力廣大，可依衆生「方便智慧」，或以布施，或以利行而化身億萬、隨類顯應。

上文提過，觀音曾發下宏願，欲在修成正覺後，廣度衆生。這正是佛門所謂的慈悲。「慈」指「愛憐」；「悲」卽「惻愴」(註二九)。「大智度論」上說：「大慈與一切衆生樂，大悲拔一切衆生苦」(註三〇)。觀音以其慈悲爲基點，憑着巍巍的「大威神力」，發揚十四種無畏功德，觀世言音、尋聲救苦；只要衆生一心頌其名號，皆平等濟度：火燒水漂、身繫枷鎖、臨當刑戮或齎寶歷險等固可解脫，飄墮羅刹鬼國或遭受夜叉騷擾以致怖畏侵心的，亦可除癒；甚至不但有求必應，「求妻得妻，求子得子，求三昧得三昧，求長壽得長壽」(註三一)，還可以遠離生、老、病、死、貪、瞋、癡與輪廻之苦，「往生極樂世界」(註三二)。總之，觀音可施無畏力，使衆生淨除業障，獲致無量利益與安樂；稱頌觀音，必然「福不唐捐」，「多所饒意」(註三三)。

俗文學中像「香山寶卷」之類的作品對佛書的演述雖多有出入，但觀音成道時，其法相亦是：

體挂纓珞，頭頂珠冠，手提淨瓶綠柳，足踏千葉金蓮，放大玉毫，遍周沙界，舒金色

相；照耀乾坤，凜凜慈容，巍巍相好。（註三四）

也得千眼千手，有百億化身，具三十二相，

> 或現百寶珠冠體挂纓珞二九之容顏，或現白衣自在四八之妙相；或現大身，或現小身，或現全身，或現半身，或現紫金相，或現白玉容顏，或現頻伽淨瓶，或現紫竹綠柳，或現善財長者，或現韋天龍女，或現滿海蓮花，或現遍山毫光。百億分身，飛行自在。再有多種現相，未能盡宣其數。（註三五）

她能聞千處禱告，能知百億世界。她以肉身菩薩降現塵世，正是要以其大慈大悲宏佈圓通、普濟羣生，以同登覺岸。

貳、西遊故事中的觀音

西遊故事中的觀音首見於「西域記」與「慈恩傳」，而「西遊記」以前的文學作品中與西遊故事直接有關的，則只有「詩話」與「雜劇」這兩部而已。以下將就「西域記」與「慈恩傳」、「詩話」與「雜劇」以及「西遊記」三部分來加以探討。

甲、「大唐西域記」與「大唐大慈恩寺三藏法師傳」中的觀音

「西域記」中有多處跟觀音有關的記載。像迦畢試、烏仗那、覩貨邏、恭建那補羅以及奔那伐彈那等五國中的觀音（阿縛盧枳低濕伐羅）：菩薩像，「威靈潛被、神迹照明」，人或絕粒祈

請，或誓死爲期，菩薩感其精誠勤懇，輒現「妙色身」相慰(註三六)。羯若鞠闍國戒日王襲位之前，曾往殑伽河(卽恒河)岸精勤請辭，菩薩告以若能「慈悲爲志，傷憫居懷」，則日後當王五印度(註三七)。摩揭陀國內有觀音像的總共六處。其中，鞮羅釋迦伽藍中的菩薩像以鍮石鑄成，「威神肅然，冥鑒遠矣」；鉢羅笈菩提山菩提樹垣有兩軀當做標界的菩薩像；樹垣東面精舍中的觀音像以白銀鑄成，高十餘尺。樹垣西北的鬱金香塔爲漕矩吒國商主所建；按該商主曾於汎舟遇險時，與諸侶至誠稱念菩薩名號，「俄見沙門威儀，庠序杖錫凌虛而來拯溺，不踰時而至本國」，故建該塔以玆供養。另外，摩揭陀國宮城那爛陀僧伽藍南面與附近一精舍中，也都各立有菩薩像(註三八)。而因陀國勢羅窶訶山東北迦布德迦伽藍以南二、三里外更有一孤山靈像；該山崇峻，「樹林鬱茂，名花淸流，被崖注壑」；山上的精舍與靈廟，剞劂極工；正中精舍有觀音像，「軀量雖小，威神感肅；手執蓮花而戴佛像」；人若斷食以誠相感，輒見菩薩「妙相莊嚴，威光赫奕，從像中出，慰喻其人」(註三九)。

「西域記」中還有兩處對觀音顯迹有相當生動的記載。其一是馱那羯磔迦國婆毗吠知論師爲了待見慈氏菩薩(卽彌勒佛)起見，曾往觀音像前誦『隨心陀羅尼』，絕粒飲水，歷時三年，終獲觀音親授秘方(註四〇)。另一處的記載跟觀音的住處有關；該處說，秣羅矩吒國南方海濱，

> 秣剌耶山東有布呾洛迦山，山徑危嶮，巖谷敧傾；山頂有池，其水澄鏡，派出大河，周流繞山二十市入南海。池側有石天宮，觀自在菩薩往來遊舍；其有願見菩薩者，不

顧身命，厲水登山，忘其艱險。能達之者，蓋亦寡矣。而山下居人祈心請見，或作自在天形，或為塗灰外道，慰喻其人，果遂其願。（註四一）

『華嚴經』等釋典上所指的正是此山；這在上文已經提過。

「慈恩傳」中提到觀音的次數不多（註四二），與玄奘有關的則只有三處。一處是戒賢法師曾夢見觀音來告以玄奘將於三年後抵那爛陀寺學法之事（註四三）；另一處是玄奘曾往上文提過的孤山靈像去跪求三願（註四四）。而最重要的一處則是有關玄奘夜渡瓠𤬪河和橫越莫賀延磧的經過。當時，法師與一胡人渡河後，兩人相隔五十餘步，正在下褥憩眠，胡人卻突然拔刀徐向法師的方向過來；法師疑有異心，遂起身誦念觀音菩薩。胡人見狀，這才退回原處。他通過玉門關以後，孑然來到長達八百里而又鳥獸絕跡、水草全無的沙河，「唯一心念觀音菩薩及般若心經」；途中，又「逢諸惡鬼，奇形異類，遶人前後，雖念觀音，不得全去，卽誦此經，發聲皆散，在危獲濟，實所憑焉」。隨後，他迷失方向，又傾覆水袋，在進退失據、人馬俱困之際，復遇妖魑現形、風沙如雨，於是「專念觀音」，而得「心無所懼」。但滴水全無，口腹乾燋，難以前進，只好臥身沙中，「默念觀音」，懇求菩薩慈悲救苦，雖困不捨，心心無輟；到第五個夜半，忽覺涼風觸身，於是人馬俱得穌息。正要稍事睡眠，卻「夢一大神，長數丈，執戟麾曰：『何不強行而更臥也？』」法師從夢中驚醒，卽刻進發；走過數里後，終於來到一處有草有水之地。至此而得身命重全。法師覺得那處水草，「固是菩薩慈悲爲生，其志誠通神」而生成的（註四五）。

此處有兩樁事情值得我們注意的。首先，玄奘在渡過沙河時，念觀音而諸鬼不得全去；一誦『心經』則皆散。按『心經』是觀音果證般若、照見五蘊的心得，爲大般若經六百卷的精髓，用以祝求觀音以其功德、妙智，度苦解厄、驅邪逐魔，故其驅鬼的威力當較光念觀音爲大。其次，陳寅恪認爲玄奘所夢見的大神就是「西遊記流沙河沙僧故事之起源」(註四六)；杜德橋引「成菩提集」，亦以爲該大神就是日後的深沙神(註四七)。陳炳良則持反對的意見。他認爲深沙神或沙悟淨都該「當作水神」；把該大神視爲深沙神或沙悟淨，並「沒有充分可靠的證據」(註四八)。這些文家所言，皆有其理。該大神既然是玄奘在「沙」「河」做夢時出現，因此當與水神有關；而即使證據不足，似亦很難不使他跟深沙神發生干係。不過，觀音身成的三十二應當中，四天王、天大將軍等都是大神；更何況他有萬億化身，可以隨顯示現。再者，就「西域記」與「慈恩傳」上的記載看來，玄奘所知的觀音應屬男身；而從宗敎信仰的觀點來看，玄奘心心默求的既然是觀音，則夢見『華嚴經』上所謂的『勇猛丈夫觀自在』(註四九)，當爲合情合理。

乙、「大唐三藏取經詩話」與「西游記」雜劇中的觀音

「詩話」中爲取經人解難釋厄的不是觀音，而是大梵天王。觀音曾以梵王示現；因此，我們似乎可以說，「詩話」中的大梵天王實則就是觀音。但「詩話」開始不久，猴行者帶法師去的地方不是香山或普陀山，而是大梵天王宮(第三節)。再說，「詩話」也提到香山「是

千手千眼菩薩之地」(第四節)。因此，我們不必將梵王和觀音混爲一談。

「詩話」中只提觀音的住處、形象和名號，而「雜劇」中的觀音則對取經之事表露了主動而積極的關懷。「雜劇」以「唐三藏大朝元」終，而以「觀音佛說因果」始。全劇首以觀音出場說明其自身的住處、名號、來歷以及取經因緣等，可說是交待了全劇的梗概：

> 旃檀紫竹隔凡塵，七寶浮屠五色新。佛號自稱觀自在，尋聲普救世間人。老僧南海普陀洛伽山，七珍八寶寺紫竹旃檀林居住。西天我佛如來座下上足徒弟，得真如正徧知覺。自佛入涅槃後，我等皆成正果。涅槃者乃無生無死之地。見今西天竺有大藏金經五千四十八卷，欲傳東土，爭奈無箇肉身幻軀的真人闡揚。如今諸佛議論，着西天毘盧伽尊者托化於中國海州弘農縣陳光蕊家為子，長大出家為僧，往西天取經闡教。
> (第一齣)

此後，她掌握了一切事件的發展。她知道陳光蕊將有水難，早已傳法旨，令南海龍王隨所待令。適巧陳光蕊購魚放生，救了洪江龍王一命(第一齣)。隨後，陳光蕊遭水賊害命，龍王遂借此報恩，將他救入水府爲師。觀音又知道毘盧伽尊者有難，遂又傳旨，一面令龍王沿海守護(第二齣)，同時令伽藍報與金山寺丹霞禪師知悉，以便收養(第三齣)。等到十八年後玄奘了卻復仇的心願，這才再下佛旨，讓陳光蕊回陽，而使父子得以團圓(第四齣)。

觀音接著便安排取經的事宜。她囑咐虞世南舉薦玄奘赴京祈雨救民，並要玄奘前往西天取回大藏金經五千四十八卷，以求國安民樂(第五齣)。然而，靈山路遙山高，多有妖怪魔障。爲了要使唐僧沿途無事起見，觀音奏請玉帝差十方保官聚於海外蓬萊三島上，好在保書上畫字（第八齣）。同時，她還命木叉將南海火龍變成的白馬送給唐僧當坐騎（第七齣）；又抄化通天大聖，著令護法西去（第十齣）。唐僧在西行途中曾遭猪精攝走，觀音應悟空之請，遣二郎神相助才得解厄（第十六齣）；唐僧師徒路阻火焰山，觀音又應悟空之請，遣水部滅火（第廿齣），才得繼續前進。不過，觀音的法力雖高，還不足以完全解除唐僧的魔障。比方說，她不知道紅孩兒的來歷；因此，唐僧被紅孩兒擒走後，她只好去見佛祖，由佛祖收伏紅孩兒和鬼子母，這才解除了唐僧的厄難（第十二齣）。

丙、百回本「西遊記」中的觀音

「西遊記」中的觀音全名是「南海普陀落伽山大慈大悲救苦救難靈感觀世音菩薩」。她的面貌清晰，對於取經一事的參與較諸「雜劇」中的觀音更爲主動、積極而有效。書中對她有過兩度刻意的描述。首度描述是在她行近佛前表示願往東土尋找取經人之時；但見她：

> 理圓四德，智滿金身。纓珞垂珠翠，香環結寶明。烏雲巧疊盤龍髻，繡帶輕飄彩鳳翎。碧玉紐、素羅袍，祥光籠罩；錦絨裙，金落索，瑞氣遮迎。眉如小月，眼似雙星。玉面天生喜，朱脣一點紅。淨瓶甘露年年盛，斜插垂楊歲歲青。解八難，度羣生，大慈憫：故鎮太山、居南海，救苦尋聲，萬稱萬應，千聖千靈。蘭心欣紫竹，蕙性愛香藤。他是落伽山上慈悲主，潮音洞裏活觀音。（第八回）

這番描述連同她的功德與住處也併透露出來。另一次則僅作形貌上的刻繪。當時，悟空因唐僧「身落天河」（第四十八回）而到南海求助；他在紫竹林睜眼偷覷，

遠觀救苦尊，盤坐襯殘箬。懶散怕梳妝，容顏多綽約。散挽一窩絲，未曾戴纓珞。不掛素藍袍，貼身小襖縛。漫腰束錦裙，赤了一雙腳。披肩繡帶無，精光兩臂膊。玉手執鋼刀，正把竹皮削。（第四十九回）

隨後，她就以這副「未梳妝」的模樣手提紫竹籃兒，到通天河去收金魚精，並以此「魚籃觀音」的模樣示現。

「西遊記」書中對於落伽山的形勢與勝景亦有一番細膩的描繪：

包乾之奧，括坤之區。會百川而浴日滔星，歸衆流而生風漾月。潮發騰凌大鯤化，波翻浩蕩巨鰲遊。水通西北海，浪合正東洋。四海相連同地脈，仙方洲島各仙宮。休言滿地蓬萊，且看普陀雲洞。好景致！山頭霞彩壯元精，巖下祥風漾月晶。紫竹林中飛孔雀，綠楊枝上語靈鸚。琪花瑤草年年秀，寶樹金蓮歲歲生。白鶴幾番朝頂上，素鸞數次到山亭。遊魚也解修真性，躍浪穿波聽講經。（第五十七回）

觀音平素在南海落伽山普陀崖紫竹林潮音洞內的寶蓮座上修行，左右有善財、龍女，又有木叉護法，紫竹林外有廿四路諸天看守，落伽山上有黑熊守護。出外則白鸚哥展翅前飛，由善財或木叉隨行，足踏祥雲，只見「香風繞繞，彩霧飄飄」。

「西遊記」所呈現的是個變化多端的世界。神佛仙妖中，像涇河龍王、雙叉嶺寅將軍、

黃風嶺黃風怪、五莊觀鎮元子、白虎嶺屍魔、波月洞黃袍怪、平頂山妖魔、鍾南山全眞、火雲洞紅孩兒、黑水河小鼉龍、通天河靈感大王、木仙庵樹精、小雷音寺黃眉老佛、獅駝洞三魔、比丘國國丈、無底洞女妖、隱霧山豹精、豹頭山獅精、天竺國假公主等都能變化自如。八戒有三十六般變化，悟空、二郎神、牛魔王和六耳獼猴都有七十二般變化的神通。而觀音則更有「無邊法力，億萬化身」（第十七回），能知道過去未來，又曾在書中變過疥癩遊僧、年高老母、凌虛仙子等形象。她的淨瓶可在瞬間「轉過三江五湖，八海四瀆，溪源潭洞」，借來一海之水（第四十二回）。她曾與李老君賭勝，將瓶中的柳枝放在煉丹爐裏「炙得焦乾」後揷回，只過一晝夜，「復得青枝綠葉，與舊相同」（第廿六回），可見瓶內的甘露水有起死回生之效。

然而，觀音最令人敬服的是她的廣大慈悲。而她對取經一事的關懷便是全然出諸於此。她聽佛祖說，南贍部洲之人「貪淫樂禍，多殺多爭」（第八回），要有三藏眞經才能「超脫苦惱，解釋災愆」（第九十八回），遂生慈悲而應徵主理取經之事。她勸化五聖參加取經，當然亦是出於同樣的心腸。她知道他們的前生都犯有罪愆，才會在此世遭受種種苦惱。他們固然是咎由自取，但唐僧聽經不專、悟空欺天誑上、八戒借酒撒潑、沙僧失手破盞以及玉龍燒燬明珠，都是一念之差或一著之誤的結果；何況，唐僧一心向佛，悟空、八戒、沙僧和玉龍也都表示知悔、情願改過。對菩薩來說，芸芸衆生皆可憐憫，無可恨者，亦無不可救藥者；善者固然可得救度，惡者只要翻然悔過或胸泛善端，從前的罪愆儘管深重難測，也有獲救的指望。因此，她不忍再見五聖多造惡業而終遭厄運，倒是亟望他們苦海無邊、回頭是岸。

但救贖不能不勞而獲，而須腳踏實地，從接受「災愆患難」的種種考驗中，去具體表現懺悔的誠意，等到道緣成熟，才能如願以償，終獲善果。職是之故，她在前來東土途中，勸沙僧不可一誤再誤，而應皈依佛門，不再傷生；給八戒指點迷津，並予忠告善導，要他棄絕「兇心」，不再「造孽」；拯救瀕臨斬首的玉龍，送到深澗；爲受困中的悟空指出「秉教伽持」、「再修正果」的生路；又在長安「顯聖化金蟬」，促成了取經的因緣。這些作爲都是旨在使苦惱中的個別生命，透過參加取經以濟助廣大生命的偉舉，去達成重獲天恩的願望。

同時，爲了使五聖在完成取經的偉業後，能以新面目、新姿態出現起見，觀音還在西行途中爲他們安排種種考驗與試煉，依其罪愆，隨類施教。龍馬的過失是忤逆不馴，故須馱著唐僧，在十四個寒暑當中，走完十萬八千里的路程，以滅除傲性。沙僧犯的是怠忽職守的罪；因此在遠赴靈山的途中，要以牽馬來表現負責盡職的精神。八戒是因前生酒色亂性而轉世爲豬；爲此，他得在塵世面對性的挑逗，從戒慾中學習約束自我、尋回自我。表面上，唐僧取經是爲了圖報皇恩；其實，他是因輕慢大教，故須在正果旃檀之前歷險遇難以震憾靈魂，提醒他要敬重佛法。南極星君奉觀音之命送金蟬投胎時曾囑咐滿堂嬌說：此子「異日聲名遠大，非比等閑。劉賊若回」，必然加害，「汝可用心保護」，「日後夫妻相會，子女團圓，雪冤報仇有日也」（第九回）。據此推測，則觀音自從「金蟬遭貶」以後，就已時時護佑，因此像「出胎幾殺」、「滿月抛江」和「尋親報冤」諸難也都在她的掌握之中。由於惟恐唐僧在取經途中橫遭不測，觀音不但贈他錦襴袈裟和金環錫杖，還給他龍馬以爲脚力，勸化三徒以玆隨行，同時又陰遣四値功曹、五方揭諦、六丁六甲與護法伽藍以爲護法；這些安排無非是要他在前往靈山的路上雖遇險巇苦磨而不致傷命損身。由此說來，觀音對唐僧的設想是極其周詳了。

然而，五聖當中從觀音那裏獲得最多啓廸和敎育的，還當推悟空。當初，悟空大鬧天宮時，觀音曾先遣惠岸協助天兵，隨後舉薦二郎神，才將悟空制服。準此，她在勸化悟空加入取經行列之前，早就對他有了相當的瞭解。悟空被壓在五行山下時，佛祖曾用一張寫著「唵、嘛、呢、叭、咪、吽」(*Om mani padme hum*) 的六字金帖將他封住（第七回）。這六個金字就是密敎的六字大明咒。「唵」指「歸命」、「歸依」；「嘛呢」卽「摩尼（珠）」或「如意（寶珠）」；「叭咪」意爲「蓮花」；「吽」爲「摧破」之意。「嘛呢叭咪」指「蓮華寶座上的如意寶珠」，卽指「觀自在菩薩手持如意寶珠坐在蓮花寶座上」。合起來說，這六字明咒的意思是：「歸依蓮花寶座上的觀自在菩薩以摧破四魔三障」（註五〇）。這樣看來，佛祖早就有意要悟空透過觀音的救援去成正果了。而觀音以慈悲爲懷，當然樂意促成此事。觀音知道悟空桀驁難馴，但他既已表示知錯，因此在唐僧離開長安之前，只以袈裟和錫杖相贈；這或許就是爲了察看悟空是否眞的心口相符、言行一致。她要悟空拜唐僧爲師，就是要唐僧以「蒙師」的身份對悟空施以管敎。但悟空一經脫困，就故態復萌，依舊驕縱自恣，只因斬殺六賊被唐僧說了幾句，就氣極出走，不受管敎。可見心難堅，不用緊箍兒加以約束，實不足以叫他接受敎誨，更遑論偕同踏上漫長的瑜伽門路去修道了。關於這點，我們只要聽聽「陡澗換馬」一難中觀音對悟空說的話自可明白；當時，悟空抱怨觀音「生方法兒害我」，而觀音則對他說：

你這猴子！你不遵教令，不受正果，若不如此拘係你，你又誑上欺天，知甚好歹！再似從前撞出禍來，有誰收管？——須是得這個魔頭，你纔肯入我瑜伽之門路哩！（第十五回）

悟空對這番話沒有作進一步的抗議，則這似乎正是表示他也承認自己確需外力的束縛才能就範。

有了這個「魔頭」爲憑以後，觀音便開始直接或間接對悟空施以啓廸和敎育。在間接方面，她透過唐僧敎以基本生活規範和佛家好生之德。在直接方面，她則親自予以隨機啓廸。譬如，觀音在「失卻袈裟」（第十七回）一難中變作凌虛仙子，悟空見狀稱妙；觀音就笑著說：「悟空，菩薩、妖精，總是一念；若論本來，皆屬無有。」對悟空來說，這無疑是最好的激勵；他能「心下頓悟」，實有堅定道心的功效。同時，觀音還敎以做小服低之道和慈悲好善之方。她在「陡澗換馬」一難中，怪悟空「專倚自強」，不肯「稱讚別人」；唐僧「失却袈裟」，她就怪他賣弄寶貝、發火行兇，又敢「放刁」；取經團體難渡流沙（第廿二回），她怪他「又逞自滿」；而悟空推倒人參果樹，她則怪他「不知好歹」（第廿六回）。這些責備的話都是針對悟空的傲氣而發，也正指出了他個性上的弱點。

至於慈悲之道，觀音更是敎無遺力。觀音對芸芸衆生都表示了同等的關懷與哀憫。她見黑熊精的洞府「有些道分」，已經油然心生「慈悲」（第十七回）；雖覺紅孩兒野性難馴，卻也不曾「傷他性命」（第四十二回）。她用禁箍兒套住黑熊精，是為了收其「頑性」；給紅孩兒戴上金箍兒則是因「此怪無禮」。她念動禁箍兒咒，只叫黑熊精「頭疼」難禁，「滿地亂滾」，要他皈正去當守山大神。她默誦金箍兒咒，也只叫紅孩兒「搓耳揉腮，攢蹄打滾」；而叫他「一步一拜，只拜到落伽山」，則是因他雖已降伏，而「野心不定」之故。觀音收伏黑熊精後，悟空讚嘆她「誠然是個救苦慈尊，一靈不損」；她在制伏紅孩兒之前，命號山土地衆神將方圓三百里內的生靈移開，小獸雛蟲全送到巔峯之上，這才倒出淨瓶內的一海之水，難怪悟空見了會在一旁讚嘆她是個「大慈大悲的菩薩」。觀音這兩次以箍兒降魔的舉動，主要就是在示悟空以慈悲之道。其後，唐僧因悟空誅草寇而「再貶心猿」（第五十六回）。悟空自覺顏面全失、走頭無路，遂到南海控訴唐僧「忘恩負義」、「不察皂白」的因由；但觀音對他說：「草寇是人身」，不同於精怪，只該加以袪退，而不該打殺，因此還是悟空「不仁」「不善」。觀音只評悟空的不是，對唐僧的做法毫無微詞；足見她這次除了對悟空曉以慈悲之方外，還順便對他教以做小服低的道理。

觀音雖對悟空的行徑多有責怪，卻也非一味辭嚴色厲。悟空逞強或放刁時，固然給予責備；在「降妖取后」（第七十一回）一難撒賴不還金鈴，也以念咒相脅。但她在「陡澗換馬」一難後，曾好言勸勉悟空要「盡心修悟」，並告訴他說：「假若到了那傷身苦磨之處，我許你叫天天應，叫地地靈。十分再到那難脫之際，我也親來救你。」隨後又贈他三根救命毫毛，做爲「隨機應變，濟急脫苦」之用。有時，像在「再貶心猿」一難後走頭無路之際，悟空會想到南海去訴苦；他固然反遭怪責，但觀音在給予「公論」後，還安慰他一番，替他看「祥晦」，並予暫時收留，以待時到歸隊，繼續同去取經，「了成正果」。除了這些善言公論外，觀音有時也會像在「請聖降妖」中那樣要悟空用救命毫毛「爲當」來加以作弄，害得悟空不知如何是好。但無論是慈是嚴，她都不曾漠視過悟空的問題，而是時時以其廣大的神通爲他解除困難。在西天路上，悟空曾先後請來靈吉菩薩、天宮二十八宿、西海摩昂太子、太上老君、昴日星官、李天王、如來佛、二郎神、彌勒佛、毘藍婆、太乙救苦天尊、四木禽星等神佛來掃除魔障；而觀音也在悟空束手無策之際，在「陡澗換馬」中收玉龍，在「失却袈裟」後伏黑熊精，在「流沙難渡」(第廿二回)時降沙僧，在「風攝聖僧」(第四十回)後擒紅孩兒，在「身落天落」(第四十八回)後捉金魚精，又在五莊觀醫治人參果樹(第廿五回)，在「琵琶洞受苦」(第五十五回)中透露妖魔的來歷，並在「滅法國難行」(第八十四回)前變成老母報信。就比例上來說，她爲取經團體解決的問題最多。

不過，值得我們注意的是，西行途中的厄難多是她有意無意中安排的。這一方面是由於唐僧師徒「魔障未完，故此百靈下界，應該受難」(第六十六回)；另一方面則是佛祖要他們「苦歷千山，詢經萬水」(第八回)，以試探是否堅心誠意之故。對觀音來說，這是對他們施教的良機；因此，她請普賢、文殊、黎山老姆來「四聖顯化」(第廿三回)，以財色考驗禪心；向李老君三借金銀童子來讓唐僧師徒在「平頂山逢魔」(第卅二回)；讓自己跨下的金毛犼去造成「降妖取后」（第七十一回）一難；又促成他們在「通天河落水」（第九十九回），以符合藏數。「西遊記」書中對其他諸難雖未曾明白說出是否爲觀音所造，但由她能知過去未來這樁事實看來，那些魔障當然也在她的預料與掌握之中才對。無論如何，觀音在造難和釋厄的過程中，的確給了唐僧師徒——尤其是悟空——充分的啓廸與敎育。

唐僧對其三徒來說是個不苟言笑的嚴師，而觀音對取經五聖的關懷與寄望則一如慈母。對這樣一位慈母，他們只有叩頭頂禮、聽受敎誨。每逢觀音現身，唐僧總是磕頭禮拜，沙僧亦倒身下拜，而八戒則撇了釘鈀，朝上磕頭。悟空本來是個不伏天地管轄的混元上眞，曾以其廣大神通屢敗天兵、大鬧天宮；因此，他敢逕闖南天門，直到通明殿下；對玉帝一向只「唱個大喏」，對衆仙也只說「列位起動」。玉帝雖曾在「金鑾殿變虎」（第卅一回）、「心猿遭害」（第四十一回）、「收縛魔王」（第六十一回）、「小雷音遇難」（第六十五回）、「趕捉犀牛」（第九十二回）諸難中給予適時的協助，但他的態度依舊不變。悟空也敢潛入兜率天宮，呼老君爲「老官兒」；在「烏鷄國救主」（第卅九回）一難中開口揩油，要四六對分金丹；有時，像在「金峴山遇怪」（第五十回）一難中，他到宮外，居然「不通姓名，一直徑走」，並且責問老君「縱放怪物，搶奪傷人，該當何罪」（第五十二回）。然而，面對觀音的無邊法力與慈憫關懷，他從來就不敢如此放肆；他只有像在「請聖降妖」一難中那樣，看著菩薩「賣弄神通」，將他「呼來喚去」。每到普陀巖，多半要等候通報才敢進去；卽使急欲面陳，也不敢叫嚷吵鬧。每見菩薩，若非「合掌跪下」，就是「端肅專誠」，「倒身下拜」。由於他對觀音這麼眞誠敬重，因此跟她同行時，還惟恐掀露身體，以致不敢在她面前施展觔斗雲（第四十二回）。

正由於對觀音的敬重，唐僧師徒都時時記取她的教誨。自從接受觀音的勸化以後，龍馬就心心領喏，堅意西行，向來不曾表示退悔之意。唐僧曾在「四聖顯化」一難時，叫沙僧留下來入贅，但沙僧說：「弟子蒙菩薩勸化」以來，未「曾進得半分功果，怎敢圖此富貴！寧死也要往西去，決不幹此欺心之事」。龍馬和沙僧牢記觀音的囑咐，不但表現了堅誠求經的心意，還進而拿觀音的囑咐來勸告悟空和八戒。悟空曾在「號山逢怪」（第四十回）時發言散伙，但沙僧馬上勸他不可「違了菩薩的善果」，悟空才回心轉意。八戒剛剛歸依不久，唐僧惟恐他「在家心重」，叫他「回去」，而他則表示既已「受了菩薩的戒行」，故「誓無退悔」（第廿回）。儘管他也曾記取觀音的善言而堅意求經，但他畢竟還是「在家心」過重，遂成爲五聖中最常提議散伙的一位。沙僧曾因而三度好言慰勉；而龍馬亦曾在唐僧「金鑾殿變虎」（第卅回）時，想起「功果」而力促八戒「休生懶惰」，不可散伙。這幾次危機都使取經團體幾近解體；若非其中的份子記取觀音要他們成就的功果，取經的偉業恐怕就要半途而廢、功虧一簣了。

結語

觀音的出身最早見諸釋典，因此要深入瞭解西遊故事中的觀音，就得先瞭解釋典中的觀音。觀音本爲男身，傳到中土後，經過一千年左右的流傳，終於變成女身，有關觀音爲女身的說法，「從容錄」和「編年通論」都已敍及；而俗文學中的「香山寶卷」則將佛家典籍裏的歧見融通貫一。西遊故事亦顯露了觀音變性的現象。「西域記」記述玄奘所歷的西域諸國；「慈恩傳」的前五卷則記述玄奘遊歷佛國的種種。前者說觀音「威神感肅」、「威光赫奕」，並指其住處在布呾洛迦山；後者雖不曾透露觀音的性別，但觀音在印度向爲男身。由此可知這兩部書中的觀音都是男身。妙善公主的傳說在北宋就已確立；「詩話」既流行於南宋，又提到「香山」與「千手千眼菩薩」等名稱，可見該書裏的觀音，其前生當非不眴或寶意，而應是妙善公主。「雜劇」上說她是南海普陀落伽山紫竹旃檀林七珍八寶寺觀自在，仍應是妙善公主傳說的延長，但其住處則已遷到舟山羣島中的普陀山。「西遊記」上說她是南海落伽山普陀崖紫竹林潮音洞觀世音菩薩；至此，觀音已定型成爲中國化的慈悲女神了。

不管觀音的前生是男是女，都經修道的過程而成佛。不眴和燃索如此，由蓮花化生的寶意亦是如此。妙善公主尤其是因了悟浮世短暫與萬物無常的道理而潛心修佛；她曾受盡了塵世的苦磨，又曾魂遊地府，最後還捨去手眼、捐棄凡軀，才終得果證菩提。用神話學的術語來說，觀音有過由生而死、由死復生的經驗。正由於她本身已先有了這種渡過苦海、登上彼岸的經驗與能力，故能爲煩惱衆生導航與護航，協助他們渡過苦海，登彼覺岸。

「西域記」和「慈恩傳」都載述佛國的種種現象；而如來既爲佛教之祖，跟他有關的傳說和神話當然最多。玄奘在遊歷期間所觀禮的不外是些佛堂、佛像、佛牙、佛骨、佛髮、佛鉢、佛杖、佛帚、佛迹（諸如佛祖的座跡、足跡、居所、說經處、止息處、浣衣處、經行處、宣敎處、留鉢處及其降邪神、惡龍、醉象、葯叉、外道、鬼子母等神異靈鑒）（註五一）等等。觀音在這兩部書中所佔的份量雖然不如佛祖多，但在緊要關頭時卻能給予玄奘精神上的護佑與鼓舞。

「詩話」中的觀音不曾參與取經；「雜劇」和「西遊記」中的主宰是佛祖，而不是觀音。「雜劇」中說，派毘盧伽尊者托生東土是「諸佛議論」的結果，但取經則依舊是佛祖的主意。這點在「西遊記」裏表現得更爲明顯。他用六字明咒封住悟空；由心苗中生出三箍；將金蟬貶落塵世；又命觀音東來尋找取經人時，「不許在霄漢中行，須是要半雲半霧；目過山水」，「踏看路道」（第八回），都有其用意。他在「雜劇」中伏愛奴兒、降鬼子母（第十二齣）；在「西遊記」中辨識六耳獼猴（第五十八回）；制服大鵬金翅鵰（第七十七回）；派四大金剛助擒牛魔王（第六十一回）；又告訴悟空去找李老君來捉回青牛（第六十六回）。這些都顯示佛法無邊。

觀音的法力雖然不如他大，但她出現在前景的機會較多，跟取經團體間的關係也因而較密切。她在「雜劇」中無法替唐僧解除愛奴兒之難；在「西遊記」中，除了未能辨識獼猴而外，還誤算取經所需的時間，並且漏排第八十一難，再再顯示其法力上的缺憾。佛祖在「難辨獼猴」一難中說她「法力廣大，只能普閱周天之事，不能徧識周天之物，亦不能廣會周天之種類」，正是此意。再者，「雜劇」凡廿四齣；觀音在第一、四、七、八、九、十、十二和廿等八齣出現。「西遊記」共百回，觀音則僅在第六、八、十、十二、十五、十七、廿二、廿三、廿六、四十二、四十九、五十五、五十七、五十八、七十一、八十四、九十八、九十九等十八回中有所作爲；可以說，從該書的後半部起，她就絕少出現，悟空陷於困境時不再向她求援，而取經團體遇難也非她來才能解決（註五二）。然而，我們應該注意的是：取經的事由她親手促成，佛祖的構想因而具體實現；尤有進者，她利用五聖取經的機會，給予適時而適切的敎育，其目的則是寄望他們能够除了以功折罪外，還能進而果證菩提，重獲天恩。

如此說來，觀音實已在其現身的各個場合中，爲自己建立了一位慈母的形象。我們若將「西遊記」中的主要女性角色分成兩組來看，則白虎嶺屍魔、琵琶洞蝎子精、盤絲洞蜘蛛精、無底洞鼠精、天竺國兎精等都屬「惡母」型；毘藍婆、文殊菩薩、普賢菩薩、黎山老姆等則應屬「慈母」型（註五三）。前者或欲採取唐僧的元陽以成太乙上仙，或欲吃唐僧的肉以得長壽長生，都會給唐僧帶來靈肉的死亡；卽使像西梁國女王那樣只想跟他「陰陽配合，生子生孫，永傳帝業」（第五十四回），也會叫他永沉阿鼻地獄。後者中的文殊菩薩等雖曾在「四聖顯化」一難中以財色誘惑唐僧師徒，但那只屬考驗而已，其動機跟「惡母」型的女性顯然迥異。何況，黎山老姆曾在「多目遭傷」（第七十三回）一難中向悟空透露妖魔的來歷；文殊和普賢二位菩薩也曾在「請佛收魔」一難中替取經團體釋厄。這樣看來，他們基本上都旨在促成「求經之善」，以使五聖成眞。觀音正是「西遊記」書中的典型慈母，對於五聖所代表的苦惱衆生總是以其憐愍的胸懷去諄諄善誘、隨機開導（註五四）。

正因如此，觀音一向深獲文家的好評與民間的敬仰。有些文家認爲玉帝怯懦而虛僞，是個「菜包」（註五五）；道敎領袖李老君是個「煉丹的老頭子」，「好像很精細」，但只知「報私怨」、「作威作勢」、「氣狹而狠毒」、「殘酷」而「兇暴」，「無用」而「醜態畢露」，叫人「覺得可笑」（註五六）；太白金星這位和事佬「養尊處優」，一味姑息苟安，「滑頭而無信」（註五七）；而佛祖縱任「佛門弟子要求賄賂」（註五八），未免有失一敎之主的尊嚴。這些神佛空有「神聖不可侵犯的權威」（註五九），實則都成了諷刺揶揄的對象。文家對於「西遊記」中的觀音則鮮有微詞（註六〇）；相反的，他們大抵都對她表示愛敬與崇仰之意。我們從「冥祥記」、「拾遺記」、「轉因錄」、「稽古略」、「往生集」、「廣嗣錄」、「釋門正統」、「文獻通考」、「法苑珠林」、「歷代通載」、「比丘尼傳」、「觀音玄義疏記」、「武林高僧事略」、「歷代高僧傳」（註六一），以及當代的各種佛敎刊物中知道觀音的靈感顯應屢見於人間。而從「後列國誌」（註六二）、「大悲寶卷」、「彩蓮寶卷」、「魚籃寶卷」、「救苦寶卷」、「普陀寶卷」、「希奇寶卷」、「銷釋眞空寶卷」、「觀音濟度本願眞經」、「觀音菩薩魚籃記」、「觀音菩薩香山因緣」、「金魚翁證果魚兒佛」、「銷釋白衣觀音菩薩送嬰兒下生寶卷」（註六三）等作品以及一些觀音的傳記（註六四）中，又知她在民間確是一位廣受歡迎與備受崇拜的菩薩。

附註

註一：「西遊記人物辭典」（香港：廣智書局，一九五六年）。

註二：參見潘家洵，『觀世音』，「國立中山大學語言歷史研究所周刊」（一），二集十四期（一九二八年一月），頁四〇六—四〇七；張沅長，『觀音大士變性記』，「聯合報」，民國六十九年一月十五日，第八版。

註三：「香山寶卷」的藏本有二：一為同治七年的刊本；一為民國三年上海文益書局石印本。說見澤田瑞穗，「增補寶卷の研究」（東京：国書刊行會，一九七五），頁一二六。本文所據版本藏於中央研究院傅斯年圖書館，刊行時間與地點不詳。

註四：見「西域記」，卷三，頁四；又參見唐大乘「基法華玄贊」，卷二，頁十；『觀音普門品玄義』，在弘贊編，「觀音慈林集」（以下簡稱「慈林集」），「卍續藏經」（臺北：中國佛教會影印卍續藏經委員會，民國六十三年），第一四九冊，頁二九二。

註五：『悲華經』，在「慈林集」，卷上，頁二九二。

註六：見『觀世音大勢至菩薩授經紀』，同前引書，頁二九二—二九三。

註七：見『大悲陀羅尼經』，同前引書，頁二九三。

註八：見『大佛頂首楞嚴經』，同前引書，頁二九四—二九七。

註九：胡應麟，「少室山房筆叢」（廣雅書局刊本，清光緒卅二年），卷四十（莊嶽委談上），頁三。

註一〇：同前引書，頁二。

註一一：李百藥，「北齊書」（臺北：藝文印書館據清乾隆武英殿刊本景印，民國四十四年），卷卅三，頁六。

註一二：「增補搜神記」（上海：涵芬樓影印本），附在「繪圖三教源流搜神大全」（麗廔叢書影印本）（臺北：聯經出版社，民國六十九年），頁五七二—五七四。

註一三：「萬松老人評唱天童覺和尚頌古從容庵錄」，在「卍續藏經」，第一一七冊，卷四，頁三五九。

註一四：（宋）祖琇，「隆興佛教編年通論」，在「卍續藏經」，第一三〇冊，卷十三，頁二七七—二七八。

註一五：「香山寶卷」，卷下，頁一〇八—一〇九。

註一六：同前引書，頁一二六—一二七。

註一七：參見楊蔭深，「中國俗文學概論」（臺北：世界書局，民國五十四年），頁一〇三。

註一八：該山的評名見諸釋典者多有不同；參見丁福保編，「佛學大辭典」（臺北：華嚴蓮社影印本，民國五十年），卷上，頁八五九；卷下，頁二二六〇、二八七七。

註一九：『華嚴經』，在「慈林集」，頁二九七。

註二〇：參見丁福保編，「佛學大辭典」，頁二二六〇、二八七七。

註二一：譬如，「編年通論」（頁二七八）指其地「在嵩嶽之南二百里，今汝州香山是也」；「三教搜神大全」（頁一七五）說是在「越國南海中間」；而「香山寶卷」（頁八十）則說該地是在興林國惠州澄心縣。

註二二：「香山寶卷」，卷上，頁八十一。

註二三：（元）盛熙明，『補陀洛伽山傳』，在「卍續藏經」，第一五〇冊，頁二五五與二五六。

註二四：同前引書，頁二五六。

註二五：『大佛頂首楞嚴經』，在「慈林集」，卷上，頁二九七。

註二六：『佛說觀無量壽佛經』，同前引書，頁二九八。

註二七：見『請觀世音菩薩消伏毒害咒經』，同前引書，頁二九九。

註二八：見『妙法蓮華經觀世音菩薩普門品』，同前引書，頁二九四；『大佛頂首楞嚴經』，同前引書，頁二九四—二九五。

註二九：見「大乘義章」（『四無量義八門分別』），卷十一，「大正大藏經」，第四十四冊（論疏部㈤、諸宗部㈠），頁四八六。

註三〇：「大智度論」（『釋初品大慈大悲義』第四十二），卷廿七，同前引書，第廿五冊（釋經論部（上）），頁二五六。

註三一：『大佛頂首楞嚴經』，在「慈林集」，卷上，頁二九七。

註三二：『大乘莊嚴寶王經』，同前引書，頁二九八—二九九。

註三三：見『觀世音菩薩普門品』，同前引書，頁二九四。

註三四：「香山寶卷」，卷下，頁一〇八。

註三五：同前引書，頁一二八。

註三六：分見「西域記」，卷一，頁十六；卷三，頁四、十五；卷十，頁四；卷十一，頁九。

註三七：同前引書，卷五，頁三。

註三八：同前引書，卷八，頁九、十四、十五、十九；卷九，頁十五。

註三九：同前引書，卷九，頁十九。

註四〇：同前引書，卷十，頁十五。

註四一：同前引書，卷十，頁十八。

註四二：見「慈恩傳」，卷三，頁十六；卷四，頁二。

註四三：同前引書，卷三，頁十三。

註四四：同前引書，卷三，頁廿二—廿三。

註四五：同前引書，卷一，頁十三—十五。

註四六：陳寅恪，『西遊記玄奘弟子故事之演變』，「陳寅恪先生論文集」（下）（臺北：三人行出版社，民國六十三年），頁四一五。

註四七：見 Dudbridge, *The Hsi-yu chi*, pp. 18-20

註四八：陳炳良，『中國的水神傳說和西遊記』，頁三—四。

註四九：『華嚴經』，在「慈林集」，卷上，頁二九七。

註五〇：見望月主編，「佛教大辭典」（臺北：地平線出版社，民國六十六年），冊一，頁三六八—三六九。

註五一：見「西域記」，卷二，頁十、十六；卷三，頁二、六；卷五，頁四、十、十三；卷八，頁廿一；卷九，頁五；卷十，頁三、十、十七。

註五二：參照劉一明，『西遊原旨讀法』，卷上，頁八；陳敦甫，「西遊記釋義」，頁卅四—卅五。

註五三：有關「慈母」與「惡母」的原型，詳見 C. G. Jung, *Four Archetypes: Mother, Rebirth, Spirit,*

Trickster, Trans., R. F. C. Hull (London: Routledge & Kegan Paul, 1969), pp. 15-16.

註五四：參見Margaret Mead and Martha Wolfstein, eds, *Children in Contemporary Cultures*, p. 247.

註五五：徐旭生，『西遊記作者的思想』，頁七。

註五六：同前引書；又見趙聰，「中國四大小說之研究」，頁一九〇。

註五七：同前引書；又見姚詠萼，「笑談西遊記」（臺北：時報文化出版事業有限公司，民國六十八年），頁廿二；薩孟武，「西遊記與中國古代政治」，頁卅二。

註五八：薩孟武，「西遊記與中國古代政治」，頁一七一；又見趙聰，「中國四大小說之研究」，頁一九〇。

註五九：趙聰，「中國四大小說之研究」，頁一九七。

註六〇：參見甘豐穗，「和中學生談古典小說」（香港：世界出版社，一九七六年），頁廿七；又觀音院是觀音的「留雲下院」，其院主應以效法觀音的慈悲才對，却反因貪奪錦襴袈裟而謀害唐僧（第十七回）。作者或係以此來諷刺觀音；果真如此，則這實為「西遊記」書中唯一對觀音有微詞之處。

註六一：見「慈林集」，卷中及卷下，頁三〇一—三二五。

註六二：有關觀音的部分，在「後列國誌」（臺南：大東書局，民國五十九年），第五十七回，頁二六五—二六六。

註六三：這些作品中，「大悲寶卷」和「觀音菩薩香山因緣」為傅斯年圖書館藏書；「觀音菩薩魚籃記」收在「孤本元明雜劇」（臺北：粹文堂，民國六十三年），冊五，頁三一四五—三一六四；釋湛然，「金魚翁證果魚兒佛」，收在「全明雜劇」（臺北：鼎文書局，民國六十八年），冊七，頁四二九五—四三四四；『銷釋真空寶卷』，在「國立北京圖書館館刊」，五卷三期（民國廿年五月—六月），頁十三—四十七；其餘皆見「增補寶卷の研究」，頁一一七、一二八、一三四、一三五—一三七、一五一、二二七。

註六四：譬如，元管道昇「觀音傳」、清俞正燮「觀音菩薩傳略考」和「觀音菩薩名義考」（見潘家洵，『觀世音』，頁四一〇）、曼陀羅室主人「觀世音菩薩傳」（臺中：聖賢雜誌社，民國七十年）等都是。

附錄一：「西遊記」八十一難各本對照表

厄難別	厄難名

朱本

卷別	則目別	則目名
一（甲集）	1	大道育生源流出
	2	石猿投師參衆仙
	3	石猿修道听講經法
	4	祖師秘傳悟空道
二（乙集）	5	悟空煉兵偷器械
	6	仙奏石猴擾乱三界
	7	孫悟空拜授仙錄
	8	玉皇遣將征悟空
	9	孫悟空玉封齐天大聖
	10	乱蟠桃大聖偷丹 反天宮諸神捉怪
三（丙集）	11	觀音赴會問原因
	12	小聖施威降大聖
	13	大仙助法收大聖
	14	八卦爐中逃大聖
	15	如來收壓齐天聖
	16	五行山下定心猿

陽本

卷別	則目別	則目名
一	1	猴王得仙賜姓
	2	孫悟空得仙傳
	3	功完道作佛和仙
	4	猴王動寶勾簿
	5	玉帝降旨招安
	6	大聖攪亂勝會
	7	眞君收捉猴王
	8	佛祖壓倒大聖

世本

卷別	回目別	回目名
一（月）	1	靈根育孕源流出 心性修持大道生
	2	悟徹菩提眞妙理 斷魔歸本合元神
	3	四海千山皆拱伏 九幽十類盡除名
	4	官封弼馬心何足 名注齊天意未寧
	5	亂蟠桃大聖偷丹 反天宮諸神捉怪
二（到）	6	觀音赴會問原因 小聖施威降大聖
	7	八卦爐中逃大聖 五行山下定心猿

（上欄）	四～七	二	三（天）
	四（丁集）		
	17 我佛造經傳極樂	9 觀音路降猴妖	8 我佛造經傳極樂 觀音奉旨上長安
	18 觀音奉旨往長安		
	19 唐太宗詔開南省	無	無
	20 陳光蕊及第成婚		
1 （金蟬遭貶）	21 劉洪謀死陳光蕊	無	無
	22 小龍王救醒陳光蕊		
2 出胎幾殺	23 殷小姐思夫生子		
3 （滿月拋江）	24 江流和尚思報本		
4 尋親報冤	25 小姐囑兒尋殷相		
	26 殷丞相爲婿報仇		
	五（戊集）		
	27 袁守誠妙算無私曲	10 魏徵夢斬老龍	9 袁守誠妙算無私曲 老龍拙計犯天條
	28 老龍王拙計犯天條		
	29 太宗詔魏徵救蛟龍		
	30 魏徵弈棋斬蛟龍	11 唐太宗陰司脫罪	10 二將軍宮門鎭鬼 唐太宗地府還魂
	31 二將軍宮門鎭鬼		
	32 唐太宗地府還魂		
	六（己集）		
	33 還受生唐王遵善果	12 劉全進瓜還魂	11 還受生唐王遵善果 度孤魂蕭瑀正空門
	34 劉全捨死進瓜果		
	35 劉全夫婦回陽世		
	36 度孤魂蕭瑀正空門		
	37 玄奘秉誠建大會	13 唐三藏起程往西	12 玄奘秉誠建大會 觀音顯象化金蟬
	38 觀音顯象化金蟬		
	39 唐太宗描寫觀音像		
	七（庚）		
5 出城逢虎 6 折從落坑	40 三藏起程陷虎穴	14 唐三藏被難得救	13 陷虎穴金星解厄 雙叉嶺伯欽留僧
7 雙叉嶺上	41 雙叉嶺伯欽留僧		
8 兩界山頭	42 五行山心猿歸正	15 唐三藏收伏孫行者	14 心猿歸正 六賊無踪
	43 孫悟空滅除六賊		
	44 觀音顯聖賜緊箍		

9	10	11	12	13	14	15	16	17	18	19	20	21	22	23	24
陡澗換馬	夜被火燒	失却架裟	收降八戒	黃風怪阻	請求靈吉	流沙難渡	收得沙僧	四聖顯化	五莊觀中	難活人參	貶退心猿	黑松林失散	寶象國捎書	金鑾殿變虎	平頂山逢魔

	八（辛集）				九（壬集）									
45	46	47	48	49	50	51	52	53	54	55	56	57	58	59
三藏授法降行者	蛇盤山諸神暗佑	孫行者降伏火龍	觀音收伏黑妖	三藏收伏猪八戒	唐三藏被妖捉獲	孫行者收妖救師	唐僧收伏沙悟淨	猪八戒思淫被難	孫行者五庄觀內偷菓	唐三藏逐去孫行者	唐三藏師徒被難	猪八戒請行者救師	孫悟空收妖救師	唐三藏師徒被妖捉

	三											
16	17	18	19	20	21	22	23	24	25	26	27	28
唐三藏收伏龍馬	觀音收伏黑妖	唐三藏收伏猪八戒	唐三藏被妖捉獲	孫悟空收妖救師	唐僧收伏沙悟淨	猪八戒思淫被難	孫行者五莊觀內偷果	唐三藏逐去孫行者	唐三藏師徒被難	猪八戒請行者救師	孫悟空收妖救師	唐三藏師徒被妖捉

四（心）						五（處）					六（風）				七（來）			
15	16	17	18	19	20	21	22	23	24	25	26	27	28	29	30	31	32	33
蛇盤山諸神暗佑 鷹愁澗意馬收韁	觀音院僧謀寶貝 黑風山怪竊袈裟	孫行者大鬧黑風山 善觀音收伏熊羆怪	觀音院唐僧脫難 高老庄大聖除魔	雲棧洞悟空收八戒 浮屠山玄奘受心經	黃風嶺唐僧有難 半山中八戒爭先	護法設庄留大聖 須彌靈吉定風魔	八戒大戰流沙河 木叉奉法收悟淨	三藏不忘本 四聖試禪心	萬壽山大仙留故友 五庄觀行者竊人參	鎭元仙趕捉取經僧 孫行者大鬧五庄觀	孫悟空三島求方 觀世音甘泉活樹	屍魔三戲唐三藏 聖僧恨逐美猴王	花果山羣妖聚義 黑松林三藏逢魔	脫難江流來國土 承恩八戒轉山林	邪魔侵正法 意馬憶心猿	猪八戒義激猴王 孫行者智降妖怪	平頂山功曹傳信 蓮花洞木母逢災	外道迷眞性 元神助本心

回	回目
25	蓮花洞高懸
26	烏鷄國救主
27	被魔化身
28	號山逢怪
29	風攝聖僧
30	心猿遭害
31	請聖降妖
32	黑河沉沒
33	搬運車遲
34	大賭輸贏
35	祛道興僧
36	路逢大水
37	身落天河
38	魚籃現身
39	金峴山遇怪
40	普天神難伏
41	問佛根源
42	喫水遭毒
43	西梁國留婚
44	琵琶洞受苦
45	再貶心猿
46	難辨獼猴

十（癸集）

回	回目
60	孫行者伏收妖魔
	無
61	唐三藏收妖過黑河
	無
62	觀音老君收伏妖魔
63	孫行者被弭猴紊乱

四

回	回目
29	孫行者收妖魔
30	唐三藏夢鬼訴寃
31	孫行者收伏青獅精
32	唐三藏收妖過黑河
33	唐三藏收妖過通天河
34	觀音老佛母伏妖魔
35	昴日星官收蝎精
36	孫行者被彌猴紊亂

卷	回	回目
	34	魔王巧算困心猿　大聖騰那騙寶貝
	35	外道施威欺正性　心猿獲寶伏邪魔
八（水）	36	心猿正處諸緣伏　劈破旁門見月明
	37	鬼王夜謁唐三藏　悟空神化引嬰兒
	38	嬰兒問母知邪正　金木參玄見假眞
	39	一粒丹砂天上得　三年故主世間生
	40	嬰兒戲化禪心亂　猿馬刀歸木母空
九（面）	41	心猿遭火敗　木母被魔擒
	42	大聖慇懃拜南海　觀音慈善縛紅孩
	43	黑河妖孽擒僧去　西洋龍子捉鼉回
	44	法身元運逢車力　心正妖邪度脊關
十（時）	45	三清觀大聖留名　車遲國猴王顯法
	46	外道弄強欺正法　心猿顯聖滅諸邪
	47	聖僧夜阻通天水　金木垂慈救小童
	48	魔弄寒風飄大雪　僧思拜佛履層冰
	49	三藏有災沉水宅　觀音救難現魚籃
	50	情亂性從因愛慾　神昏心動遭魔頭
十一（一）	51	心猿空用千般計　水火無功難煉魔
	52	悟空大鬧金峴洞　如來暗示主人公
	53	禪主呑飡懷鬼孕　黃婆運水解邪胎
	54	法性西來逢女國　心猿定計脫煙花
	55	色邪淫戲唐三藏　性正修持不壞身
十二（般）	56	神狂誅草寇　道迷放心猿
	57	眞行者落伽山訴苦　假猿王水簾洞謄文
	58	二心攪亂大乾坤　一體難修眞寂滅

47	48	49	50	51	52	53	54	55	56	57	58	59	60	61	62	63	64	65	66	67	68	69
路阻火焰山	求取芭蕉扇	收縛魔王	賽城掃塔	取寶救僧	棘林吟咏	小雷音遇難	諸天神遭困	稀柿衕穢阻	朱紫國行醫	拯救疲癃	降妖取后	七情迷沒	多目遭傷	路阻獅駝	怪分三色	城裏遇災	請佛收魔	比丘救子	辨認眞邪	松林救怪	僧房臥病	無底洞遭困

	64	
	三藏過朱紫獅駝二國	

37	38	
顯聖印彌勒佛收妖	三藏過朱紫獅駝二國	

No.	回目	組
59	唐三藏路阻火焰山 孫行者一調芭蕉扇	
60	牛魔王罷戰赴華筵 孫行者二調芭蕉扇	
61	猪八戒助力敗魔王 孫行者三調芭蕉扇	
62	滌垢洗心惟掃塔 縛魔歸主乃修身	十三（清）
63	二僧蕩怪鬧龍宮 羣聖除邪獲寶貝	十三（清）
64	荊棘嶺悟能努力 木仙菴三藏談詩	十三（清）
65	妖邪假設小雷音 四衆皆逢大厄難	十三（清）
66	諸神遭毒手 彌勒縛妖魔	十四（意）
67	拯救駝羅禪性穩 脫離穢汚道心清	十四（意）
68	朱紫國唐僧論前世 孫行者施爲三折肱	十四（意）
69	心主夜間修藥物 君王筵上論妖邪	十四（意）
70	妖魔寶放煙沙火 悟空計盜紫金鈴	十四（意）
71	行者假名降怪犼 觀音現像伏妖王	十五（味）
72	盤絲洞七情迷本 濯垢泉八戒忘形	十五（味）
73	情因舊恨生灾毒 心主遭魔幸破光	十五（味）
74	長庚傳報魔頭狠 行者施爲變化能	十五（味）
75	心猿鑽透陰陽體 魔王還歸大道眞	十五（味）
76	心神居舍魔歸性 木母同降怪體眞	十六（料）
77	羣魔欺本性 一體拜眞如	十六（料）
78	比丘憐子遣陰神 金殿識魔談道德	十六（料）
79	尋洞擒妖逢老壽 當朝正主救嬰兒	十六（料）
80	姹女育陽求配偶 心猿護主識妖邪	十六（料）
81	鎭海寺心猿知怪 黑松林三衆尋師	十七（得）
82	姹女求陽 元神護道	十七（得）
83	心猿識得丹頭 姹女還歸本性	十七（得）

回	回目
70	滅法國難行
71	隱霧山遇魔
72	鳳仙郡求雨
73	失落兵器
74	會慶釘鈀
75	竹節山遭難
76	玄英洞受苦
77	趕捉犀牛
78	天竺招婚
79	銅臺府監禁
80	凌雲渡脫胎
81	通天河落水

回	回目
65	三藏歷盡諸難已滿
66	三藏見佛求經
67	唐三藏取經團圓

回	回目
39	三藏歷盡諸難已滿
40	三藏見佛求經
41	唐三藏取經團圓

冊	回	回目
	84	難滅伽持圓大覺 法王成正體天然
	85	心猿妬木母 魔主計吞禪
十八（少）	86	木母助威征怪物 金公施法滅妖邪
	87	鳳仙郡冒天止雨 孫大聖勸善施霖
	88	禪到玉華施法會 心猿木土授門人
	89	黃獅精虛設釘鈀宴 金木土計鬧豹頭山
	90	師獅授受同歸一 盜道纏禪靜九靈
十九（人）	91	金平府元夜觀燈 玄英洞唐僧供狀
	92	三僧大戰青龍山 四星挾捉犀牛怪
	93	給孤園問古談因 天竺國朝王遇偶
	94	四僧宴樂御花園 一怪空懷情慾喜
	95	假合眞形擒玉兎 眞陰歸正會靈元
廿（知）	96	寇員外喜待高僧 唐長老不貪富貴
	97	金酬外護遭魔蟄 聖顯幽魂救本原
	98	猿熟馬馴方脫殼 功成行滿見眞如
	99	九九數完魔滅盡 三三行滿道歸根
	100	徑回東土 五聖成眞

附錄二 玄奘法師取經所歷諸國（地）一覽表

時間	法師年齡	屬區	所到國（地）名	記事	備註
貞觀三年秋八月	卅四	大唐	長安	「結侶陳表，有詔不許」，遂由長安出發，私往天竺。	「雜劇」第五齣：唐僧由百官有司在霸橋餞別；「西遊記」第十三回：三藏於貞觀十三年九月望前三日由唐太宗及多官送出長安關外，時年卅一歲。
			秦州		
			蘭州		
			涼州		
			瓜州	因所乘之馬死，遂貿易得馬一疋；後由一胡翁贈一瘦老赤馬。	「詩話」第十節：女人國女王贈白馬一疋；「雜劇」第七齣：「木叉售馬」；「西遊記」第九難（第十五回）：「陡澗換馬」。
			玉門關（瓠臚河）		

年代	年齡	地區	地名	事蹟	附註
			五烽		
		西域	莫賀延磧（沙河）	玄奘在蜀時曾獲一病人贈「般若心經」；於度過長達八百里的沙河時，念誦觀音及此經，惡鬼皆散，後夢一大神促行。	「詩話」第十六節：「轉至香林寺受心經本」。「西遊記」第十九回：「浮屠山玄奘受心經」；此後玄奘在該書第廿、四十五等回都曾默誦此經。又「詩話」中有深沙（河？）、「雜劇」中有流沙河而「西遊記」中的流沙河長達八百里。
			伊吾	玄奘遇高昌王麴文泰。	
			高昌	玄奘與高昌王「約為兄弟」。	「西遊記」第十二回：太宗與三藏「拜為兄弟」；第廿九回：寶象國國王擬與三藏「結為兄弟」。
貞觀四年	卅五		阿耆尼國（烏耆）	玄奘經銀山，逢羣賊。	「西遊記」第十四、五十六、八十四、九十七等回都敍及三藏途遇盜賊的經過。
			屈支國（龜茲）	東境城北天祠有大龍池；「諸龍易形，交合牝馬，遂生龍駒」。此國多善馬。又有龍變人之傳說。	「詩話」第七節：「入九龍池」，該池中有九條馗頭鼉龍；「雜劇」中的龍馬為南海火龍三太子所化；「西遊記」中的龍馬為西海龍王敖閏第三子所變。
			跋祿迦國		
			笯赤建國		
			赭時國		

地區	國名	說明	備註
西域	怖捍國		
西域	窣堵利瑟那國		
西域	颯秣建國	玄奘化其王向道、禮佛。	「西遊記」第四十六回：三藏勸車遲國國王敬重三教；第八十四回：勸滅法國國王向道禮佛，並改國名爲「欽法國」。
西域	弭秣賀國	產善馬	
西域	劫布呾那國		
西域	屈霜你迦國		
西域	喝捍國		
西域	捕喝國		
西域	伐地國		
西域	貨利習彌伽國		
西域	羯霜那國		
西域	活國		
西域	呾蜜國		
西域	赤鄂衍那國		

西域	忽露摩國			
	愉漫國			
	鞠和衍那國			
	鑊沙國			
	珂屈羅國			
	拘謎陀國			
	縛伽浪國			
	紇露悉泯健國			
	忽懍國			
	縛喝羅國	其都城小王舍城外西南納縛僧伽藍內有佛像、毗沙門天像、金剛。	「詩話」第三節提到北方毗沙門大梵天王水晶宮；第四節中提到金剛。	
	銳末陀國			
	胡實健國	產善馬。		
	呾剌健國			
	揭職國	大雪山常年積雪，蹊徑難涉、山神鬼魅，暴縱妖祟，羣盜橫行。	「西遊記」第四十八回：通天河「魔弄寒風飄大雪」。	

西域	梵衍那國	王城東北山阿有立佛石像，東面伽藍有鍮石釋迦佛立像。玄奘離該國二日，逢雪迷道，至一小沙嶺，遇一獵人示道。	「西遊記」第十三回：三藏在雙叉嶺遇獵人劉伯欽。
	迦畢試國	都城東面伽藍北嶺有藥叉神像、觀自在菩薩像、羅漢像、龍池；產善馬。	
北印	濫波國		
	那揭羅喝國	都城東窣堵波內有釋迦菩薩及燃燈佛之雕像；法師前往燈光城途中遇賊。	燃燈佛即「詩話」第十六節中以「多心經」授法師之定光佛。「西遊記」第九十八回：燃燈古佛命白雄尊者去奪回三藏取走的無字眞經。
	健陀邏國	至布色羯邏伐底城有窣堵波是如來化鬼子母之處。	「詩話」第九節：鬼子母國裏「都是三歲孩兒」。「雜劇」第十二齣：「鬼母皈依」。「西遊記」第四十二回：鬼子母在南海普陀山潮音洞當觀音的侍從。
	烏仗那國	該國摩訶伐那伽藍；爲如來潛行至此遇貧婆之處；盧醯呾迦窣堵波爲如來剌身血以飼五藥叉之處。其他尚有觀音像、九龍池等。	「詩話」第六節中猴行者把金環杖變成「夜叉」；此「夜叉」即藥叉；又第七節：「入九龍池處」。「雜劇」第廿一齣：「貧婆心印」。
	鉢露羅國		

年代	年齡	地區	國名	事蹟	西遊記
		北印	呾叉始羅國	玄奘返國渡信度河時，鼓浪傾船，失五十夾經本。	「西遊記」第九十九回：通天河落水，沾破「佛本行經」。
			僧訶補羅國		
			烏剌尸國		
貞觀五年	卅六		迦濕彌羅國（罽賓國）		
			半笯嗟國		
			曷邏闍補羅國		
			磔迦國	在波羅奢大林中逢羣賊；該國數百年前有王號摩醯邏矩羅曾毀佛法僧徒。	「西遊記」第四十四回：車遲國敬道滅僧；第八十四回：滅法國國王殺僧造罪。
			至那僕底國		
			闍爛達那國		
			屈露多國		
			設多圖盧國		
		中印	波里夜呾羅國		
			秣兔羅國		
			薩他渥濕伐羅國		

		地區	國名	記載	小說
		中印	祿勒那國		
			秣底補羅國		
			婆羅吸摩補羅國	境北大雪山中有東女國，「世以女爲王，因以女爲國」。	「詩話」第十節：「經過女人國處」；「雜劇」第十七齣：女人國「女王逼配」；「西遊記」第四十三難（第五十四回）：「西梁國留婚」。
			瞿毘霜那國		
			醯掣怛羅國		
			毘羅那拏國		
			劫比他國	城東伽藍內有大梵天王像。	「詩話」第三節：法師赴水晶齋見大梵天王。
			羯若鞠闍國	王城名曲女城；殑伽河岸有觀自在菩薩像。	
			阿踰陀國	玄奘順殑伽河東下往阿耶穆佉國途中遇十多船賊；賊欲以法師祠突伽天神。	「西遊記」第卅二難（第四十三回）：「黑河沉没」；第卅七難（第四十八回）：「身落天河」等都敍及三藏渡河遇魔之事。
			阿耶穆佉國		
			鉢羅耶伽國	該國大林中有野象、惡獸。	「西遊記」第五難（第十三回）：「出城逢虎」；第七難（第十三回）：「雙叉嶺上」，皆敍及三藏遇毒蟲惡獸之經過。

中印	憍賞彌國	迦奢布羅城先生王信邪說；欲毀佛法，因護法菩薩伏外道而崇正法。	「西遊記」第四十四回「搬運車遲」；第四十五回「大賭輸贏」；第四十六回「袪道興僧」。
	鞞索迦國		
	室羅伐悉底國	都城之南五六里有逝多林，「是給孤獨園勝軍王大臣善施爲佛建精舍」。	「雜劇」第五、十及廿一齣都提過祇園。「西遊記」第九十三回：三藏等來到舍衛國舍衛城祇樹給孤園布金禪寺。
	刼比羅伐窣堵國	毗盧擇迦王既克諸釋，殺戮其族類九千九百九十萬人。	「西遊記」第八十四回：滅法國國王在兩年內殺了九千九百九十六個和尚。
	藍摩國		
	拘尸那揭羅國	玄奘行經五百里大林。	「西遊記」第廿八、八十等回都提到黑松林。
	婆羅痆斯國		
	戰主國		
	吠舍釐國		
	弗栗恃國		
	尼波羅國		

貞觀六年～十年（在路三年）	卅七	中印	摩揭陀國	玄奘在此見多尊觀自在菩薩像、大梵天王像；又在王舍城、鷲峰、鷄足山等處觀禮聖跡（其中有如來伏火龍處）。曾在那爛陀寺期間，破順世外道婆羅門，並役以爲奴。	「詩話」第三節：大梵天王、王舍城；第二節：「同往西天鷄足山」；第十五節：「佛在鷄足山中」；「雜劇」第廿一齣：靈鷲山；「西遊記」第五十八回：大西天靈鷲仙山。此婆羅門疑卽「西遊記」中的悟空。
貞觀十一年	卅八		伊爛拏鉢伐多國	該國西界小孤山爲佛降薄句羅藥叉處。	
貞觀十二年	卅九		瞻波國	傳有「天女下降人中，遊殑伽河浴，水靈觸身，生四子」。	「西遊記」第五十三回：「呑飡懷鬼孕。」
			羯朱嗢祇羅國		
		南印	奔那伐彈那國	都城西面有觀自在菩薩像。	
		東印	迦摩縷波國		
			三摩呾吒國		
			耽摩栗底國	由此南去二萬餘里海上有僧伽羅國（卽師子國）。	
			羯羅拏蘇伐剌那國		
			烏荼國		
			恭御陀國		

南印	羯餕伽國		
中印	南憍薩羅國		
南印	案達羅國		
	馱那羯磔迦國		
	珠利耶國	玄奘在此訪聞僧伽羅國事。	
	達羅毘荼國		
	秣羅矩吒國	國南濱海，秣剌耶山有大蛇縈盤於檀樹；其東布呾洛迦山石天宮爲觀自在菩薩往來遊宮。僧伽羅國在此東南三千里外海上，有西女國、藥叉等傳說。	「雜劇」第一齣：觀世音自稱佛號觀自在，居於南海普陀洛伽山七珍八寶寺紫竹旃檀林修行。「西遊記」第十七、廿二、廿六、四十二、四十九、五十七、五十八等回：觀音住在南海落伽山普陀崖紫竹林潮音洞。
	僧伽羅國		
	建那補羅國	王宮城南故伽藍中有觀自在菩薩石像。	
	摩訶剌侘國		
	跋祿羯呫婆國		
	摩臘婆國		

貞觀十三年	四十	南印	阿吒釐國		
			契吒國		
			伐臘毘國		
		西印	阿難陀補羅國		
			蘇剌侘國		
			瞿折羅國		
		南印	鄔闍衍那國		
			擲枳陀國		
		中印	摩醯濕伐羅補羅國		
		西印	阿點婆翅羅國		
			狼揭羅國	西南海島有西女國，「附屬拂懍，拂懍歲遣丈夫配焉」。	「詩話」、「雜劇」與「西遊記」中皆有女人國。
			波剌斯國		
			臂多勢羅國		
			阿軬荼國		

		地區	國名		
		西印	伐剌拏國		
			信度國		
			茂羅三部盧國		
		北印	鉢伐多羅國		
		西域	漕矩吒國		
			佛栗氏薩儻那國		
			安怛羅縛婆國		
			闊悉多國		
			瞢健國		
			阿利尼國		
			曷邏胡國		
			訖栗瑟摩國		
			鉢利曷國		
			呬摩怛羅國		
			鉢創那國		

		西	淫薄健國		
			屈浪拏國		
			達摩悉鐵帝國		
			尸棄尼國		
			商彌國		
			朅盤陀國		
			烏鎩國		
			佉沙國		
			斫句迦國		
貞觀十八年	四十九	域	瞿薩旦那國(于闐)	王城東南大河之河龍曾斷流求夫。	「西遊記」第四十七回～第四十九回：通天河岸百姓年年祭賽，以童男童女獻予靈感大王。
		大	沙州		
			漕上		
貞觀十九年春正月	五十		長安	玄奘往返佛國十七年，途程五萬餘里。	「詩話」第十七節，玄奘於六月末旬返抵長安，往返共費時三年；「雜劇」第廿四齣：唐僧往返西天共十七年；「西遊記」第一百回：三藏

唐	於貞觀廿七年返抵長安，時年四十五歲，往返共費時十四年。

附註

本表係據「慈恩傳」和「西域記」整理而成；其中所列者為玄奘所歷諸國（地），而非全依取經路線，故國（地）名，除長安外，不予重覆。國（地）名音譯有異者，概以「慈恩傳」者為準。「西域記」中計載西域一百三十八國，而玄奘所歷者實際上只有一百一十國；為區別起見，玄奘實際所經之國印以黑體字。又本表旨在對照玄奘取經的史實與「詩話」、「雜劇」以及「西遊記」這三部作品之間的關聯，故凡與三部作品無關的史實，概不列出。由於史實與文學作品中所記敘者不一定相等，因此本表僅作參考之用而已。另外，釋典上的四大部洲（東毗提訶洲、南贍部洲、西瞿陀尼洲、北拘盧洲）見於「西域記」書首；「西遊記」亦以敍述四大部洲緒端，惟其譯名稍異。

附錄三：「西遊記」八十一難一覽表

回目別	厄難別	厄難名	故事別	傳信者	造難者	造難者來歷	五行配屬	造難者之法寶或神兵	造難者之武藝或法力	釋厄者	備註
九	1	金蟬遭貶	(1)		如來	西天佛祖	五行之主		佛法無邊。		洪江龍王奉觀音法旨將陳光蕊救在龍宮十八年。
	2	出胎幾殺			劉洪、李彪	洪江水賊	土			洪溫嬌	
	3	滿月拋江			劉洪	洪江水賊	土			法明和尚	
	4	尋親報冤								殷開山	
十三	5	出城逢虎	(2)		①雙叉嶺寅將軍 ②熊山君 ③特處士	①老虎 ②熊羆 ③野牛	①金 ②水 ③土		變化自如。	金星	唐僧於貞觀十三年九月十二日自長安起程，時年卅一歲。
	6	折從落坑									
	7	雙叉嶺上	(3)		①雙叉嶺虎 ②蛇		①金 ②木			劉伯欽	
十四	8	兩界山頭	(4)		孫悟空	花果山天產石猴	金火	金箍棒（重一萬三千五百斤）	地煞七十二變、斛斗雲等。	三藏	

十五	9	陡澗換馬	(5)	蛇盤山土地山神	蛇盤山鷹愁澗孽龍	西海龍王敖閏之第三子	木	明珠	推波掀浪、變化騰雲。	觀音	孽龍化成白馬。
十六	10	夜被火燒	(6)		觀音院老僧	觀音院衆僧師祖	土			悟空	
十七	11	失却袈裟		觀音院院主	黑風山黑風洞黑風王	黑熊	水	黑纓鎗	變化;武藝與悟空相若。	觀音	觀音收黑熊爲守山大神。
十八十九	12	收降八戒	(7)	高太公	福陵山雲棧洞豬精(俗名豬剛鬣)	天河裏天蓬元帥	木	九齒釘鈀(又名上寶沁金鈀,重五千零四十八斤)	天罡數三十六般變化(化狂風、金光)。	悟空	八戒聞取經人才降伏。
廿	13	黃風怪阻	(8)	一村舍老者	黃風嶺黃風洞 ①虎先鋒 ②黃風大王	①虎怪 ②靈山脚下得道黃毛貂鼠	①金 ②土	①兩口赤銅刀 ②三股鋼叉	①變化。②三味神風。	①八戒 ②靈吉菩薩	護法伽藍設莊醫治悟空的風眼;李長庚告以小須彌山的方位。
廿一	14	請求靈吉									
廿二	15	流沙難渡	(9)		流沙河水怪	靈霄殿前捲簾大將	土	降妖寶杖(重五千零四十八斤)	武藝與惠岸、八戒相若。	觀音	觀音遣惠岸傳法旨。
	16	收得沙僧									
廿三	17	四聖顯化	(10)		半老寡婦及其三女	觀音、黎山老姆、普賢、文殊					四聖係受觀音之託。
廿四廿五	18	五莊觀中	(11)		萬壽山五莊觀鎮元子	地仙之祖	土	塵尾(蠅箒兒)	「袖裏乾坤」、變化騰雲。	觀音	觀音醫活人參果樹。
廿六	19	難活人參									

廿七	廿八	廿九	卅～卅一	卅二	卅三～卅五	卅七～卅九	四十			四一	四二	四三
20	21	22	23	24	25	26	27	28	29	30	31	32
貶退心猿	黑松林失散	寶象國捎書	金鑾殿變虎	平頂山逢魔	蓮花洞高懸	烏鷄國救主	被魔化身	號山逢怪	風攝聖僧	心猿遭害	請聖降妖	黑河沉沒
⑿	⒀			⒁		⒂	⒃					⒄
				日值功曹		鬼王						
白虎嶺屍魔	碗子山波月洞黃袍怪			平頂山蓮花洞①金角大王②銀角大王		鍾南山全眞	鑽頭號山枯松澗火雲洞紅孩兒（聖嬰大王）					黑水河小鼉龍
白骨夫人	天宮二十八宿之一的奎木狼星			太上老君的①金爐童子②銀爐童子		文殊菩薩坐下青毛獅子	牛魔王與羅刹女之子					涇河龍王的第九子鼉潔
土	木			①金②金		金	火					木
	大鋼刀、舍利子玲瓏內丹			①羊脂玉淨瓶②紫金紅葫蘆、芭蕉扇、七星劍、幌金繩			火尖鎗					竹節鞭
變化自如、解屍法	變化騰雲；武藝勝過八戒與沙僧兩人；「黑眼定身法」。			①縱風雲；武藝遜於悟空。②移山倒海、變化自如、駕霧騰雲；武藝勝過八戒和沙僧。		呼風喚雨、點石成金、變化駕雲。	變化騰雲、三昧眞火。					呼風喚雨的神通。
悟空	悟空			悟空		悟空、八戒、沙僧	觀音					西海龍王太子摩昂
悟空令山神土地協助除妖。	妖魔由玉帝命其星宿本部收回。			妖魔係觀音向老君借用，由老君收回。		妖魔由文殊菩薩收回。	①號山土地山神告訴悟空有關紅孩兒的來歷；②觀音收紅孩兒爲善財童子。					黑水河神告以鼉龍之來歷。

回	序	回目	故事	配角	妖魔	來歷	五行	兵器	法術武藝	收伏者	備註
四四	33	搬運車遲	(18)	兩個道士	車遲國①虎力大仙②鹿力大仙③羊力大仙	①黃毛虎②白毛角鹿③羚羊	①金②火③木		三妖皆有呼風喚雨、指水為油、點石成金等法術;此外還有:①五雷法;砍頭又復原。②剖腹剜心還再長完。③滾油鍋裏,又能洗澡。	悟空	三藏參加賭坐禪。
四五	34	大賭輸贏									
四六	35	祛道興僧									
四七	36	路逢大水	(19)		通天河靈感大王	南海觀音菩薩蓮花池裏養的金魚	木	九瓣銅鎚	呼風喚雨、翻江倒海、降雪結冰、變化騰雲、武藝與八戒、沙僧兩人相若。	觀音	①通天河為取經半程;②通天河老黿送五聖過河。
四八	37	身落天河									
四九	38	魚藍現身									
五十	39	金峴山遇怪	(20)	金峴山土地山神	金峴山金峴洞獨角兕大王	太上老君的坐騎青牛	土	點鋼鎗、金鋼琢(又名金鋼套)	武藝與悟空相若。	太上老君	佛祖暗示妖魔的主人公。
五一	40	普天神難伏									
五二	41	問佛根源									
五三	42	喫水遭毒	(21)	子母河一老婆子	解陽山破兒洞聚仙庵如意眞仙	牛魔王之弟	土	如意鈎		悟空	沙僧協助打起落胎泉水。
五四	43	西梁國留婚	(22)		西梁國女王		土			悟空	用「假親脫網」之計。
五五	44	琵琶洞受苦	(23)		毒敵山琵琶洞女妖	蝎子精	金	三股鋼叉、倒馬毒	鼻出火、口生煙、武藝不亞於悟空與八戒兩人。	昴日星官	觀音來告女妖之來歷。

五六	45	再貶心猿	(24)		花果山水濂洞假悟空	六耳獼猴	金	鐵桿	能知千里外之事；善聆音、能察理、知前後、萬物皆明等神通；武藝與悟空相若。	佛祖	六耳獼猴被悟空打死。
五七五八	46	難辨獼猴									
五九～六一	47	路阻火焰山	(25)	火焰山一老者	①翠雲山芭蕉洞羅剎女 ②積雷山摩雲洞牛魔王	大白牛	①土 ②土	①芭蕉扇、兩口青鋒劍 ②混鐵棒	七十二般變化，神通與悟空匹敵。	李天王、哪吒太子、四大金剛	悟空獲靈吉菩薩贈定風丹。
	48	求取芭蕉扇									
	49	收縛魔王									
六二	50	賽城掃塔	(26)	祭賽國金光寺負屈的和尚	亂石山碧波潭①萬聖龍王②九頭駙馬	①碧波潭老龍②九頭蟲	①木 ②金	①刀槍 ②月牙鏟	①②下血雨盜佛寶；②腳利如鉤、血口咬人、善飛力大。	悟空、八戒、二郎顯聖與梅山六兄弟	
六三	51	取寶救僧									
六四	52	棘林吟咏	(27)		木仙菴樹精	松、柏、竹、檜、杏、楓、桂、梅	木		變化自如。	悟空、八戒、沙僧	貞觀廿二年，唐僧時年四十歲。
六五	53	小雷音遇難	(28)		小雷音寺黃眉老佛	彌勒佛面前司磬的黃眉童兒	土	金鐃、搭包兒、狼牙棒	變化隨心，武藝與悟空相若。	彌勒佛（即東來佛祖）	
六六	54	諸天神遭困									
六七	55	稀柿衕穢阻	(29)	駝羅莊一老者	七絕山稀柿衕妖精	紅鱗大蟒	木	兩條軟柄鎗		悟空	稀柿（屎）由八戒清除。
六八	56	朱紫國行醫	(30)	朱紫國國王	麒麟山獬豸洞賽太歲	觀音菩薩跨下的金毛犼	金	三個紫金鈴、宣花斧	武藝與悟空相若。	悟空	妖魔由觀音收回。
六九	57	拯救疲癃									
七十七一	58	降妖取后									

七二	59	七情迷沒	(31)		盤絲嶺盤絲洞七女怪	七個蜘蛛精	土		能從臍孔冒出絲繩來搭成絲篷。	悟空	土地告以妖魔來歷。
七三	60	多目遭傷	(32)		黃花觀道士百眼魔君（多目怪）	蜈蚣精	金	寶劍	能從千隻眼中射出萬道金光。	毘藍婆	黎山老姆來告妖魔之剋星。
七四	61	路阻獅駝	(33)	李長庚	獅駝嶺獅駝洞妖怪①青毛獅子②黃牙老象③雲程萬里鵬	①文殊菩薩坐下的青獅②普賢菩薩坐下的白象③大鵬金翅鵰	①金②金③金	①大捍刀②長鎗③陰陽二氣瓶、畫捍方天戟	①變化自如，一口曾吞十萬天兵。②善以鼻子捲擒敵人。③武藝高強；鵬翅一搧九萬里。	①文殊菩薩②普賢菩薩③佛祖	
七五	62	怪分三色									
七六	63	城裏遇災									
七七	64	請佛收魔									
七八	65	比丘救子	(34)	比丘國金亭館驛丞	比丘國國丈	南極壽星的坐騎白鹿	金	蟠龍拐杖	變化、騰雲。	悟空、八戒	①柳林坡土地告以鹿精的住處；②鹿精由壽星收回。
七九	66	辨認眞邪									
八十	67	松林救怪	(35)		陷空山無底洞女妖	金鼻白毛老鼠精（即「半截觀音」或「地湧夫人」）	土	雙股劍	變化自如。	李天王	黑松林土地山神告以妖魔之住處。
八一	68	僧房臥病									
八二八三	69	無底洞遭困									
八四	70	滅法國難行	(36)	觀音與善財童子	滅法國國王		土			悟空	改爲欽法國。
八五八六	71	隱霧山遇魔	(37)		隱霧山折岳連環洞南山大王	艾葉花皮豹子精	土	鐵棒	噴風噯霧、變化自如。	悟空、八戒	豹精被八戒打死。

回	難	難名									
八七	72	鳳仙郡求雨	(38)		玉皇大帝					悟空	
八八	73	失落兵器	(39)	玉華縣城主之子	①豹頭山虎口洞黃獅精等②萬靈竹節山九曲盤桓洞九靈元聖	①金毛獅子等②太乙救苦天尊的坐騎九頭獅子	①金②金	①四明鏟	①縱風騰雲。②騰雲駕霧；善以九口噙敵；有「喊一聲，上通三聖、下徹九泉」的神通。	①悟空②太乙救苦天尊	竹節山土地山神告以九頭獅子的來歷。
八九	74	會慶釘鈀									
九十	75	竹節山遭難									
九一	76	玄英洞受苦	(40)	四值功曹	青龍山玄英洞①辟寒大王②辟暑大王③辟塵大王	三隻犀牛	土	①鉞斧②鋼刀③扢撻藤	飛雲步霧；開道、行江海。	四木禽星等	金星告以妖魔之尅星。
九二	77	趕捉犀牛									
九三～九五	78	天竺招婚	(41)		天竺國假公主	替蟾宮太陰星君搗藥的玉兔	金	搗藥杵	變化自如、飛雲步霧、化清風、金光。	悟空	悟空用「倚婚降怪」之策；妖魔由太陰星君收回。
九六九七	79	銅臺府監禁	(42)		銅臺府老嫗		土			悟空	
九八	80	凌雲渡脫胎	(43)		凌雲渡船夫	接引佛祖					金蟬脫殼。
九九	81	通天河落水	(44)		通天河老黿	大白賴頭黿	水		躧波踏浪。	取經五聖	唐僧於貞觀廿七年返回長安，時年四十五歲。

附註

㊀ 八十一難的主使者是佛祖，推動者是觀音，因此「造難者」應為佛祖與觀音才對。玆為切合各回所敍起見，表中所列概為跟取經人發生直接衝突者。另外，如意真仙成為「造難者」並非因設下子母河，而是因佔有落胎泉；「五莊觀中」和「難活人參」是取經人自惹的；「路阻火焰山」是悟空自造的；「通天河落水」是三藏失約而引起的。因此，嚴格說來，如意真仙、鎮元仙、牛魔王等並非真正的「造難者」。

㊁ 「造難者」的五行配屬係據「西遊記」書中所述的五行生尅、參照民間流傳的說法而測定。唐僧師徒各有配屬，已如文中所述。又書中以「木龍」合稱（頁一六四），可知龍屬「木」；靈吉菩薩以飛龍寶杖尅黃毛貂鼠，故知鼠屬「土」。昴日星官是一隻雙冠大雄鷄，屬「火」；蝎子精旣為所尅，故屬「金」。青龍山三隻犀牛精的尅星是四「木」禽星，故知牛屬「土」。餘可類推。

參考書目

壹、版本

新刻出像官板大字「西遊記」 (明)華陽洞天主人校訂 (明)萬曆廿年(一五九二年)
金陵・世德堂

李卓吾先生批評「西遊記」 (明)李贄 日本・內閣文庫藏書

「繡像眞詮西遊記」 (清)汪象旭評 懷新樓梓行

「西遊記」 (清)陳士斌詮解 民國五十七年 臺灣・商務印書館

「西遊原旨」 (清)劉一明著 (清)光緒六年(一八八〇年) 上海・指南針

「西遊記」 四冊 汪原放編校 民國廿二年 上海・亞東圖書館

「西遊記」 一九五四年作家出版社 民國七十一年臺北・華正書局

足本「西遊記」 民國五十三年 臺北・世界書局

足本「西遊記」 民國五十八年 臺北・文化圖書公司

「西遊記釋義」 陳敦甫 民國六十五年 臺北縣・全眞教全眞觀

白話大字「西遊記」　二册　民國七十年　臺北・河洛圖書出版社

「西遊記」　四卷　（明）陽至和撰　「四遊記」　楊家駱主編　民國五十七年　臺北・世界書局

「鼎鍥全像唐三藏西遊釋尼（厄）傳」（新刻「唐三藏西遊全傳」）　四册十卷　（明）朱鼎臣撰　（明）書林劉蓮台刊本　美國國會圖書館攝製北平圖書館善本書膠片第九七〇號～第九七一號

貳、文　獻

「尚書正義」　廿卷（漢）孔安國注・（唐）孔穎達疏　民國四十四年　臺北・藝文印書館

「儀禮注疏」　十七卷　（漢）鄭元注・（唐）賈公彥疏　臺北・藝文印書館

「禮記正義」　六十三卷　（漢）鄭元注・（唐）孔穎達疏　臺北・藝文印書館

「左傳正義」　六十卷（周）左丘明傳・（晉）杜預注・（唐）孔穎達疏　臺北・藝文印書館

「北齊書」　五十卷　（唐）李百藥撰　臺北・藝文印書館

「隋書」　八十五卷　（唐）長孫無忌等撰　臺北・藝文印書館

「唐書」　二百廿五卷　（宋）歐陽修等撰　臺北・藝文印書館

「荀子」　廿卷　（周）荀況撰　臺灣・商務印書館

「白虎通德論」　二卷　（漢）班固纂集　臺灣・商務印書館

「說文解字」　卅卷　（漢）許愼撰　臺灣・商務印書館
「大唐西域記」　十二卷　（唐）玄奘譯・辯機撰　民國五十八年　臺北・廣文書局
「大唐大慈恩寺三藏法師傳」　十卷　（唐）釋慧立撰　民國五十二年　臺北・廣文書局
『大唐故三藏玄奘法師行狀』　一卷　（唐）冥祥撰　一九二七年　東京・大正一切經刊行會編　「大正大藏經」第五十卷　頁二一四－二二〇
『大唐大慈恩寺三藏法師傳序』（唐）彥悰撰「大正大藏經」第五十卷　頁二二〇－二二一
『高僧法顯傳』（『佛國記』）　一卷　（晉）法顯撰　「大正大藏經」第五十一卷　頁八五七－八六六
『大唐西域求法高僧傳』　二卷　（唐）義淨撰　「大正大藏經」第五十一卷　頁一－十二
「南海寄歸內法傳」　四卷　（唐）義淨撰　「大正大藏經」第五十四卷　頁二〇四－二三四
『佛說馬有三相經』　一卷　（後漢）支曜譯　「大正大藏經」第二卷　頁五〇六－五〇七
「大般涅槃經」　四十卷　（北涼）曇無讖譯　「大正大藏經」第十二卷　頁三六五－六〇三
『菩薩瓔珞本業經』　二卷　（姚秦）竺佛念譯　「大正大藏經」第廿四卷　頁一〇一〇－一〇二三
「大智度論」　一百卷　龍樹菩薩造・（後秦）鳩摩羅什譯　「大正大藏經」第廿五卷　頁五十七－七五六
「瑜珈師地論」　一百卷　彌勒菩薩說・（唐）玄奘譯　「大正大藏經」第卅卷　頁二七九

一八八三
「大乘義章」　廿六卷　（隋）釋慧遠撰　「大正大藏經」第四十四卷　頁四六五－八七五
「佛祖統紀」　五十四卷　（宋）志磐撰　「大正大藏經」第四十九卷　頁一二九－四七五
「高僧傳」一集　十六卷　（梁）釋慧皎撰　民國六十二年（二版）　臺北・臺灣印經處
「高僧傳」二集　四十卷　（唐）釋道宣撰　民國五十九年（二版）　臺北・臺灣印經處
「高僧傳」三集　三十卷　（宋）釋贊寧撰　民國五十年　臺北・臺灣印經處
「萬松老人評唱天童覺和尚頌古從容庵錄」　六卷　（宋）正覺頌古・（元）行秀評唱　民國六十三年　臺北・中國佛教會卍續藏經委員會影印本「卍續藏經」第一一七冊　頁三二一－三九一
「隆興佛教編年通論」　卅卷　（宋）祖琇撰　「卍續藏經」第一三〇冊　頁二〇九－二八三
「觀音慈林集」　三卷　（宋）釋弘贊編　「卍續藏經」第一四九冊　頁二九一－三三三
『補陀洛伽山傳』　一卷　（元）盛熙明撰　「卍續藏經」第一五〇冊　頁二五五－二六〇
「金剛經」　一卷　（姚秦）鳩摩羅什譯・呂祖謙註解・曾國英白話註解　民國六十六年（出版地點不詳）
「修眞十書金丹大成集」　十三卷　蕭廷之撰　在「正統道藏」第廿八冊　民國五十一年　臺北・藝文印書館
「觀音菩薩傳」　曼陀羅室主人撰　民國七十年　臺中・聖賢雜誌社

「歐陽文忠公文集」　五十卷　（宋）歐陽修撰　臺灣・商務印書館
「埤雅」　廿卷　（宋）陸佃撰　叢書集成初編
「後村先生大全集」　一百卷　（宋）劉克莊撰　臺灣・商務印書館
「大唐三藏取經詩話」　撰者不詳　「宋元平話四種」　楊家駱主編　民國五十四年　臺北
・世界書局
「齊東野語」　（宋）周密　（汲古閣本）　津逮秘書第一八七册第八卷　頁一〇―一一
「朴通事諺解」　奎章閣叢書第九　一九四四年　漢城・帝國大學法文學部
『陳光蕊江流和尚』　「宋元南戲百一錄」　錢南揚編　民國廿三年哈佛燕京社　「燕京學
報」　專號之九　民國五十八年臺北・進學書局
「西遊記雜劇」　（明）楊景賢（言）撰　「元曲選」外編第三册　隋樹森編　民國五十六
年　臺北・中華書局
「金魚翁證果魚兒佛」　（明）釋湛然撰　「全明雜劇」第七册　民國六十八年　臺北・鼎
文書局
「觀音菩薩魚籃記」　撰者不詳　「孤本元明雜劇」第五册　民國卅年上海・涵芬樓藏版
民國六十三年臺北・粹文堂
「爭玉板八仙過滄海」　撰者不詳　「孤本元明雜劇」第五册
「二郎神鎖齊天大聖」　「全元雜劇」外編第八册　楊家駱主編　民國五十二年　臺北・世

界書局

「吳承恩集」 (明)吳承恩撰・劉修業編 民國五十三年 臺北・世界書局

「古文參同契集解」 三卷 (明)蔣一彪 「汲古閣本」 津逮秘書第五十五册

「在園雜志」 四卷 (明)劉廷璣撰 叢書集成續編 民國六十六年(?) 臺北・藝文印書館

「本草綱目」 五十二卷 (明)李時珍撰 民國五十二年 臺北・文友書局

『洞天玄記前序』 (明)楊悌撰 「全明雜劇」(五) 楊家駱主編 民國六十八年 臺北・鼎文書局

「少室山房筆叢」四十八卷 (明)胡應麟撰 (清)光緒卅二年(一九〇六年) 廣雅書局刊本

「五雜俎」 十六卷 (明)謝肇淛撰 萬曆卅六年(一六〇八年)刻本 民國六十年 臺北・新興書局

「已畦文集」 廿二卷 (清)葉燮撰 「郋園全書」第一六三册 民國廿四年 長沙・中國書刊社彙印本

「潛研堂文集」 五十卷 (清)錢大昕撰 臺灣・商務印書館

「椒生隨筆」 八卷 (清)王之春撰 (清)光緒十七年(一八九一年) 上洋・文藝齋新刊

「玄奘三藏渡天由來緣起」 日本・龍谷大學圖書館藏書

「納書楹曲譜」 葉堂訂譜・王文治參訂 (清)乾隆五十七年(一七九二年)納書楹藏板

民國五十八年　臺北・生齋出版社
「香山寶卷」　二卷　舊鈔本　中央研究院傅斯年圖書館藏書
「觀音菩薩香山因緣」　舊鈔本　中央研究院傅斯年圖書館藏書
「大悲寶卷」　舊鈔本　中央研究院傅斯年圖書館藏書
「國劇大成」　十二册　張伯瑾編　民國五十九年　臺北・振興國劇發展委員會
「增補搜神記」　上海・涵芬樓影印本　「繪圖三敎源流搜神大全」　民國六十九年　臺北
・聯經出版公司
「後列國誌」　撰者不詳　民國五十九年　臺南・大東書局

叁、論　著

『西遊記辨訛』　顯鑒　民國十年四月　「地學雜誌」第十二卷第四期　頁九一一〇
『西遊記考證』　胡適　民國十二年二月四日「讀書雜誌」第六期　「胡適文存」第二集第二卷　頁三五四—三九九　民國四十二年臺北・遠東圖書公司
『跋四遊記本的西遊記傳』　胡適　民國廿五年五—六月「國立北平圖書館館刊」第五卷第三號　頁八—十二　「胡適文存」第四集第三卷　頁四〇八—四一一
『跋銷釋眞空寶卷』　胡適　民國廿五年五—六月「國立北平圖書館館刊」第五卷第三期　頁一—八。

『讀西遊記考證』　董作賓　收在「胡適文存」第二集第二卷　頁三九〇—三九九

『支那內學院精校本玄奘傳書後—關於玄奘年譜之研究』　梁啓超　民國十三年四月　「東方雜誌」第廿一卷第七期　頁七十二—八十七

『中國印度之交通』（題目亦作『千五百年前之中國留學生』）　梁啓超　民國卅年上海・中華書局　「飲冰室合集」（專集之五十七）　頁一—卅四

『翻譯文學與佛典』　梁啓超　「飲冰室合集」（專集之五十九）　頁一—卅一

『西遊記作者的思想』　徐旭生　民國十三年十二月　「太平洋」第四卷第九號　頁一—十八

『西遊記玄奘弟子故事之演變』　陳寅恪　民國十九年八月「國立中央研究院歷史語言研究所集刊」第二本第二分　民國六十三年臺北・三人行出版社「陳寅恪先生論文集」下册　頁四一一—四一六

「中國小說史略」　周樹人　一九二三年上海・北新書局　民國五十八年臺北・明倫出版社

「中國小說史料」　孔另境編　民國廿五年上海・中華書局　民國四十六年臺北・中華書局

「小說閒話」　趙景深　一九三七年　上海・北新書局

『關於西遊記江流僧本事』　臺靜農　民國卅年六月　「文史雜誌」第一卷第六期（香港・龍門書店）　頁五十一—五十三

「三國水滸與西遊」　李辰冬　民國卅四年　重慶・大道出版社

『西遊記的人物分析』　李辰冬　民國四十二年一月　「暢流半月刊」第六卷第十期　頁廿二—廿四。
『西遊記の作者』　田中嚴　一九五三年　「斯文」第八期　頁卅二—卅九
『批判胡適的西遊記考證』　馮沅君　一九五五年七月　「文史哲」第七期　頁卅九—四十四
『玄奘留學時之印度與西方關于玄奘著作目錄』　張君勱　民國四十五年六月「自由中國」民國五十九年三月「獅子吼」第九卷第三—四期　頁一六—廿一。
『西遊記的演化』　鄭振鐸　「中國文學研究」　一九五七年作家出版社　民國六十年　臺北・明倫出版社　頁二六三—二九九
『西遊記研究』　張默生　一九五七年三月　「四川大學學報」（社會科學）第一期　頁四十九—七十七
「西遊記研究論文集」　作家出版社編集部編　一九五七年　作家出版社
『「西游記」和「羅摩延書」』　吳曉鈴　一九五八年三月　「文學研究」第一期　頁一六三—一六九
「明清小說研究論文集」　人民文學出版社編集部編　一九五九年　人民文學出版社
『西遊記與道家』　陳敦甫　民國五十一年六月十八日　「中央日報」第六版
『西遊記的寓意』　張鍊伯　民國五十二年十二月　「獅子吼」第二卷第十一期　頁十二—

十三

『四遊記的明刻本』　柳存仁　一九六三年八月　「新亞學報」第五卷第二期　頁三三一—三七五

『西遊記祖本的再商榷』　杜德橋　一九六四年八月　「新亞學報」第六卷第二期　頁四九七—五一九

「中國四大小說之研究」　趙聰　一九六四年　香港・友聯出版社

『大唐三藏取經詩話考』　太田辰夫　「神戸外大論叢」第十七卷第一、二、三期　一九六六年一月—六月「中日關係論說資料」5　頁廿二—廿三

『玄奘三藏渡天由來緣起と西遊記の一古本』　太田辰夫　一九六七年　「神戸外大論叢」第十八卷第一期　頁一—十三

『西遊演義枝譚』　澤田瑞穗　一九六七年一月　「中文研究」第七號　頁廿五—卅

「印度兩大史詩」　糜文開　民國五十七年　臺灣・商務印書館

「小說彙要」　徐訏　民國五十八年　臺北・正中書局

「西遊記與中國古代政治」　薩孟武　民國五十八年　臺北・三民書局

『西遊記中若干情節本源的探討』　曹仕邦　民國五十九年三月　「中國學人」第一期　頁九十九—一〇四

『西遊記若干情節的本源三探』　曹仕邦　民國六十九年十二月　「幼獅學誌」第十六卷第

二期　頁一九七－二一〇
『論神秘數字七十二』　楊希牧　民國五十九年十一月　「國立臺灣大學考古人類學刊」第卅五－卅六期合刊　頁十二－四十七
『佛教入中國諸說之因襲及推進』　黃仲琴　「中國佛教史論集」(一)　頁一－九　張曼濤主編　民國六十六年　臺北・大乘文化出版社
『中國的水神傳說和西遊記』　陳炳良　民國六十年十二月廿五日　「書和人」第一七七期　頁一－八
『從兒童故事看中國人的親子關係』　徐靜　「中國人的性格」　頁二〇一－二二六　李亦園・楊國樞編　民國六十一年　臺北・中央研究院民族研究所
『「西遊記」成立史の諸問題』　太田辰夫　一九七二年十月　「日本中國學會報」第廿四集　頁一五三－一六六。
『孫行者故事的來源』　張沅長　民國六十二年五月　「食貨」第三卷第二期　頁九十六－九十九
「話本與小說」　潘壽康　民國六十二年　臺北・黎明文化事業有限公司
「從施耐庵到徐志摩」　蔡義忠　民國六十二年　臺北・清流出版社
「增補寶卷の研究」　澤田瑞穗　一九七五年　東京・国書刊行會
「說西遊記」　吳雙翼　一九七五年　香港・上海書局

『論「西遊記」作者・兼論考證方法』　王方　民國六十五年六月九日　「臺灣新聞報」第十二版

『笑談豬八戒』　趙滋蕃　河洛本「西遊記」　頁一三四三—一三五二

『「西遊記」中五聖的關係』　傅述先　民國六十五年五月　「中華文化復興月刊」第九卷第五期　頁十—十七。

『論西遊記——一個智慧的喜劇』　方瑜　民國六十六年十月「中外文學」第六卷第五期　頁十七—廿六（上）　民國六十六年十二月「中外文學」第六卷第七期　頁六十六—七十二（下）

『唐太宗與佛教』　湯用彤　「中國佛教史論集」㈡　頁九十一—九十七　張曼濤主編　民國六十六年　臺北・大乘文化出版社

『唐代佛教與社會』　雨曇　「中國佛教史論集」㈡　頁九十九—一二九

『法顯玄奘西行之比較』　諸葛祺　「中國佛教史論集」㈣　頁二八三—三三二　張曼濤主編　民國六十七年　臺北・大乘文化出版社

『法顯求法東歸考』　雲川　「中國佛教史論集」㈣　頁三三三—三三七

『唐代天竺僧侶東來譯經考』　黃敏枝　「佛典翻譯史論」　頁一〇九—一一七　張曼濤主編　民國六十七年　臺北・大乘文化出版社

『玄奘年壽考論』　楊廷福　「大公報在港復刊卅周年紀念文集」上卷　頁四一七—四四二

一九七八年　香港・商務印書館

「笑談西遊記」　姚詠萼　民國六十八年，臺北・時報文化出版事業有限公司

『觀音大士變性記』　張沅長　民國六十九年一月十五日　「聯合報」第八版

『論西遊記的結構與主題』　張靜二　民國六十九年三月　「中華文化復興月刊」第十三卷

第三期　頁十九—廿六

『西遊記八十一難研究』　徐貞姬　民國六十九年　私立輔仁大學中文研究所碩士論文

『西遊記研究』　吳壁雍　民國七十年六月　「國立師範大學國文研究所集刊」第廿五號

頁七九七—八六九

『豬八戒的由來』　黃永武　民國七十年十一月十五日　「中國時報」第八版（人間版）

「西遊記探源」　二册　鄭明娳　民國七十一年　臺北・文開出版事業股份有限公司

「西遊記人物辭典」　廣智書局編　一九五六年　香港・廣智書局

「佛學大辭典」　丁福保編　民國五十年　臺北・華嚴蓮社

「仙學辭典」　戴源長編　民國五十一年（出版地點不詳）

「佛教大辭典」　望月主編　民國六十六年　臺北・地平線出版社

肆、英文資料

Achen, Sven Tito. *Symbols Around Us*. New York: Van Nostrand Reinhold Company, 1978.

De Gubernatis, Angelo. *Zoological Mythology*. New York: Arno Press, 1978.

De Vries, Ad. *Dictionary of Symbols and Imagery*. 2nd ed. Amsterdam: North-Holland Publishing Company, 1964.

Dudbridge, Glen. *The Hsi-yu chi: A Study of Antecedents to the Sixteenth-Century Chinese Novel*. Cambridge: Cambridge University Press, 1970.

………………"The Hundred-Chapter *Hsi-yu chi* and Its Early Versions." *Asia Major*, n.s. 14:2 (1969), 141-191.

Ecke, G. and P. Demiéville. *The Twin Pagodas of Zayton*. Harvard-Yinching Institute Monograph Series, 11. Cambridge, Mass.: Harvard University, 1935.

Fiedler, Leslie A. *No! in Thunder: Essays on Myth and Literature*. Boston: Beacon Press, 1960.

Forster, E. M. *Aspects of the Novel*. Harmondsworth: Penguin Books, 1972.

Hsia, C. T. *The Classical Chinese Novel: A Critical Introduction*. New York:

Columbia University Press, 1968.

Jung, C. G. *Four Archetypes: Mother, Rebirth, Spirit, Trickster*. Trans. R. F. C. Hull. London: Routledge and Kegan Paul, 1969.

Junod, Henri A. *The Life of a South African Tribe*. New York: University Books, Inc., 1962.

Kao, Karl S. Y. "An Archetypal Approach to *Hsi-yu Chi*." *Tamkang Review*, V:2 (October 1974), 63-97.

Mead, Margaret and Martha Wolfenstein, eds. *Children in Contemporary Cultures*. Chicago: The University of Chicago Press, 1955

Van Lawick-Goodall, Jane. *In the Shadow of Man*. New York: Dell Publishing Co. Inc., 1971.

Waley, Arthur, trans. *Monkey: Folk Novel of China by Wu Ch'êng-ên*. New York: Grove Press, Inc., 1943.

Yu, Anthony C., trans. *The Journey to the West*. 3 vols. Chicago: The University of Chicago Press, 1978; 1979; 1980.

國家圖書館出版品預行編目資料

西遊記人物研究

張靜二著. – 初版. – 臺北市：臺灣學生，2022.12 印刷
面；公分

ISBN 978-957-15-1902-9(平裝)

1. 西遊記 2. 研究考訂

857.47 111020056

西遊記人物研究

著 作 者 張靜二
出 版 者 臺灣學生書局有限公司
發 行 人 楊雲龍
發 行 所 臺灣學生書局有限公司
地 址 臺北市和平東路一段 75 巷 11 號
劃撥帳號 00024668
電 話 (02)23928185
傳 真 (02)23928105
E-mail student.book@msa.hinet.net
網 址 www.studentbook.com.tw
登記證字號 行政院新聞局局版北市業字第玖捌壹號
定 價 新臺幣四〇〇元

一九八四年八月初版
二〇二二年十二月初版二刷

82701

ISBN 978-957-15-1902-9 (平裝)